Qianxun-Culture
— 图书·影视 —

狐狸少女

吸猫大人 著

中国·广州

图书在版编目（CIP）数据

狐狸少女 / 吸猫大人著. — 广州：广东旅游出版社，2019.11
ISBN 978-7-5570-2048-4

Ⅰ.①狐… Ⅱ.①吸… Ⅲ.①长篇小说—中国—当代 Ⅳ.①I247.5

中国版本图书馆 CIP 数据核字（2019）第 217454 号

出　品：	千寻文化
总 策 划：	调　调
出版监制：	唐　昕　杨芝波
责任编辑：	梁　坚　翟小侃
特约编辑：	眸　眸　林　涛
封面设计：	桃　桃
封面绘制：	柚　甘

狐狸少女
HuLi ShaoNü

广东旅游出版社出版发行
（广州市环市东路 338 号银政大厦西楼 12 楼　邮编：510180）
邮购地址：广州市环市东路 338 号银政大厦西楼 12 楼
联系电话：020-87347732　邮编：510180
长沙鸿发印务实业有限公司
（地址：湖南省长沙市长沙县黄花工业园 3 号）
880 毫米 ×1230 毫米　32 开　10 印张　260 千字
2019 年 11 月第 1 版第 1 次印刷
定价：39.80 元

本书如有错页倒装等质量问题，请直接与印刷厂联系换书。

HuLi ShaoNü

一切飞向天空的终究会落地,
一切驶向海洋的终究会靠岸。

那么一颗小小的心呢?
谁的心会是谁的终点?

目录 Contents

- 001 Chapter 1 敢不敢玩大点的
- 015 Chapter 2 我的名字叫顾倾
- 028 Chapter 3 她是你的救命恩人
- 041 Chapter 4 爱演戏的小狐狸
- 058 Chapter 5 他不想搭理她了
- 074 Chapter 6 七年前发生的事
- 088 Chapter 7 她必须回中国
- 101 Chapter 8 回到故乡的感觉
- 116 Chapter 9 放心,我不会越界
- 136 Chapter 10 我们相互治愈吧

目录 Contents

152 Chapter 11
她会不会喜欢他

166 Chapter 12
重新遇到了故人

185 Chapter 13
爱一个鲜活的人

200 Chapter 14
当梦游爱上失眠

218 Chapter 15
我不会让你出事

235 Chapter 16
绝不让你伤害他

251 Chapter 17
还未分离就开始挂念

267 Chapter 18
要她亲口对我说

286 Chapter 19
回到逃离的地方

303 Chapter 20
心有所归有所属

Chapter 1
敢不敢玩大点的

入夜，一层薄淡的迷雾笼罩海面，夜航海上的私人游艇，正在慢慢靠岸。

夜色迷离，顶层宴会厅华光璀璨，酒杯叮当作响，衣着光鲜的男男女女在门德尔松的钢琴演奏乐声中轻松交谈，空气微醺，酒会已接近尾声。

"有人要跳海！"

大厅里忽然响起一道刺耳的声音。

人群骚动起来，纷纷随着声音奔走到船头甲板上，寒冷的夜风吹来，他们顾不及冷，全都惊讶地凝望着一只脚已经跨出船舷的红裙女子。

十月，曼彻斯特气温很低，昼夜温差大，夜晚的冷风侵入骨髓，海水如冰。

海风扬起红裙，扬起黑色长发，发丝在风中飞舞。

顾倾静静望着海面，清丽的面容上几乎没有什么表情。

"跳啊，怎么还不跳？我已经照你说的，让人打了一万块到你账号上，我说到做到，顾小姐你也要说到做到，要是不跳，今晚你可就要多陪我喝几杯。"

被几个美女簇拥在中心的男人扬着手中的香槟杯，言语张扬挑衅。

所有人都在观望,都在怀疑,这么冷的天,这么冷的海水,这么高的船舷,跳下去是不想要命了?

为了区区一万块不要命,值得吗?

顾倾仰起下巴,发丝拂过她月牙白的脸,她轻轻地扯了一下嘴角,一个回眸,红唇艳艳,眼眸中透出犀利的光。

"嘀"的一声,手上的手机传来信息提示音,顾倾低头看一眼,那是银行发来的已入账消息,她嘴角随即勾起笑容,晃了晃手机:"别着急,冯老板,钱已收到,马上跳。"

话落,她做一个纵身姿势,在一片惊慌的尖叫声中,又把身子晃了回来,笑得没心没肺。

众人刚提上嗓子眼的心稍稍落下来,冯老板往前跨来几步,咬牙道:"你耍我?"

顾倾耸耸肩膀:"不好意思,刚才只是做个热身,危险动作,各位请勿模仿。"

她扭头凝望漆黑的海面,眸光深邃,在众人还没反应过来时,如一条红色鲤鱼,消失在黑夜和海风中。

真的跳了下去!

人群尖叫着奔向船舷边,纷纷往下看,海面平静无澜,黑不见底。

"快叫救援。"有人喊一声。

"奇怪,怎么没有水花?"有人疑惑。

"快看!"有人指着水面。

一艘小型快艇几乎贴近游艇,"嗖"地从海面上驶过去,尾部在海面上拉出一道漂亮的水花,掉头停在不远处。

艇上有道红色的身影,顾倾站在快艇上,仰着清丽傲然的面孔朝游艇上的人招手:"冯老板,谢谢你的 money 啦!"

船头上方的男人抓着船舷边沿,怒气冲天:"你耍我?我要的是你跳到水里去!"

顾倾仰头勾着红唇笑:"冯老板,我说了我敢从船舷上跳下来,又没说要跳到水里。您也说了,只要我跳就给我一万块,我这不是跳下来了吗?"

在男人气急败坏的脸色中,顾倾挥挥手留下一句"Bye-bye",拍拍前面开快艇的男子,快艇很快就消失在海面上。

那抹红色妖娆的身影,却还留在众人的印象里,挥之不去。

顶层甲板,远远站在人群外的两个男人置身事外许久,是这场热闹外围真正的观众。

站在前面的穿着灰色风衣的男人微微凝着眉,望着远处的海面,气场凛冽。

他身后系着花领带的眼镜男对他说话客气:"宫先生,下一场会面也在游艇上,靠岸后您随我登船,两艘船离得不远。"

男人黑着脸,语气仿若寒气袭来:"为什么都喜欢约在游艇上谈事,坐船很好玩吗?"

眼镜男尴尬地笑笑:"宫先生,游艇是您的朋友陆景炎先生安排的,我们不知道您讨厌坐船,我保证这是您在曼彻斯特最后一次坐船。"

在海面上飞驰的快艇逐渐放慢速度,最后在岸边停靠,不远处,另一艘游艇正准备启航。

顾倾伸手从V领胸口取出几张大面值英镑,数清后递过去给开船的戴维:"这是你的份,下一场也照旧。"

戴维一脸开朗,眯着眼笑嘻嘻地把钱收起来:"顾倾姐,要是每天都这么跟着你干,我很快也能发达了,过不久,我就能自己独立出去,我还想再买一辆新的摩托车。"

顾倾"啪"的一掌拍他脑袋:"你想得美,你以为这样的游艇宴会每天都有啊?再说也要分情况好不好?不是每个男人都是傻子。"

要是天天这么干，天天演跳船的戏，也是很要命的。

戴维仍是笑嘻嘻的，脾气很好："顾倾姐，你这么拼命赚钱，到底为了什么？你又没结婚，也不交男朋友，又不养家糊口的。"

顾倾拎着自己的高跟鞋，攀住绳子跳上岸，她重新穿好鞋子，迎着海风整理自己的头发和裙摆："为了回中国，听说中国的房子很贵，要存很多钱。"

她说着，昂首挺胸往不远处准备起航的游艇走去，高跟鞋踩在粗糙的地面上，留下有力的敲击声，回音荡在夜空中。

长长的海湾码头另一边，停泊着一艘大型游艇，印着硕大的字体"White Nights"，中文译作"不夜城"。

游艇是富人圈子的身份象征之一，这艘游艇在曼城海岸线这一带非常有名，能上去的非富即贵，比先前那艘要大上一倍，也更为豪华，正在准备起航。

Shit，顾倾随着人流登船后观察游艇环境，忍不住在心里骂了一声。

这艘游艇是大型船身，比前面那艘要大将近一倍不说，宴会厅设在第三层，有延伸出去的宽阔甲板，甲板上还有露天泳池，到水面的距离相当三层楼的高度，比刚才那艘游艇高了好几米，这个高度跳下去……忘了让戴维在快艇上多准备一些垫子。

人群中一道意味不明的目光落在顾倾身上，不经意地对望一眼，顾倾心底一寒，有不好的预感，好像在哪里见过他。那人一身灰呢子高档风衣，看起来气质不凡，只是人多声杂，距离有些远，顾倾没能看清他的面目，他就转过身去了。

她无暇多虑，下一秒，眼睛已经锁定目标——

被一群美女拥簇着的白西装男子。

顾倾步伐轻快地跟上去，混入那群美女之中，笑意盈盈地，自然得像一开始就在她们之中。

"陆少,你今晚好帅呀。"

"陆少,今晚我们陪你喝通宵好不好?"

"陆少今晚想怎么玩,我们就陪你怎么玩。"

顾倾跟在这群香水气味弥漫的美女身后,来到宴会厅,进了专为陆公子准备的卡座。

荷官已经准备好,顾倾看到桌上垒起来如罗马柱一样的筹码,眼睛放光,嘴角不自觉地扬了起来,这是她最喜欢的环节,愿赌服输。

被称为陆少的男人是曼城华人圈子里颇有名声的陆景炎,年纪轻轻就继承了亿万家产,在曼城和伦敦都有豪宅产业,而这艘"White Nights"亦是他的私人定制,他对女人出手大方,所到之处必是美女簇拥,人群焦点。

玩了几局,陆景炎心情不错,手气也不错,其他美女们因为输光了手中的免费筹码,悻悻地在一旁看着,桌上,只剩下陆景炎和顾倾面前还摆着筹码。

陆景炎这会儿才注意到顾倾,桃花眼微微眯着,手中把玩着一个红色筹码,似笑非笑地看着顾倾:"以前怎么没见过你?"

顾倾笑笑:"不是没见过,是陆少身边美女太多,我实在不起眼,入不了您的眼。"

陆景炎桃花眼上下打量顾倾,仿佛把她根根头发丝都打量了,玩味着顾倾不露破绽的表情,哈哈一笑:"如果你都不算美女,那是我眼瞎。手气不错哦,跟我单独玩两局?"

就等这句话呢,顾倾仍是笑意盈盈,语气中也多了一丝旖旎:"我只是运气好。"

"怎么称呼?"陆景炎问。

"叫我Gretchen就好。"顾倾答。

"格雷琴?英国人?"

"No."

"中国人？"

"No."

"中文说得不错。"陆景炎示意荷官发牌。

两人玩了几局，顾倾赢得多，陆景炎很绅士，输钱脸色一点没变，淡定如常。也是，这点小钱对他来说实在不值一提，他只是盯着顾倾，仿佛要把她看穿，眼神不曾移到别处。

顾倾又赢了几局，脸上笑容更甚，眉飞色舞的，正要开口提个新鲜点的玩法，陆景炎却抢了她的话，先开口了——

"只玩筹码没啥意思，你敢不敢玩大点的？"

就等他发表意见呢，顾倾喜于心中但不动于色："好呀，陆少想怎么玩？"

"我想想。"陆景炎的目光越过发牌的荷官，看向巨大的玻璃舷窗外漆黑的夜色和海雾。

顾倾则盯着船舱壁板上挂着的钟，时间差不多了，戴维应该出发了。

"要不咱们来赌……"

她话还没说完，陆景炎突然把身前的几摞筹码悉数推到她面前，面带笑意地打断她："要不这样，你要是……敢从这船上跳到海水里，这些筹码，都是你的。"

犹如一阵凉风掠过，顾倾的表情猛然一怔，陆景炎怎么会说了她想要说的台词？

那种从登船开始就有的不祥预感重新笼罩住她。

只是看着桌上那些大面额的筹码，全部换成钱，好几万……她双眼瞪着筹码迟疑了片刻，陆景炎那漫不经心且带着笑意的声音又响起："算了，我开个玩笑，这么高跳下去……"

"我敢。"顾倾放在桌下的手轻轻攥着，面色恢复冷静，笑容之下如浮着一层薄雾。

旁边围观的人哗然，有诧异的，有鄙视的，有冷笑的，有等着看好戏的。

顾倾又看了眼时钟，爽快地站起来走出去，走到甲板上。

身后，陆景炎和众多人都跟了出来，与两个小时前另一艘游艇上的场景一模一样。

"真要跳？我开玩笑的，你别当真啊，从这里跳下去，很危险的。"陆景炎说道。说的话看似有阻止之意，嘴角却若有若无地勾着。

从甲板这儿看过去，顾倾还能看到透明的舷窗玻璃里那张桌子上摞得高高的筹码，她眼中隐去光芒，淡漠地看着陆景炎，嘴角却扬着讨好的笑容："我真敢跳，你敢赌吗？"

陆景炎又眯起双眼："你真要跳下去吗？出了事，后果自负啊。"

"这是自然，生死全在我，筹码也归我。"顾倾回答得不亢不卑，夜风扬起她的红裙，在薄薄的雾色中，她红艳的唇色衬着苍白的小脸，有些凄美。

她攀着栏杆，高跟鞋踩上去，陆景炎想着到此为止罢了，他不想逼人太甚。

身后，一道冷漠如冰的声音传过来，像冰锥穿透雾气，比夜色更凉——

"让她跳。"

那道声音让人心里没来由地一冷，顾倾回头，就看到了身穿灰色风衣的那道身影，修长的身形孤傲地立在人群中，冷酷如雕像的面庞与周围的人格格不入。

陆景炎退到宫城身边，脸上带着僵笑小声和宫城说话："就算你说下面有人开快艇来接她，我也没打算真的让她跳，万一闹出人命……"

宫城冷冷地望着远处已经站在栏杆上的顾倾："她既然要跳，

要表演，你就给她机会，毕竟这钱，也不是这么好挣的。"

两个小时前，宫城目睹了顾倾在另一艘游艇上的"表演"，所以当宫城踏上这艘游艇看到她企图跟着好友陆景炎后，就提醒了陆景炎，并把自己在另一艘游艇上看到的一切都告知了陆景炎。

"很狡猾的女人。"他这么跟陆景炎评价顾倾。

陆景炎爱玩，也贪玩，觉得可以将计就计，看顾倾是不是真的敢从三层甲板上跳下去。

对他来说，狡猾的女人落入圈套，像看着狐狸落入陷阱，如果她认怂，那就大快人心。

可是顾倾不像要认怂的意思，一张小脸清冷绝伦，眼神淡漠而坚定。

宫城眼中只有冷漠，他走向顾倾，走得很近。

顾倾不知道他要做什么，但他靠近她时，犹如一阵冷风席卷而来，孤高清冷的凛冽气场，让人心里更凉了些，她攀着栏杆的手紧了紧，怕自己还未准备好就被席卷下去。

宫城在离她伸手可触的距离停下，那双异常冷静又异常冷漠的双眼，像是地球上最后一个人类，他冷冷地睥睨着她，看得她心虚。

他语气冰冷："我佩服你以身犯险的勇气，但也对你这种为了钱不要命的行为感到不耻，你现在再看一眼下面。"

顾倾眉头微拧，扭头回来往下看，薄雾散去，快艇出现在水面上，戴维也在上面，但他身边还多了两个潜水上去捉他的潜水员。

戴维被潜水员扭住身子，挣扎着，着急地朝上头的顾倾喊："顾倾姐，别跳啊！"

陆景炎听到下面传来的声音，快步从人群中走来，扶栏往下看，看到被捉住的戴维，他眉头一拧，扭头看宫城，知道这是他的手法，脸上表情很是复杂。

　　他没想到宫城这么不给顾倾面子，毕竟顾倾是个女生，虽然他想看顾倾认怂，但也怜香惜玉，还不至于当面拆穿她，不给她台阶下，他只是想让她知难而退罢了。

　　果然是宫城，够狠。

　　顾倾没有一丝慌乱，她看到戴维在快艇上提前准备了几层软垫，虽然她没交代，但戴维还是准备了，她觉得有些欣慰，戴维到底还算细心。

　　她对着戴维露出一个安抚的清浅笑容，尽管那笑容浅得戴维或许不能看到，她回过头来，脸上的笑容迅速地隐去，盯着宫城的眼神也瞬间变得锋利。

　　她嘴角浅浅一勾，再没看宫城一眼，扭头和陆景炎说话："陆少，这件事跟我朋友没关系，只是我和你两人之间的赌约，我若跳下去，希望你能放过他。"

　　话落，人也是干脆利落，踩上栏杆轻轻一跃。

　　在众人的惊呼声中，陆景炎完全没反应过来，可等他回过神，却看到宫城以迅雷不及掩耳的动作，抓住了已经跳下去的顾倾的一只手，半个身子都倾了出去。

　　惊险！

　　顾倾人已经跃出船身，但她没想到宫城会突然出手拉她。他紧紧地抓住了她的左手腕，她整个人被吊在船身外，风中凌乱，仰头看到宫城因为用力而有些扭曲的脸，他眼里迸射出一种严厉骇人的光。

　　他们对视着，时间，好像静止了一般。

　　顾倾就那么被宫城吊着，宫城企图把她拉上来时，她却瞪着他，人很冷静，目光透出一种让人不适的冷绝。

　　"不稀罕你救我。"顾倾对宫城吐出几个字。

　　随后，她在众目睽睽之下，伸出右手去掰开宫城抓着她手腕的手。

宫城大惊，下一秒，她对他绝美一笑，从他手中挣脱，整个人如剑鱼一般垂直落向海面……

人群惊呼声又起，伴随海面"咚"的一声，没有多大的水花，顾倾烈火般的红色身影沉入海水中，瞬间被黑色的海水吞没。

"顾倾姐！"被控制在不远处快艇上的戴维，对着落水的顾倾大喊一声，急急慌慌地喊道："救人，快救人啊！"

高高的游艇甲板上，宫城在那个绝情的笑容中回过神来，示意水面上那两个控制戴维的潜水员："救人。"

两个潜水员迅速扎入水中。

陆景炎有些蒙，他离得最近，看得最清楚，他没想到，顾倾竟然能对自己这么狠绝，宫城要救她，她竟然掰开宫城的手，宁愿自己落入水中……

见过对自己狠的，却没见过她这么狠的。

那海水得多凉，这么高的高度，掉下去得多痛……

陆景炎望着迟迟没浮上来的潜水员，对宫城说道："我们这玩笑，是不是开得有点大了？"

早知道他就不跟她赌了。

宫城盯着海面，面如死水，没有回答。

时间一分一秒地过去，时间流逝越久，众人越是不安，从不安，又到安静，都在等着潜水员把人带出水面，却迟迟没等到动静。

平静的黑色的海面，像是吞噬了什么的深幽大口。

两分钟过去，三分钟过去，五分钟过去，人还是没有浮上来。

不安的气息在海面上弥漫着，慢慢裹挟上来，慢慢地裹住了甲板上的每一个人。

那些先前诧异的、鄙视的、冷笑的、等着看好戏的围观群众，此刻脸上的表情如出一辙，担心和不安，以及绝望。

闹出人命，谁也不想。

"上来了，上来了！"有人指着水面惊呼。

人群纷纷探头往下看，只看到水中出现了两个黑影，又开始躁动起来，那两个潜水员朝甲板上的人摇摇头摆摆手，表示没在水下找到人。

"怎么可能，她不会是沉到海底了吧？"陆景炎大惊，克制着不安，"再潜深一点看看！"

已经过了五分钟，照人的极限以及抢救时效，就算找到人，也是无力回天。然而，即使只有最后一丁点的希望，他们也不敢放弃，就算人活不成，尸骨总要找到……

宫城从始至终盯着水面，在别人慌乱时，他始终冷静自持，盯着水面若有所思，回应旁边慌乱的陆景炎："不对劲，因为人体浮力和肺部空气原因，跳下去不会马上沉很深，而一个人掉到水里最先的反应是挣扎，挣扎会产生浮力，你看到她挣扎了吗？"

陆景炎在宫城冷静的解释声中，逐渐冷静下来，觉得是很不对劲："没挣扎……"

众人纷纷扰扰中，一道清丽的声音在后方响起——

"陆少，您说话算话，筹码全归我了。"

陆景炎与众人猛地回过头去，就看到顾倾站在那里，浑身湿漉漉的，却不显狼狈，脸色更显苍白秀丽。陆景炎脸上则情绪复杂，又惊又喜，完全是他意料之外的难以置信。

宫城听到顾倾的声音，顿时明白过来，所有人都被她耍了。

他眉头微微一沉，看着她势在必得的姿态，不知怎么，觉得很是嫌恶。

这个女人，很狡猾，比他想象中更狡猾，他讨厌狡猾又心机重的女人。

陆景炎一边鼓掌一边走向顾倾："你会魔术啊，简直是大变活人，精彩，太精彩了！"

在场其他人不知，宫城却很清楚，潜水员从游艇上下去时留了绳梯，她跳水后潜到游艇边，顺着绳梯爬了上来，并非什么魔术戏法，倒是胆子很大。

隔着人群，顾倾看到宫城投向她的目光中带着一种轻蔑的厌恶，似乎是看穿了她，她也不在意，微微扬起下巴挑衅，就见他挥手而去，大步离开甲板。

她第一次遇到一个能从头到尾看穿她计谋的人，从她踏上游艇开始他就盯着她，想让她出丑。

看着宫城郁闷离开的背影，顾倾不知为何觉得心情很好。

夜，更深了，海湾也已沉睡。

后半夜，游艇纷纷驶向码头，灯火璀璨喧嚣的前半夜，很快便安静下来。码头上，人群散去，只剩下工作人员清理维护的身影。

顾倾身上的裙子半干半湿，头发却已经被风吹得差不多全干了，她拎着高跟鞋走在路上，高高的路灯把她的影子拉得很是瘦长，气温只有十来度，她却不觉得冷。

常年洗冷水澡的她身体强健，这点冷对她不算什么，何况她还独自攀爬过阿尔卑斯山。

今夜收获颇丰，她心里高兴，离目标又更近一步了。

道路后方，黑色的宾利车在身后缓缓驶过来，驶到顾倾身边时把速度降到最低，而后停了下来。后座的黑色车窗缓缓打下，车里，陆景炎和两个美女坐在后座，他似笑非笑地道："其实你一早就打算跳到海里的吧？你识破了我想要捉弄你的诡计。"

顾倾淡然："没错，从你说的第一句话我就知道有猫腻，你问我敢不敢跳到海水里，而不是敢不敢跳下去，就算我跳到快艇上，我也不算赢，所以我必须跳到海水里。"

陆景炎笑着摇摇头，很是佩服。他伸手把一张黑色的卡片递来:"你要是还敢,明晚十一点过后,来这里赴约。"

那张卡片上有爱德华酒店的标志。

顾倾脸上的妆容已褪去,清汤素面,整个人更显清冷。她没接陆景炎的卡片,嘴角扯出一个仅限礼貌的敷衍笑容:"陆少,如果我今晚的所作所为成功引起你注意,我劝你还是当我过眼云烟吧。你车里已经有两位美女,多我一个,就太挤了。"

陆景炎一愣,哈哈大笑:"你这人真的有点意思,就是太自恋了点。你来赴约,不会吃亏的,我也不会占你便宜,只是想跟你交个朋友。"

顾倾继续保持笑意:"交朋友不用大半夜在神秘小黑屋交流吧?"

她行走江湖这些年,不是没遇到过图谋不轨的人,像陆景炎这样大张旗鼓,还真是属于他这种富豪公子哥的直接方式。

都直接到约去酒店了。

陆景炎哭笑不得,扬起桃花眼:"那么高的地方跳下海你都敢,来这里赴约却不敢?"

顾倾不想理他,他继续说话:"你放心,我在这里跟你保证,绝对不会对你不轨,你清清白白地来,清清白白地归。"

说着已经把那卡片塞到顾倾手中,车窗缓缓拉上,只留下一个意味深长的笑容。

黑色轿车远去,很快消失在薄雾里。

雾气久久未散,顾倾站在一盏路灯下,望着前路车子消失的方向,再看手中那张 VIP 卡,正面印着曼城最贵酒店的爱德华酒店的天鹅 LOGO,背面印着一排细细的烫金条形码。

明晚十一点过后?不是白天,而是晚上,还是大半夜。

清清白白地来,清清白白地归?他到底想做什么?

有阴谋。

摩托车马达声由远及近,在顾倾脚边停下。戴维把另外一个头盔递给她,又脱下了自己的夹克递来:"顾倾姐,冻坏了吧,你穿我的外套。"

顾倾不客气地接过外套套上,戴上头盔,跨上摩托车后座。

夜风在耳边呼呼地吹,二手摩托像一头黑色野兽,载着她冲破薄雾而去。她抓着大男孩戴维腰侧的衣服,感觉自己飘摇欲坠。

回到中国城附近的住处,顾倾把头盔还给戴维,戴维有些担心地劝说道:"顾倾姐,以后还是别跳海了,真的太危险,让人很担心。"

顾倾伸手整理头发:"不危险,我有四种潜水资格证呢。"

"不怕一万,就怕万一。"这个大男孩唠叨起来像个老头儿,也是很可爱。

顾倾笑:"那是,以后不跳了,跳这一次就足够让我刻骨铭心。"

从那么高的地方扎入水中,别人看着她重新出现后安然无恙,她却是忍着海水刺骨的冷和重力下坠被水面击打的疼。

她潇洒地朝戴维挥挥手:"早点休息。"扭头走进公寓楼,开门进屋。

洗漱后,窗外的天才刚蒙蒙亮,顾倾总算有了点睡意,伸手去拉百叶窗帘时看到随手放在桌上的那张黑色VIP酒店的卡片,她迟疑几秒,用力拉上窗帘,钻入被窝睡觉。

或许是累着了,一觉睡到过午,顾倾醒来看了眼时间,暗骂一声shit,匆匆换衣出门。

临关门,又返回屋里,把搁在桌上的黑色VIP卡收入口袋中。

Chapter 2
我的名字叫顾倾

曼城的中国城不只是华人居住开店的地方,除了华人还有很多亚裔,越南人、日本人、马来西亚人,甚至是印度人和中东人也在这里开店。

附近有几所大学,除了看球赛的球迷和游客,学生最多。

"味好美中餐馆"开在主街旁靠近主干车道上,以川菜为主,却一点都不辣,口味还偏甜,食客却是络绎不绝。那一整栋楼在二十几年前就被中餐馆老板詹老爹头卜来了,你问整个中国城,没人不知道他的名声,也没人不知道他黑白通吃,颇有手段,在华人圈里也颇有影响力。

有些时候顾倾会在中餐馆里帮忙,收银也做,端盘子也做,偶尔也洗盘子或是拖地或是招呼客人,过去她还表演川剧变脸。

来吃饭的外国游客居多,华人也多,长居海外,总是想着法子找点家乡味。当然本地人和留学生也有,甚至有人专门从伦敦开车过来吃一道宫保鸡丁,再开车回去。

宫保鸡丁正不正宗顾倾不知道,但味好美中餐馆做出来的宫保鸡丁味道一绝。

如今顾倾在餐馆里当个领班,中国城里熟悉她的人大多都叫她Gretchen(格雷琴),小珍珠的意思,那是她原来的名字。

而她总是不厌其烦地纠正他们："请叫我顾倾。"

无论纠正多少次，他们总是念不好她的中文名字，时间长了，她也就随他们去了。

"Gretchen！你迟到了一个小时！"

跟顾倾交接工作的费娜气势汹汹地迎上来，一顿数落："你知不知道你耽误了我一个小时的时间？我可是要去约会的，你这样子还怎么当好领班，真不知道老爹为什么这么抬举你。"

"OK，OK，我错了，下不为例，你快去赴约吧，改天请你吃饭赔罪好不好？"

顾倾笑盈盈地推费娜出门，在费娜的白眼中仍是赔着笑脸，迟到给别人造成麻烦是她的责任，她不在乎几个能息事宁人的笑脸。

现在是餐馆休息时间。

待费娜走了一会儿，戴维从厨房探出个脑袋，笑得阴沉的天也晴朗起来："顾倾姐你来了，老爹在办公室，让你过去一趟。"

顾倾放下手中的活，推开门往另一栋建筑走，詹老爹的办公室在那儿。

她原本平静的脸色在推开办公室门的那一刻又笑靥如花："老爹，您找我？"

詹老爹是英籍华人，七十年代初，他的父母带着他从广东经南洋乘船来英国，行船途中遭遇风暴，死了很多人，包括他父母，后半程又饿死了不少，而他活了下来。起先他就在这中国城里端茶倒水，给人洗脚搓背刷马桶，后来跟着一个厨师学厨艺，靠着非人的毅力和聪明的头脑，先是继承了这家餐馆，然后在中国城闯下了自己的一片天地。

他并不算老，年近五十，看起来更年轻一些，一直独身未婚。

他身形消瘦高挑，有些驼背，头发掉得差不多了，索性剃了油光华亮的光头，爱戴一顶黑色的贝雷帽，喜欢穿中山领口的宽大黑色棉麻上衣,还喜欢把自己收拾得干干净净。他的牙齿有些不整齐,平时看起来都很和善,龇牙瞪目时像变了个人,自有他的威严手段。

看过中国影片的人,会熟悉一个叫詹优的演员,顾倾觉得詹老爹神似那位,连姓都一样。

曼城很多人都知道,詹老爹是个成功的餐饮企业家,还是个大慈善家,他收养了很多亚裔孤儿,养育他们,供他们读书,给他们工作,顾倾、戴维、费娜都是其中之一。

詹老爹正在对账本,高科技的时代,他一直用一本厚厚的牛皮本子来记账,一条条列着,一条条对账,不嫌烦琐。他头也不抬地说话,声音里自带些威严:"顾倾啊,最近餐馆生意有些清淡,你是不是该重新表演变脸了?你的表演总能吸引很多回头客。"

他是中国城少数几个能用中文名叫她的人。

詹老爹爱挂在嘴边的话是:"管你们吃喝住,供你们上学,给你们工作,你们还想偷懒,当年要不是我,你们都流浪街头饿死了。这里的政府会管你们?想都别想,他们恨不得你们都被野猫野狗啃光了,也省得收尸。"

詹老爹还爱挂在嘴边的是:"我把你们养大,你们尽管走,能走出这个国家最好,到头来才会发现我待你们好。"

前几年,有两个年长顾倾的姐姐走了,最远走到了南非,最后她们灰溜溜地回来了,说到底还是因为在中国城不愁吃穿。

有些人不死心,跑了几趟又回来几趟,后来就不走了,甘心替詹老爹做事。

詹老爹有些抠门,但待人不坏,待顾倾尤其好。

"好。"顾倾爽快地应答下来,实则听命办事而已。

顾倾准备要走,詹老爹开口问道:"昨晚又出去了?"

顾倾笑了笑:"睡不着,出去溜达溜达。"

"最近不太平,难民多,晚上多闹事的,你晚上还是少出门。"

"睡不着,在屋里太闷了,我会注意的。"

"还失眠?"

"是。"

"要不换个心理医生?我这里有联系方式,过几天你闲下来就去看看吧,一直失眠下去也不是办法,人会垮的。"

詹老爹递来一张名片,顾倾双手接过,看也不看就放入兜里,悄然退出。

跨出那栋办公大楼,她深深地吸气,再深深地呼气,反复几次才恢复平静,回到餐馆。

晚上用餐客流量高峰前一小时,顾倾把那套放了好些时日的变脸装备翻了出来,在员工休息室开始化妆准备,厚重的衣服穿在身上,要是没点耐力,很难坚持半个小时的表演。

川剧变脸这绝活,是詹老爹送她去跟中国城里的一位川剧老师傅学的,老师傅本技不外传,也不传给女孩儿,还是卖了詹老爹人情。

顾倾学得七八分,没能学个全,老师傅就病逝了,好在不是上什么专业的大台面表演,在餐馆里表演给外国客人观看,七八分的技术绰绰有余,每次都能引起全场欢呼。

对于中国国粹,不管顾倾表演多少次,他们都觉神奇,十分捧场。

餐馆夜里菜品售罄打烊,戴维扶着喝醉的客人送他们上出租车,顾倾卸了身上的装备,换回自己的衣服,揉着肩膀走到路边。

"几点了?"她问戴维。

一到深夜,这个城市的街道就特别安静,片刻前餐馆里的喧闹就像云烟。

"十一点半刚过。"戴维习惯用手机看时间,"顾倾姐,你今天表演肯定累了,先回去吧,剩下的交给我们了,打车费用算我的。"他说着给顾倾拦了辆出租车,摁着她的肩膀把她推进去,顺便还跟司机报出公寓地址。

出租车开到主干道的十字路口等红灯,顾倾靠在椅子上,鬼使神差地,她用英文对出租车司机说:"取消前面路线,改去爱德华酒店。"

半个小时后,车子在酒店的广场前停下,顾倾下车,夜静得只听到广场喷泉流水的声音,她望着即使在夜晚也透着金色光芒的豪华酒店建筑,眼神定了定,推门走进去。

顾倾出示那张VIP卡片给前台,前台用卡片在机子上刷一下,递给她一张同样是黑色的房卡,印着酒店的标志性精美LOGO,上面还有一串字数,VIP1609,总统套房的房间号。

"Here is your key card."前台看顾倾有些怔,多此一举地好心提醒。

"Thank you."

顾倾乘电梯上去,到了套房门口,她顿了几秒钟,清了清嗓子,刷卡进入。

屋中光线极暗,只开一盏落地灯,光源也调到最小,看不太清环境,但进来时就能嗅到一股淡淡的名贵香水气息,地上全铺着金色的柔软地毯,走上去悄无声息。

没有人?

陆景炎说十一点过后到这儿赴约,他并没有给个确切的时间,现在刚过午夜十二点,也在他所说的时间范畴内,难道他等不到人,先走了?

顾倾一边观察,一边又嫌屋里光线太暗,随手打开了全部开关,屋里瞬时变得敞亮光明,光线柔和度刚刚好,不刺眼,果然是五星级酒店。

屋中布置是出乎意料的简洁,客厅没有过多的装饰品,墙上挂着好几幅毕加索等名家的抽象画复制品,沙发很柔软,开放式的厨房很宽敞光洁,冰箱里更是应有尽有。

既来之则安之是顾倾一向奉行的准则,她从餐桌上拿个青苹果,一边啃着苹果一边在屋里四处走动,在唱片架子上选一张小红莓的唱片播放,在美好轻快的音乐声中不由自主地舞动身子,感觉自在又自由。

这样的夜晚、这样的房间,适合她这种不眠人来消遣。

她躺在沙发上听着音乐吃完了苹果,又吃了一罐巧克力冰激凌和半盒草莓。

桌上有一个黑色皮质名片夹,看起来像是用了些年头,皮夹边缘有些毛边,全黑的设计之下有一处非常雅致的樱花扣,这颗金属樱花扣已经褪去了原本的铜色,被磨得有些透红,感觉比这皮夹本身年代还要久远。

而皮夹的背面,有几个绣工精美的字——宫城一郎。

宫城一郎?日本人?

顾倾打开樱花扣,里面装着几张名片,上面用中英文写着一些信息。

黑底白字印着:杭州宫茶集团执行董事,宫城。

顾倾又看了眼皮夹背面绣的字,疑惑了,到底是宫城一郎,还是宫城?

"杭州",那个城市名字则让顾倾为之一振。

顾倾是知道杭州的,"上有天堂下有苏杭"的杭州,西湖的雷峰塔下压着白娘子。

在曼城长大的顾倾没有去过中国,但中国地图她已经背得滚瓜烂熟了。

五十六个民族,三十四个省区,杭州是浙江的省会,浙江临着上海,上海隔壁有个江苏,都是鱼米之乡,富庶之地。

杭州也是顾倾认识的第一个中国城市。

陆景炎是杭州人吗?那个冷冰冰的男人呢?他是宫城?还是宫城一郎?

因为"杭州"两个字,顾倾把一张名片抽出来放入兜里,把皮夹放回原处。

套房很大,有两个房间,起初顾倾只注意到进门左手边的房间,没注意到往里走在阳台另外一头,还有一个更大的房间。她来到房门口,敲了敲门,里面没有反应,她在外面动静这么久,里面也没反应,想着应该没有人。

伸手去拉门把手,门从里面反锁了……

顾倾握着门把手的手僵了下,反锁,说明有人在里面。

陆景炎?

顾倾满腹疑虑,是陆景炎约她来的,他既然要见她,躲在屋子里做什么呢?有什么不可告人的秘密?或者里面放了许多SM工具,见不得光?难道他跟《五十度灰》男主的嗜好一样?

啧啧啧,想到这儿,顾倾打了个小小的寒战,她就不该来。

玩也玩了,吃也吃了,她拍拍手转身准备走。身后的房门传来开启的动静,顾倾身子不由一僵,刚想跑,身后的门慢慢敞开了,可是却无任何动静。

有种毛骨悚然的感觉从顾倾的发根升起,她一时不敢扭头回去看,只警惕地盯着地上一道投射过来的淡淡身影,心想:在这科学文明的二十一世纪,活了二十几年,可是头一回撞鬼啊。

等了许久,地上那道影子越是没什么动静,越让人觉得发毛,顾倾又大胆,如果是撞鬼,她也得看看这鬼长什么样,就算被吓死也甘心。

顾倾慢慢地转过身去,看到那张她此刻最不愿看到的脸时,觉得简直比看到鬼还恐怖。顾倾险些惊叫出声,嘴突然被人从后面伸手给紧紧地捂住了!

她当下大惊,用手肘往后一顶,身后人闷哼一声,松开了她,她回头过去,才看到陆景炎。他弯腰捂着被顾倾打到的腹部,脸上表情痛苦,夹杂着隐忍,食指竖在唇边,忍着疼痛也不叫出声,让顾倾保持安静。

顾倾看了看他，又看了一眼麻木如被定住的僵尸站在卧房门口的宫城，如丈二和尚摸不着头脑。陆景炎伸手拉过她，远离诡异的宫城，直把她拉到客厅这边，痛苦缓和多了，直起腰压低声音说话："嘘，别吵别吵，吵醒梦游的人就不好了。我说你一个女孩子，出手够重的……"

他说着又揉了揉自己的腹部，有些不满。

"谁让你突然出现，这是正当防卫……等一下，你说他现在这个状态，是在梦游？"顾倾的情绪也缓和过来，指着还站在门口一动不动的宫城说道。

她还是第一次看到梦游的人，而像他这样梦游得如此独特，也是神奇。

陆景炎示意顾倾降低音量，靠近顾倾，用一种近似窃窃私语的声音跟她说话："他要不是在梦游，你早被赶出去了。"

顾倾觉得他靠得太近，往后退了两步，凝眉质疑道："你让我来，不会是让我看他梦游的吧？还是你们两个又联手想看我什么笑话？"

没准是演出来的，她动静这么大，梦游的人都没被吵醒，不科学。

陆景炎笑得无奈："你有被害妄想症啊？"

顾倾想想也对，如果是陆景炎还可以怀疑，但是那个男人，绝不可能做出这种诡异的行为，尽管这只是他们第二次见面，但顾倾觉得他是那种很死板的男人。

"深度梦游。"陆景炎说了个词。

"深度……梦游？"顾倾一时不能理解。

她面带疑虑扭头看向宫城，他突然动了起来！

顾倾刚要惊叫，看到陆景炎朝她摆手示意，就忍住了声音，宫城直接往她的方向走了过来……

他一直走到她面前,目光涣散没有聚焦,并没在看着她,脸上也并没有什么表情,在快要撞到她时,陆景炎拉开了她,给他让了道。

"也叫重症梦游患者,梦游的时候行为都是无意识的,由于是深度梦游,很难醒来,但也不能人为去惊醒他,稍有差池,可能会对他的大脑产生不良影响。"

陆景炎给顾倾解释,顾倾盯着宫城像僵尸一样在空间里移动,无意识无目的地移动,没有方向,如果撞到了什么,他就停下来,转个身往另外一个方向走,直到又撞到什么,反反复复地在房子里走动,像个游魂。

套房布置简洁,没有多余的家具和摆设,他撞到的都不是什么锋利的物品。

这场景,让顾倾想到了《星球大战》里失控的机器人。

怎么看着,有点萌呢?

顾倾本来还郁闷着,可看到宫城这副样子,想到他昨晚在游艇上对她凶巴巴的,就莫名觉得解气,苍天饶过谁。

"我不明白你的意思。"顾倾说。

陆景炎轻叹口气:"没有很深奥吧,简单来说就是……"

"我是说,我不明白你为什么让我来这里,他梦游跟我有什么关系?"顾倾说。

陆景炎又揉了下腹部,还是隐隐作痛:"你不是想要钱吗?跳海那么危险的事情都做了,就为那几万块的筹码,这有份报酬丰厚又轻松的工作,你不想要?"

"报酬丰厚又轻松的工作?"顾倾警惕地看着他,哂笑,"别开玩笑了,指不定是什么套路和陷阱,我不是轻易受诱惑的人。"

"真的很轻松,你只要在他梦游的时候看着他就行。"陆景炎企图用轻松的表情来说服顾倾,嘴角浅浅地勾着,等待认可的笑容。

顾倾摇头，不信："只是看着他这么简单？"

她看陆景炎的笑容，觉得他像守在陷阱边上等猎物掉下去的猎人。

陆景炎很坦荡："就这么简单。"

"这么简单，为什么找我？"顾倾质问。

陆景炎沉默几秒，那双桃花眼隐去了不正经，变得有些严肃："因为你不怕死。"

顾倾也顿了几秒，旋即笑起来："不怕死？你误会了，我最怕死，我从不会做没把握的事情，也绝不会让自己轻易死掉，命，是我最强大的资本。"

人死了就一了百了了，相比自残和寻死，活着才是勇敢。

陆景炎又叹一口气，他还从没在哪个女孩子那里说话讨不到一点好，顾倾太聪明、太谨慎，真是让他头疼，但正因如此，他觉得这份差事非她莫属。

毕竟宫城是更聪明、更谨慎的人。

陆景炎放弃套路，简单直接："你开个条件吧，本来我觉得直接跟你这样说，你会觉得我不尊重……"

顾倾打断他："你早说呀。"

她脸上多了笑意，陆景炎看着她，心里发慌。

怎么有人变脸变得这样快？她是魔鬼吗？

"你刚刚……不是说你不是轻易受诱惑的人吗？"陆景炎摇头。

顾倾很坦荡地耸耸肩："不轻易受诱惑那是因为诱惑太小。"

"……"陆景炎不想说话。

"什么条件都可以？"顾倾眨眨眼睛，眼睛里放光。

陆景炎后悔了，扭头去找宫城。

两人在这头说了许久，待回头要去找宫城的时候，才发现宫城不知什么时候没了，人不知道走到哪里去了。

陆景炎神色有些不好地转着脑袋四处看了看,往浴室走去,人没在浴室里,出来时看到顾倾指着虚掩着的门,问他:"不会是出去了吧?"

"快,追!"陆景炎急了,拉开门就往外冲。

顾倾慢悠悠地跟在后面,陆景炎回头朝她喊:"他要是出事,你这份工作就别想要了。"

顾倾这才积极起来,心道,陆景炎对宫城,真是够上心的,身在英国多年,这男人间的感情,她总是容易想歪。

两人分头在酒店走廊里找了一会儿,没找着人,陆景炎让顾倾务必低调,不能声张,所以也没找人帮忙。

一个梦游患者在外游荡,而且是深度梦游患者,很危险。顾倾没问陆景炎为什么没找人帮忙,她走到电梯口,看到下行到一楼的电梯,按了旁边的电梯跟下去。

下到一楼酒店大堂,深夜的大堂很是冷清,除了前台两个值夜班的人员,门口的保安,还有两个拖着行李大概是赶夜班飞机的客人,出租车过来后,保安把客人送上车。

顾倾走过去问保安,有没有看到其他人从楼上下来,并跟他描绘宫城的样子。

牛高马大的白人保安对宫城印象深刻,指着酒店对面的广场用英文说:"Oh, That man, I asked him, but he didn't say anything. I saw him go that way, looks very weird.(哦,那个男人啊,我问他,但他没有说话。我看见他去了那条路,看起来还很奇怪。)"

陆景炎也下来了,也听到了保安说的话,他和顾倾对视一眼,神情十分严肃紧张,拔腿就往广场跑去。前面是一条横开大路,两个方向,陆景炎示意顾倾,着急得话都说不上只是用手比画。

顾倾明白他的意思,他往左边跑,她则往右边去。

爱德华酒店这附近一带治安虽好,但近年中东局势混乱涌进很多难民，到了夜晚街上除了流浪汉和难民出没，几乎没有什么行人。

寂静空旷的街道，偶尔一辆车子驶过，轮子摩擦过路面飞驰而去的声音也变得喧嚣震耳。

夜晚没什么行人，车子都开得特别快。

顾倾走到大路尽头，前方是一座大桥，她看到了宫城，他正沿着路慢慢地往前走。

之前觉得有些好笑的顾倾这会儿看到他独自漫游在深夜街头的背影，不知怎么怔住了。

他出来时没穿鞋，身上也只穿着单薄的棉质衣裤，像个迷路的大孩子。看到他越来越偏离路肩，正往马路中间走去，她赶紧跑了上去。

一辆大货车从桥的前方快速驶过来，宫城灰色的衣着在灯光照射下几乎在灰色的水泥道路上隐形，看着货车没有降速的意思，顾倾一颗心提到嗓子眼，也不顾是否会叫醒梦游的人，大声地朝他喊一声："看车！"

然而宫城在听到她的声音后，反而在道路中间停下来，茫然地转动身子，似乎在寻找声音来源，他还在梦中。

顾倾那时脑袋一片空白，下意识地冲过去，只有一个念头——救他。

她也不知道自己是怎么冲到他身边，怎么扑向他，又怎么推着他一起滚到路边的。

货车鸣笛而过，并没有停下。

等顾倾反应过来，脑袋好像碰到了什么，疼痛遍布全身，昏昏沉沉地看着眼前正在睁大眼睛盯着她的男人，心里竟然感叹，真好，他没事。

之后，她眼前一黑，失去意识。

宫城从地上坐起来，茫然地看着周围的环境，再看着躺在身侧受伤昏迷的顾倾,像从时光尽头冗长的梦境中回来,以为自己又到了另外一个诡异梦境。

竟然在梦中见到了这个讨厌的狡猾女人。

直到陆景炎从桥的那一头跑过来,跑得气喘吁吁的,一边跑一边打电话叫救护车。

宫城抬头看他,从身上某处擦伤的地方传来的疼痛提醒他不是梦境,他的神色逐渐清醒,茫然如迷雾散去,冷静地问陆景炎:"我又梦游了?"

陆景炎拧着眉头看一眼受伤昏迷的顾倾,重重地点了点头。

"她怎么会在这里?"宫城茫然地看着顾倾。

"她救了你。"

Chapter 3
她是你的救命恩人

　　车子的声音，货车的鸣笛声，桥上的人影。

　　顾倾在清醒之前，这些画面反复塞进她的脑袋里，乱，吵，又渐渐归于宁静。

　　她睁开眼看到的第一个人是陆景炎，目光视角往旁边再移一点，就看到了冷面的宫城，他额角擦伤的地方做了处理，左手缠着绷带，在她看向他时，他把手稍稍往身侧藏了藏，冷冷地看着她。

　　病房窗户外，天透亮，阳光穿透玻璃照在白色瓷砖地板上。

　　顾倾有些迷糊地问陆景炎："几点了？"

　　陆景炎看了看手上的名表，表情比之前看顾倾的任何时候都温和，还带着些讨好："刚过午，十二点半，你昏睡很久了，肚子饿吗？要不要吃点东西？"

　　顾倾一个挺身从床上坐起，精神起来："十二点半？"

　　她眼睛眨也不眨地拔掉手上的针头，摁住针口下床要往外走，双脚触地时才感受到脚腕传来的些许疼痛，尽管如此，她还没废掉，还能走。

　　陆景炎急忙扶住她："你干什么？受伤着呢，快躺下。"

　　顾倾推开他："我要上班，我迟到了。"

陆景炎顿了一下,无法理解:"都这样了还上班?"

顾倾一瘸一拐继续往外走:"只要还有一口气就要上班。"

经过宫城身边时,宫城仍是很冷漠的,并没有阻止不说,反而让陆景炎别追了:"让她去。"

陆景炎急了:"你帮忙劝下啊,她可是你的救命恩人。"

宫城的声音冷冷的:"不爱惜自己身体的人,你跟她说什么都没用。"

听到宫城的话,顾倾那种迫切要走的心情突然就不迫切了,她在门口停下来。

宫城盯着她突然停下的背影,眉心动了动,等着她下一步动静。

顾倾转身回来,二话不说,一瘸一拐地走到床边,掀开被子躺回病床上。

陆景炎不知道她玩的是哪一出,疑惑了:"不走了?"

顾倾扫一眼冷冷观望的宫城,她就是不想让他如意:"不走了。"

"这就对了,还是身体要紧。"陆景炎笑呵呵道。

他很是佩服顾倾,身上这样了还跟没事的人一样,不是一般女子。

顾倾翻个身不想看到宫城,和陆景炎说话:"你刚才说的话提醒我了,我现在是某人的救命恩人,这个某某还是个有钱人,我暂时可以不用工作了。"

陆景炎一愣,没忍住笑出声来。

宫城则在旁边黑着脸。

过了一会儿,宫城黑着脸和陆景炎从病房出来,两人并肩走在长长的走廊上,陆景炎担心宫城昨夜梦游惊醒会不会影响他大脑,问他:"你真的没事吗?要不要做个脑部CT?"

这次宫城来英国出差,杭州那边,宫家奶奶可是亲自打越洋电话让陆景炎照顾宫城在英国的生活起居,尤其他梦游这个病,整个宫家除了他奶奶和宫城,没其他人知道,外人就陆景炎一个知道。宫奶奶的拜托,加上是从小一起长大的好友,陆景炎不敢不从。

陆景炎和宫城从小一起长大,后来宫城跟他母亲去了日本,十年后又回到宫家,回来没几年进入宫茶集团成为董事会一员,后来宫奶奶卸任董事长一职,他则成了宫茶集团的执行董事。

陆景炎苦恼,宫奶奶让他照顾宫城,如今自己却让宫城挂了彩,真是不知道怎么跟宫奶奶交代。

听到陆景炎让去做脑部CT,原本并不想说话的宫城停下来,横过去一眼:"我看要检查的是你吧?你脑袋到底有什么毛病,跟那种女人来往?"

"你说顾倾啊,她……不是还舍身救你了吗,说明她人不坏。"陆景炎赔笑,"她看着一副事不关己高高挂起的自私自利模样,但关键时刻竟然舍己救人,也是让我很意外。"

宫城"哼"一声:"如果不是你把她带到酒店,我就不会出事,她自然也用不着救我,你到底想做什么?"

陆景炎心虚地摸摸脑袋:"你梦游的时候要守你整个晚上实在太累了,加上我不是看你对她有意思……"

宫城瞪他,声音沉沉的:"你哪只眼睛看到我对她有意思?"

呵,他怎么可能对那种女人有意思,他恨不得跟她永远不要有交集。

"在游艇上你都出手救她了,还不是对她有点意思?"

"陆景炎,你是活腻了吧?"

"没活腻。"陆景炎接话,"我是怕你活腻了,这么多年还是个处男身不近女色,我都怀疑你是不是偷偷爱着我。"

宫城的脸更黑了:"你……"

陆景炎不怕死地嬉皮笑脸地贴上去:"你不会真的偷偷爱

着我吧？"

"滚。"宫城不想搭理他。

旁边有护士往来，见着这两个英俊非凡的帅哥，一个俊逸开朗，一个气质冷酷，站在一起像电影画报，还说着什么偷偷爱不爱的话，忍不住扭头看他们，又红着脸匆匆离开。

"你知道我一向逞个嘴快，多年的兄弟，我这不是担心你的终身大事嘛。"陆景炎在后面跟上来坦白。

宫城走在前面不理会："担心我的终身大事？还是你有任务在身？"

"什么……什么任务，我不知道你在说什么。"陆景炎装傻。

宫城太了解陆景炎了，朋友多年，陆景炎眉毛动一下，他就知道陆景炎在想什么。

"我奶奶那边，你最好不要跟她瞎搅和，否则我们多年的交情也就到此为止了。"

"啧啧啧，你这人，这么严肃做什么？我招还不行吗……"陆景炎妥协，"这次你来英国办事，宫奶奶给我下达命令，说我认识的女孩多，让我给你物色个对象，否则我以后回去就不用去你们宫家吃饭了。一般女孩你看不上，这个顾倾嘛，挺有意思的，不知道为什么，我一看到她就想到一句话，叫'一物降一物'。"

还有另外一句话，陆景炎没敢说——"恶人自有恶人磨"。

哪知他越说，宫城的脸色越沉，最后停住了脚步。

宫城似乎是想到什么，转身往回走，走向顾倾所在的病房。

陆景炎有些紧张："你别去为难人家姑娘，是我让她来酒店赴约的……"

宫城一边走一边说话："我不会为难她，相反，我要报恩，你在外面别进来。"

说话间，他已经走到顾倾病房门口。

他不喜欢欠别人，一分一毫都不想欠。

宫城开门进来时，顾倾并没睡着，她正在用手机编辑信息给詹老爹请假，借口用的是走路摔跤，还拍了张脚踝缠着绷带的照片发过去作为证明。

她睡眠一直不好，也不知道是从什么时候开始有睡眠障碍的，这两年失眠更加严重，晚上难以入睡，几乎都是天亮之后才有睡意，每天睡四五个小时，所以她很清楚地知道宫城正走近自己。

虽然她没看，但她知道是他，他自带寒气，不用靠近就能袭人。

"我知道你醒着。"宫城说，"关于你昨晚救我一事，我有话说。"

顾倾等着呢，就怕他不来，她也不装模作样了，直接在床上坐起来，双眸直视他，没有一点回避的意思。

宫城望着她那双黑白分明的眼，她的眼睛太过干净，以至于他有些怀疑，拥有这么干净的一双眼睛的人，怎么会那么狡猾又多心计。

人不可貌相。

"我听着呢，你说吧。"顾倾眼睛眨也不眨地看着宫城，她知道自己面对这个男人绝不能怂，在他准备开口时又打断他，"我先说清楚，你别指望我是什么见义勇为的人，感谢的话就省了吧，我这人就喜欢实际一点的东西。"她露出市侩又势利的嘴脸。

"我知道。"宫城冷淡地应着，站在那儿如一面铜墙铁壁，深邃淡漠的眼静静地望着顾倾，喜怒不流于表面，显得十分不近人情。

"我给你十万英镑，稍后你把账户给陆景炎，他会处理，今天之内你就能拿到钱。"

宫城说完这些，像是处理什么一次性的交易，简单利落地转身要走。

顾倾在他身后冷笑一声。

声音过大,宫城听到了,也知道她是故意笑给他听,不由停住了脚步。

宫城转过头来,看到她非常不屑的嘴脸,那副嘴脸在他看来是贪得无厌,不由沉了下眉目:"你嫌少?"

顾倾又冷笑一声:"十万英镑你就想打发救命恩人,会不会太小气了?"她手中多了那张宫城的名片,看着名片上的字体自顾念着,"杭州宫茶集团执行董事,宫城先生……哦,或者应该叫你,宫城一郎?"

宫城盯着那张名片,眉头一拧,整个人的气场都凛冽起来:"你动我的东西?"

顾倾看他那样,猜想那个樱花扣的旧皮夹对他大概很重要,连碰都碰不得,避重就轻地含糊过去:"拿了张名片而已。"

"你不配拿我的名片。"他冷冷地说。

顾倾从他的神色语气中知道,他是真的讨厌她、嫌弃她。

但她从来不在乎别人是喜欢还是讨厌她,她只是想要达成目的。

"我不要十万英镑。"她说。

宫城却不想在这间病房多做逗留,甚至不想多看顾倾一眼:"你想要更多?"他说着,也冷笑一声,"我只能给你十万英镑,你收下就是你的,想要更多,没有。"

言下之意很明显,她要是不要,连十万英镑都没有。

他说着,转身准备再次离开。

"我不要钱。"顾倾冲着他说。

再次准备走的宫城又停顿下来,背对着顾倾说话:"我只能给你钱,其余的给不了,你最好不要奢求其他。"

真是难讨价还价的一个人,顾倾望着他修长笔挺的背,觉得他的心是真的冷。

病房中的空气沉默片刻，顾倾突然哈哈大笑起来，笑得停不下来——

"哈哈哈……"

她的笑声太突然也太突兀，宫城终于转过身来，莫名其妙地看着她，不知道她在发什么神经，短短相处的时间，他已经知道她的狡猾，拿不定她的情绪。

"你笑什么？"宫城忍不住问她。

顾倾收了些笑声，但还在笑，笑得眼泪都要掉下来，她擦擦眼角："不能奢求太多？宫先生，你是不是自作多情，以为我不要钱，而要做你的女人啊？"

宫城眉头一拧。

"你放心，我宁愿孤独终老也不会做你的女人。"顾倾把那张名片递过去，神色在瞬息之间恢复成冷漠，像是游艇那晚，她松开宫城手落入海水里的眼神，"我不要钱，我只要你带我去杭州。"

宫城怔怔地看着她。

"想都别想。"落下这句话，宫城拉开门绝情而去。

乌云遮日，透过病房的光线慢慢暗淡下去，整个病房也变得暗沉。

顾倾侧躺在病床上，盯着窗外的乌云，有个久远却不曾被她遗忘的声音回荡在她耳边——

"有朝一日，希望你能到中国来，希望能在杭州与你相见。"

有朝一日，是哪一日？

宫城从病房出来时，脸色比先前更不好，陆景炎知道他和顾倾谈崩了，上前想询问详情，宫城冷冰冰地吩咐他："问她拿账户，转十万英镑给她，这事就到此为止，我不想再见到她。"

陆景炎在后面叹气，顾倾这样的女孩对他也不可行？

到底宫城会对什么样的女孩子上心？

这是无解的谜题。

晚些时候,陆景炎返回病房,要问顾倾银行卡账号,顾倾却不见踪迹。

他问了护士,护士说她已自行出院。

"挺倔的女孩子。"

两日后,去吃晚饭的路上,陆景炎在车上这么跟宫城说。

宫城不想表态。

陆景炎看着宫城的脸色,唉声叹气地试探:"要是有人像她这么舍命救我,我得把她供起来,有求必应。"

宫城开口:"她不想要钱,想让我带她回国,回杭州。"

"啊?"这倒是出乎陆景炎的意料。

他记得在游艇上问她是不是中国人,她否认了,既然否认,为什么要放弃十万英镑而让宫城带她去杭州?难道说她对中国有什么特别的感情?

这么说起来,陆景炎对顾倾的神秘身份就有些好奇了。

"你是不是也觉得奇怪?"宫城问。

陆景炎承认:"去中国不是挺简单的事情吗?她自己想去随时可以去,办个签证就能走的事,为什么非要让你带她回去?"

宫城目光移向车窗外:"所以说不是那么简单,她很有问题,我绝不可能答应。"

可她就这么算了?

两天了,顾倾没有找来,以宫城对她品行的判断,她绝不是这么容易善罢甘休的人。救了他一命,什么好处都没捞到,她怎么可能甘心?

窗外,是和其他地方风格截然不同的中国城,雕龙画凤的建筑就算在中国国内也少见,但这已经演变成迎合外国人喜好的风情景观。这景观对于宫城来说并没有太大感觉,可他听陆景炎说这儿有好吃的中国菜，尤其宫保鸡丁做得不错，硬是被拉了过来。

出差一周有余，宫城确实有些想念正宗的家乡菜。

想念归想念，但他对中国城里的中国菜不抱太多期望。

"味好美餐厅"，名字也是土里土气的，门外挂了一排很扎眼的红灯笼，门框上贴着手写的对联，装修风格看着像是过春节似的喜庆。

餐馆里挺热闹，客人几乎坐满，端菜的服务生穿插其中，交谈的、说笑的、欢呼的、喝彩的，有些嘈杂，很是热闹。

最先吸引宫城的是台上表演川剧变脸的，他在位置上坐下来，摇头："这变脸不伦不类，也就唬得住这些外国人。"

陆景炎喝着茶优哉游哉："我觉得挺好啊，知道你母亲以前是专业的，这个不能比，也就在这种地方吃饭的时候凑合着看，要看真功夫还是得回国。"

"那你不打算回去？"宫城端起茶杯喝了口茶，只喝一口就放下不再碰了。

他从小在茶园长大，家里世代做茶生意，对茶的要求有些高。

陆景炎一边津津有味地看着台上的变脸，一边喝着茶说："回去做什么？家业都在这儿，我还打算在这儿买块墓地，死后就葬在这儿了。"

宫城不动声色地瞄了他一眼："五年了，在这开心吗？"

陆景炎不看他："废话……当然开心。"

宫城眼睛看向台上，变脸结束，那表演的人下了台，他漫不经心地说："沈黎离婚了。"

"沈……"陆景炎一怔，顿了几秒，手里的茶水差点洒出来，"她……她离婚关我什么事？"

"我只是告诉你一声。"

"宫城，你故意的是不是？"陆景炎不爽。

"是。"宫城面不改色。

陆景炎看见宫城承认得这么轻松,气得没法再跟他聊天。

宫城冷淡地补一句:"醉生梦死不过是自我麻痹。"

"麻痹你……"陆景炎想说粗话,看到那穿着变脸表演装扮的人走了过来。

那人走到宫城和陆景炎这桌旁,才把脸上的头套摘下,一头如瀑的头发散下,脸上扑着些粉,巧笑倩兮,一双黑白分明的眼睛清清冷冷,姿态自然得像多年好友跟他们两个打招呼:"真巧,这么多中国餐馆,你们偏偏上这儿来。"

宫城抬头看到是顾倾,不由自主地沉了下眉。

陆景炎看半天终于认出来,很惊喜:"顾倾,怎么是你啊?"

"我说了我要回来工作。"

顾倾在他们两个踏进餐馆时就注意到了他们,他们两人在人群中实在太耀眼太突出了,不得不注意。曼城就这么大,好吃的中国餐馆没几家,碰上也不是不可能。

她正有些口渴,取下手套,不客气地拿过宫城那杯没怎么喝的茶,一口气喝了个干净,才抹抹嘴把茶杯放回原位。

宫城扫了那茶杯一眼,眉头沉得更深,知道她是故意的。

费娜过来给他们点餐,见着这桌两个大帅哥眼睛都亮了,脸都红了,看顾倾跟他们相熟的样子,想找机会问又忍着。

顾倾抓过菜单合上,对费娜说:"厨房刚送来的龙虾和羊排,给这两位尊贵的客人上了,再开一瓶茅台,一会儿结算和餐费同样价格的小费。"

费娜在宫城和陆景炎看不出情绪的表情中犹豫着:"这不太好吧……"

顾倾挥挥宽大的戏袍袖子:"就这么办,他们不差钱。"

宫城无奈,陆景炎的心情却是不错的,一张脸笑嘻嘻的。

费娜站在那儿拿不定主意,宫城示意:"就照她说的去准备吧,加一点,换你们最好的茶叶来。"

费娜回到休息室，很快过来向顾倾打听："Gretchen，他们谁呀？你怎么认识的，也介绍我认识认识呗。"

顾倾换了餐厅工作服，把脸上重重的粉擦干净："要想认识自己去搭话。"

费娜"切"一声："你吧，最好别让詹老爹知道你跟这些人来往，再说了，要是他们知道你曾经杀……"

顾倾用力地关上更衣柜门，"砰"的一声，吓着了费娜，但顾倾的脸上却带着笑容："你放心，我有自知之明。"

费娜翻个白眼离开了。

休息室里只剩下顾倾，她整理好走到门口，宫城立在那儿堵住了去路："你真的有自知之明？"

世界于他们，好像此刻只剩这狭小的空间，狭路相逢。

顾倾与他对望，过了半晌才回应过去："那是，我有自知之明，自知绝不可能会爱上你。"

顾倾顶那么一句回去，宫城也只是淡淡地挑了下眉。

他把一张银行卡递过来："里面是十万英镑，我不会欠你一分一毫。"

休息室这头走道太窄，只勉强够两人并肩而行，顾倾不客气地走上前去，挥手拍开银行卡："我说了我不要钱，我只要你带我去杭州。"

两个人离得很近，顾倾背后贴墙，仰头望着他，没有一丝惧色。

近看越发觉得他英俊逼人，如果不是面瘫脸，应该蛮讨人喜欢的，只可惜性格太差了。

宫城把银行卡递到顾倾面前："我也说了，除了钱，什么都不能给你。"

"那就算了。"顾倾往他身旁挤出去。

宫城注意到她微微扬起来的嘴角，知道她所说的"算了"

绝对不是真正意义上的算了。

她要让他欠着她。

而他最讨厌欠别人的。

果不其然，她走了两步又转回来，把一张写有她电话号码的纸条塞到他手里："想清楚了就打电话给我，我们好好谈谈。"

宫城手里捏着那张电话号码纸条，看着顾倾走路还有些一瘸一拐的，觉得头疼。

用餐区这边，陆景炎饭还没吃几口，宫城沉着脸走过来，拿过他披在椅子上的外套："我买好单了，走。"

"哎，我还没吃饱……"

陆景炎看到宫城顶着乌云般朝门口走去，也顾不上吃了，搁下筷子拿起大衣追了出去。

顾倾站在一面窗口边上，看着停在餐馆马路对面的那辆黑色的车子驶离，扬唇笑了笑。

玻璃反射出她清冷的面孔，那个笑容很快就隐去了。

两天后，陆景炎把能搜罗到的消息都搜罗了，去宫家在曼城的办事处找宫城，一脸神秘道："你猜怎么着，不查还好，一查吓一跳，她在英国的身份是假的，以前那个身份犯过事，在管教所待了一年，在出境黑名单上。难怪她不要十万英镑，要你带她去杭州。"

宫城正在核对茶叶订单，抬头看陆景炎一眼，也有些难以置信："管教所？犯了什么事？"

陆景炎给自己倒了杯水，喝了大半杯才继续说："据说是防卫过当，具体的过程没问，但她当时还未成年，没有量刑，送去管教所监禁，如果没有詹老爹出钱安排，她至少要被监禁三年，好像是她十四五岁时的事，七八年前了吧。"

宫城沉默了片刻："詹老爹又是谁？"

"味好美中餐馆的老板，詹朗年，她的养父，在华人圈子挺有名的，收养了很多亚裔小孩，那些小孩长大了都给他工作，顾倾是其中之一，我跟他生意上没有什么来往，认识但不熟。"

宫城听到这里，把手中的工作放下，若有所思几秒："我说了她不简单，不管她要不要那十万英镑，都给她，下周就回国了，我不想跟她有任何牵扯，也不想欠她。"

"OK，我替你去给。"陆景炎查了顾倾的背景，这么复杂的女孩子，身后还带着案子，确实不能待在宫城身边，否则宫家老奶奶知道，得拿他是问。

"不用。"宫城想了想，制止了陆景炎，"是我欠她，不是你欠她，我会亲自给她，跟她说清楚。"

顾倾这边，詹老爹体谅她脚伤，晚上餐馆的表演让她缓一缓，一瘸一拐也不好在餐馆招待客人，索性就让她放假了。

其实她的脚已经没事了，能跑能跳，只是偶尔装装可怜，能被善待一些。

除了费娜唠叨不满，其他人倒还好说话，而顾倾买几支口红送给费娜后，费娜也就不再说什么，安心地替她顶班了。

陌生电话打来时，她预感是宫城，响了一会儿才接听。

果然，宫城沉沉的声音从那头传来，报了约见的地址："下午四点，爱德华酒店大堂。"

言简意赅，一句都不肯多说，说完就挂了。

Chapter 4
爱演戏的小狐狸

下午四点,顾倾准时到了爱德华酒店,却站在门口不进去。

她给宫城打电话:"陪我走走。"

"我没有时间。"宫城拒绝。

"你还想不想给我钱了?"顾倾问他。

他在那头停顿几秒,不甚耐烦:"你真的会收下钱?"只想她拿钱走人,再不相干。

"你出来再说。"她赖着。

几分钟后,宫城修长英俊的身影出现在酒店门口,扭头看到顾倾正在广场对面的冰激凌摊子前跟他热情招手,像熟悉已久的朋友。

城市嘉年华游行,正游行到广场这一带,人群随着花车队伍从街道上涌过来,有日本游客旅行团正在四处拍照,导游用日语讲解爱德华酒店上百年的历史,讲着哪位王公贵族和作家曾在此住过。

顾倾穿一件红色皮衣,肆意的明朗笑容,明眸皓齿,一眼看去只觉得天空也被她的笑容照亮不少。如果不是宫城知道她的狡猾,他愿意相信拥有这样明朗笑容的女孩子是单纯而快乐的。

可是他知道,她的快乐是建立在折磨别人之上的。

他不想给她任何得寸进尺的机会，黑着脸走过去，她笑嘻嘻地给他递来一支冰激凌，自己手中拿着一支，冰激凌香甜的香草气息萦绕在空气中。

宫城的脸色稍稍缓了些，没有接冰激凌："我不吃冰的食物。"

天气还有些凉意，何况他向来不喜欢冷冰冰的东西。

顾倾上下打量他，挤眉弄眼笑："你特殊时期啊？"

宫城不懂她意思："什么特殊时期？"

顾倾舔一口冰激凌往前走，腿脚看起来已经好全，走路正常，宫城怀疑她在餐馆那天是装的，之前他还有些担心她的伤势，如今看来完全没有必要。

她总是那么狡猾，不知道她下一步会做什么，他警惕着。

顾倾一边走一边说："就是女孩子每月一次见红的特殊时期啊。"她说着回头咧嘴朝宫城做个鬼脸，冰激凌奶油粘在唇角，像个顽童。

女孩子每个月见红的特殊时期？

宫城的脸更黑了，大步跟过去："你到底要不要收下钱？我没有时间跟你纠缠。"

广场上人声嘈杂，不知从哪里涌过来的男子撞上宫城，抓着宫城让他拍照："先生，可以帮忙拍个照吗？"手中递过来一个早已被淘汰的破傻瓜机，看起来并不像游客。

宫城被撞得有些恼火，手臂被对方抓着，脸色有些阴沉地扫了那人一眼，对方立刻松开他走了，笑嘿嘿地摆摆手，很快消失在人群中。

从莫名其妙的男子那儿抽身，宫城拨开人群看到顾倾正在给一对老夫妻拍照，老夫妻用日语说着什么顾倾听不懂，她朝宫城招手，一脸讨好："喂，你给我翻译翻译呗。"

宫城不情不愿地替她翻译了，不过是一些感谢的话，反问她："你怎么知道我会日语？"

"宫城一郎嘛。"顾倾故意说道,仍是嬉皮笑脸的面孔,睁着黑白分明的眼睛眨也不眨,"喂,你到底是中国人还是日本人?"

那个樱花扣的皮夹背面,绣着"宫城一郎"四个小字,顾倾忘不了。

"我为什么要跟你谈这些?"宫城被她盯得有些不舒服。

"算了,不说就不说,神气什么?"顾倾耸耸肩,继续跟着人流往前走,"那你总得给我个理由,为什么不肯带我回中国?这对你来说不是什么难事吧?"

宫城跟在后面,人声嘈杂,他只能走近她一些才能听清她说话。

她说得没错,用陆景炎的话来说,给她弄个新身份带她去中国确实不是什么难事,尤其是宫家和陆家在大使馆和移民局都有相熟的人。

但他还是耐心地给她解释,让她死心:"我不喜欢拖泥带水,没有办法保证带你回中国之后会发生什么事情,用钱做交易最干脆利落,况且,我以后也不想再见到你。"

呵,说得她就很想再见到他,如果不是为了……

顾倾一边走一边哼哼:"如果我要很多很多钱呢?"

宫城依旧冷面:"我没有很多很多钱给你,只有十万英镑,没有更多。"

顾倾吃着冰激凌,嘴里咕哝着:"唔,你堂堂杭州宫茶集团的执行董事,只能给你的救命恩人十万英镑?"

宫城诚实:"我是执行董事,但我也是领工资的集团一员,我的钱不是天上掉下来的。"

"好吧,我换个意思,你觉得你的命就只值十万英镑吗?"看他怎么回答。

"并不。"宫城否认。

"那就对了。"顾倾得意。

"我是说,我的命一文不值。"宫城补充。

"哈?"顾倾惊掉下巴,很瞧不上他,"喂,你抠门要抠到说自己的命一文不值吗?"

后面涌过来的人实在太多,宫城停在旁边的一家咖啡店歇脚,顾倾吃完了手上的冰激凌,双手在裤子上擦擦,也跟着站一会儿。等蜂拥的人群走过,宫城望着如织的人流继续说:"命,确实宝贵且值得尊重,但命对我来说不是你理解的那种意义,人做了什么有意义的事,在这世上留下什么照耀他人的痕迹,才算是有价值,目前我并未觉得自己的命很有价值,你也一样。"

他说这番话时,顾倾不知为什么,觉得他没有那么讨厌了,也有些认同他的观点,人做了什么有意义的事,留下什么有意义的痕迹,才算是价值。

可是,她的命也一样没价值?他有何资格评价她的命有无价值?

他自己愿意贬损自己就算了,非得要带上她。

"我跟你才不一样。"她瞪着双眼回击,"我就没见过你这么讨厌的人。"

宫城见终于惹怒了顾倾,不知为何心情变好,浅浅笑起来:"同感,我也没见过你这么讨厌的人,既然两两生厌,不如你收下十万英镑,再也不见?"

以为是冰块的人突然一笑,像白雪皑皑的雪地里突然绽开的花儿,顾倾看得失了些神,又急忙把神儿给揪回来:"No!才不要这么便宜你。"

才说完,身后过来的人推挤一下,她重心不稳,整个人就扑到了宫城怀里,一张脸都紧紧贴到他胸口上。

宫城倒是没有太在意,低头看着怀里的顾倾,双眼冷冷淡淡地瞥着她,嘲讽的本事顶尖:"现在是谁占谁的便宜呢?"

顾倾不慌不忙地起身,脸不红心不跳地倾身往旁边靠了靠,他个头很高,她不服气地稍稍踮起脚,让自己气势没那么弱,拍拍胸脯张开双手豪爽地招呼他:"大不了,我让你占回来,你尽管靠我胸口上,我胸口可比你胸口舒服得多。"

"……"宫城一怔,双目不由扫了一眼她胸前,完全是无意的一眼,到底是男女构造有别,他忽地觉得耳朵有些发热,又气又愤挡开她,往前走去,"不知廉耻。"

顾倾盯着他有些发红的耳朵,心里冷笑,这人也是真能装正经。

他高高的身形走在那群叽里呱啦的日本人中,显得很高大,顾倾发现逗弄他其实是件挺好玩的事情,暗笑一声,跟了过去。

走在前面的宫城突然停下脚步,顾倾没刹住步子,整个人撞在他笔挺的脊背上,脸都撞疼了,揉着脸不悦:"喂,你故意的啊?"

宫城杵在那儿,对她的抱怨没反应,只是反复摸外套口袋,声音冷下来:"皮夹不见了。"

"什么皮夹?"顾倾绕到他前面,见他神色有些沉重,眼睛在他身上扫了扫。

"还能是什么皮夹,有樱花扣的那个,一定是刚才广场上那个故意碰我的男人顺手摸走了。"他当时就觉得有些古怪。

他说着人就转身回去,逆着人群往回走。

顾倾跟着:"不就是个皮夹吗?有那么重要?"

宫城没有理会她,逆着人流还加快了步伐,等两人终于挤开人群回到广场,那个男子哪里还有踪影。

宫城神色着急地在广场上转了几圈,没看到人后神情越发不对,一张本来就冷冰冰的脸铁青着,拿出手机要拨打电话报警,被顾倾摁住。

天色已慢慢暗下来,广场这儿却亮起灯光,远处游行队伍渐行渐远，声音像群鸟过境慢慢远去，这会儿安静了些。

顾倾推回宫城要报警的手机："这种事，报警不顶用，你描述一下，那个撞你的男人长什么样，我看认不认识。"

见宫城凝着眉头疑惑地盯着她，不知又在怀疑什么，她补充："我好歹在这个区混了二十几年，这片我比较熟，小偷小摸的无非是那几个熟面孔，有些人专门偷手机，有些人专门偷钱包，你手机和皮夹放一起，他不拿手机拿皮夹，肯定是知道这片的规矩。"

"还有这种规矩？"宫城没有解除对顾倾的怀疑，从第一天见她，他就没打消过对她的怀疑。

顾倾翻了个白眼，一副你不信我那我也没什么好说的态度，双手抱胸在台阶上坐下来，看天看地看灯看车，就是不看宫城。

宫城心里有些急，他很少为了什么着急，除了家人，就是这个樱花扣的皮夹，于是他很快妥协下来，语气却还是冷的："好，我相信你，那个皮夹对我十分重要，绝不能丢了，如果能帮我寻回，除了给你的十万英镑，我再加些报酬给你。"像在谈判。

"呵。"顾倾再翻了个白眼给他，无语地摇摇头，站起来往广场西侧走去。

宫城凝眉看着她双手插在兜里的背影，灯光下她的红色皮衣越发鲜红，他第一次见她在游艇上，她也是穿了一身红裙，看来她是对红色情有独钟，也没人能把红色穿得像她这么嚣张。

明明是个女孩子，铆起劲儿来一身的痞气，一副不好惹的模样。

她不明说，是想他继续欠着她，狡猾。

爱德华广场那一带离中国城不远，过了大桥就是两个阶层分明的世界，一边是繁华奢侈，一边是落魄贫困，进入安置社区后，流浪汉和难民喜欢入夜后在街上游荡，伺机而动。

两人打一辆出租车过去，在车上，宫城给顾倾描述那个可疑的男子的样貌。

"长相偏亚洲人,有点混血,肤色偏深,瘦高个,深棕卷发,穿着深绿夹克和黑色耐克鞋,英文发音很标准,没有其他地方口音,应该是本地人。"

记性很好嘛,顾倾心里有些底,大概有那么几个符合描述的对象,她拉开车门下车,在宫城要下车时把门关上,让他在车上等着。

宫城拉住她:"你一个女孩子进去很危险,我跟你一块去。"

顾倾笑,弯腰一手靠在车窗上,指着宫城那一身行头从上到下:"怕别人不知道你是有钱人啊?你知道这是什么地方吗?何况你这个失主亲自过去,别人会承认他是小偷吗?到时别说还了,没准会得寸进尺。"

她故意把"得寸进尺"字音拉长,挣开他抓着她衣袖的手,双手继续插在兜里,朝漆黑的街道走进去,头也不回。

宫城被挣脱的手无处安放,想起游艇那夜,她也是这么挣脱开他,坠入海里。

她总是这么一意孤行?这么肆意妄为?

他从未见过比她胆子更大的女生,天不怕地不怕。

顾倾去了十来分钟,宫城盯着漆黑的街道那头,像是那夜盯着沉静的海面一样,见迟迟没有动静,他等不了了。

他多给了司机一些钱,让司机等着,便下车往街道那头走。他拐进顾倾拐进的那条漆黑巷子里,垃圾桶随意堆放在一边,溢出难闻的气味。

再往里走,是街巷错综复杂又狭小的安置社区,还有流浪汉临时搭起来的棚子,有几个流浪汉一边烤火一边朝宫城这边看,大概意外他一身体面的行头,怎么会出现在这种地方。

"喵"的一声,一只浑身黑色的猫从旁边纵身跃过,很快无声无息地踏入黑夜里不见踪影。

宫城被猫惊了一下，停住脚步，听得前方有动静。

"How damn you!（你真该死！）"

"Come back!（回来！）"

巷子那头传来男人破口大骂的声音，伴随一阵匆匆脚步声，就见顾倾从那头不要命地跑出来，看到宫城也是一愣，朝他大喊："你怎么出来了，不是让你车上等着吗，跑啊！"

很快，她的身后跟跑出来两个年轻男子，宫城认出其中一个，正是那个在广场上鬼鬼祟祟地撞了他又借口让拍照的混血男子。

他不知发生了什么，还茫然地愣在原地，顾倾已经冲过来，不由分说地拉过他的手就跑。

她的手劲很大，紧紧抓着他跑得飞快，不要命似的，他几乎赶不上她。

眼看与后面两个凶神恶煞的男子拉开了些距离，顾倾也拉着宫城跑到街道外，那辆出租车却已经不见踪影，两人你瞪我，我瞪你，面面相觑。

"车呢？"顾倾喘着气问，跑得小脸通红。

宫城茫然地看着空旷的街道："我让司机在这儿等着了，多给了他车费，怎么会……"

顾倾双手叉腰喘气，不可置信地盯着他："怎么会？你傻啊，结了车费司机还会等你吗？还多给车费？该抠门的时候不抠……"

看着挺聪明的人，在一些常识性的问题上却……

身后，两个男子已经从巷口追出来。

"Hey! you!"他们怒气冲冲地冲顾倾指点。

"跑啊！"顾倾也顾不得再数落，用力推宫城一下，又拔腿跑起来。

宫城不动："等等，我拿回我自己失窃的东西，为什么要跑？该跑的是他们。"

顾倾着急返回来拉他:"你的东西?你想跟流氓混混讲道理,会不会太单纯了?这种偏僻地方,他们不仅谋财,还可能害命呢,赶紧跑。"

虽然觉得不对劲,但也容不得宫城多想,就被顾倾拖着继续跑起来。

夜风呼呼在耳边响,跑过两个街口后,顾倾眼尖地拦下一辆空出租车,两人跳上车,终于把那两个穷追不舍的男子摆脱在身后。

车子行驶在宽大的马路上,城市的夜景移退到车身后面,车里两人还没平缓过来。

出租车司机在后视镜里不停地打量他们两个,宫城抬眸扯起嘴角笑:"Exercise(锻炼)。"

跑了这么长的路,不是做运动是什么?

他缓了过来,偏头去看顾倾,她正把车窗敞开,风在窗外呼啸而过,她用手指把跑散的头发拢了拢,拉过手腕上的一根红色皮筋把头发扎个高高马尾,露出清秀干净的好看额头。她手腕上的擦伤显目,额角也有瘀青。

宫城猛地抓过她的双手:"你受伤了?"

顾倾被宫城突然抓住双手,惊了一下,四目相对的瞬间,风也停住了。

她不自然地挣开他,潇洒地挥挥手往旁边倚靠:"一点小伤,不碍事。"

意识到自己的动作有些突然,宫城也收回了手,与顾倾保持距离,但目光却难以从她额头和手腕上的伤口上移开:"他们怎么会对你动手?"

"怎么不会,都是混日子的。"顾倾很寻常的语气,想起什么,用受伤的手从衣兜里掏出黑色的皮夹递过去,"喏,好在拿回来了,这点伤就不是白受的。"

宫城看到熟悉的皮夹,双眼迸出柔光,伸手取过:"你拿回来了。"

他对顾倾拿回皮夹这件事并没有抱太大希望,如今她拿回来了,他突然百感交集。

皮夹完好无损,樱花扣还在,里面的钱物也没少。

"谢谢。"尽管她不喜欢这种空大虚的客套,但他还是说出了口。

"不用,你知道我拼命帮你拿回皮夹不是为了两个谢字。"顾倾一点都不客气。

宫城也渐渐习惯她这种势利又现实的姿态,把皮夹贴身收进大衣内侧口袋中:"他们怎么肯给你?"

入了夜,顾倾的精神更活跃了。她闭上眼又睁开眼:"我本来说给他们十英镑,但是他们不肯,非要一百英镑,想趁火打劫呢,谈不拢我就上手抢啦。"

"……"宫城无言,表情复杂地看着她,许久才道,"你以后不要这么自作主张,在那种情况下,人身安全第一。"

"哦,是谁之前说命不重要的?现在又说人身安全第一。"顾倾讽刺地呵呵。

宫城摇头轻叹:"我说了,我的意思不是你理解的那种意思,何况只是一百英镑,这个皮夹是无价的,对你来说不值一百英镑,但对我来说无价。"

她很会抓他的把柄,但他已经疲于跟她解释"命"和"价值"的关系。

顾倾听他那么说,像个炸毛的红狐狸一般坐直了:"只是一百英镑?我要辛辛苦苦干十八个小时才能挣这么多钱,怎么可以便宜他们?不劳而获,想都别想。"

在餐馆辛苦变脸一个晚上,詹老爹也只给她五十英镑的提成。

宫城望着顾倾愤愤不平的脸,沉默地把目光移到车窗外:"你就那么想去中国?"

听他提起中国,顾倾红狐狸的毛发顺了些:"明知故问。"

"为什么?"

"为什么是我的事,你不用知道。"

"要是我非知道不可呢?如果你要我带你去中国,我就必须知道你全部的目的。"

他声音低低沉沉的,在顾倾听来似是有些不能逾越的东西始终横在两人之间。

"寻根。"她云淡风轻地吐出两个字。

"寻根?"宫城重复,终于偏头看她,却看不出什么破绽。

顾倾则把头扭到另一边,也盯着窗外流逝的建筑街景和夜色:"你知道……没有国籍身份的人是什么样的存在吗?飘摇的不能落地的不安,不知何时就重重坠落,万劫不复。"

没有国籍身份的人……

宫城想起陆景炎调查了她的背景,沉默地看着她的侧脸,她的侧颜看起来柔和些,整个人往椅背后靠着,半张脸半明半暗,从容说来——

"你知道我为什么游泳游得那么好吗?从小练出来的,那时我很天真,以为游过英吉利海峡,对面就是中国。"

"我想我爸妈至少有一方是中国人,我身体里至少流淌着一半五千年古老民族的基因。"

"我中文这么好,能读能写,那是因为热爱,当你热爱什么,学起来就容易得多。"

"很小的时候,我就对中国的一切都感兴趣,中国人令我也感到亲切。"

听到这儿,宫城忍不住插了一句嘴:"可你对我一点都不亲切。"

第一次见面就毕露凶狠绝情,给他留下了很坏的印象。

狡猾又多诡计,他至今不能完全放下戒备。

顾倾得意地回击:"那是你冷冰冰在先,我这个人吧,不容易对别人好,别人要想得到我一分好,须得待我十分好。"

宫城低笑不屑:"什么十分,只要钱给得足够,就能把你收买了。"

"那倒也是。"顾倾不否认,爱钱爱得大大方方。

她不在乎别人怎么看她。

"杭州呢,为什么特别指定要去杭州?你认识的什么人在杭州?"宫城又问。

顾倾安静了一会儿,这回她是完全诚实的:"有个人说在那里等我。"

她说这句话时没有看宫城,宫城却扭头过来多看她一眼,像是要确认什么,又自顾自移开了。

漫漫长夜会因为突发事件而过得飞快,出租车在顾倾的公寓前停下时,时间已经很晚了,在此之前,宫城还请顾倾吃了晚餐,一顿简单的、沉默的晚饭,虽然没怎么交谈,但两人之间的气氛比之前好许多,似乎是有什么在悄然改变。

下车时,顾倾抓着车门不肯关上,又追问一遍:"刚吃饭前,你说会考虑带我去杭州,你认真的吧,不骗我?"

宫城在车里坐得笔直:"我说的是考虑,会认真考虑。"

"能考虑就有余地,之前你还说绝不可能呢。"顾倾得逗地笑,像个坏女孩。

"……"

宫城不想再和她说话,他不知为何自己总是在她这里破例,伸手把车门拉上,又恢复了冷酷的自我防御面孔,招呼司机开车。

顾倾站在公寓楼下,望着驶离的出租车,忍不住笑了。

半天相处下来,她也发现他不少破绽,不是初见时那种铜墙铁壁不可攻破。

行驶的出租车里,宫城拿出皮夹,拇指摩挲着皮夹上那颗独一无二的樱花扣,低头看皮夹背面绣上的那个名字"宫城一郎",耳边回响顾倾不久之前说的话——

"我想我爸妈至少有一方是中国人,我身体里至少流淌着一半五千年古老民族的基因。"

"当你热爱什么,学起来就容易得多。"

他找到了自己日语学得不那么好的原因,不够热爱,在日本十年,日语发音还是不地道。

而顾倾,从未到过中国,中文却说得毫无破绽。

宫城回到酒店时已夜深,陆景炎在大堂里等着,一副生无可恋的样子。

"去哪儿了啊?"陆景炎的身上还有些酒气。

宫城没理他,搭电梯上楼。

陆景炎带着酒气在身后跟进来:"沈黎真的离婚了?我当年就说,她嫁给姓孟的不会幸福,会有后悔的那一天,你说是不是我嘴巴太毒,诅咒灵验才害了她?"

电梯静默上行,到了套房楼层门开,宫城走出去,并按了下行键,对站在电梯里的陆景炎说:"想她就回去找她,什么都别问我,答案一直在你心里。"

宫城回到套房,简单洗漱,进房间之前确定外门已经反锁好,并推了张椅子顶着门,以防陆景炎像上次一样把顾倾放进来。

开放式的厨房没有任何锋利之物,住进来之前已经让酒店方收走。

进了房间之后,仔细确定房门反锁好,宫城才熄灯上床睡觉。

他总是很容易睡着,但对于深度梦游症患者来说,容易睡着不见得是件好事。

天亮醒来之后，宫城发现自己睡在了地毯上，或许是倒下来时撞到床脚，左脸颊被什么划出了一道伤痕，尽管伤口很小，但他在浴室盯着镜中的自己，心情不太愉快。

又梦游了……

无法掌控自己的无意识行为，让人抓狂。

陆景炎约宫城吃早餐时，注意到宫城脸上的伤："我觉得你这个病是越来越严重，回国之前去看看医生，我帮你预约了曼城最著名的心理医生，你直接过去就行。"

用完早餐，两人同去见客户，车上，宫城提起了顾倾："那个詹老爹似乎在压榨他的员工，平均算下来，顾倾工作的时薪只有五英镑左右。"

"时薪五英镑？这么少？完全是压榨啊。"陆景炎也很吃惊，对他这种从来不愁钱花的人来说，五英镑真的太惨了，但他更吃惊的是宫城会主动提起顾倾。

昨日他们有约见面，想来结局没有那么兵戎相见，而是和平分手。

"不过……我确实听过关于詹老爹的一些说法，说他的员工大部分是他收养的孩子，管吃管住，管制很严，不许轻易离开英国，连这个城市都不能轻易离开，他们的护照，都在他那里收着。"陆景炎说，"有点私有物品的意思。"

宫城若有所思，沉默一路，下车前突然开口："帮她把新身份办了吧。"

"啊？"陆景炎这下不是吃惊，而是震惊，"你要带她回国？你考虑清楚啊，她背景那么复杂，你认真的吗……"

宫城幽幽地道："欠了她的总归是要还，我也只是带她回去，至于回去之后她怎么自生自灭是她的事，跟我无……"

话说到这里，不经意地望了街道对面一眼的宫城突然把话掐了，脸色严肃地拉开门大步迈开，朝街道对面走去。

"喂，不是那个方向啊。"

陆景炎不知道什么状况，在后面喊着宫城，可宫城像被磁铁吸引一般没有回头，也没反应，连红灯也闯，一辆汽车急刹车，司机用力摁下喇叭提醒，喇叭刺耳，行人都往宫城那儿看，宫城抄近路攀着栏杆直接跨了过去。

陆景炎万般无奈，匆匆下车跟了上去。

只是人群中的一眼，宫城却深刻地记得那个男子的长相，他不会认错人，这次一定要抓住，把那小偷小摸而且打女人的家伙送到警局。

那个男子正混在人群中伺机作案，刚找到一对亚洲人夫妻让其帮忙拍照，依旧是之前用在宫城身上的套路，听到汽车鸣笛也朝那头看一眼，看到宫城正大步前来，他马上认出宫城，大惊，扭头就跑。

宫城迈开长腿追上去，回头招呼跑上来的陆景炎："我们分开追，一定要抓到他。"

"什么人啊？宫城，要不要报警……"

陆景炎一脸迷茫地跑过来，也不知道那个鬼祟逃跑的混血男子什么时候得罪了宫城，见宫城已经追远，他只能叹口气，甩开手臂往另外一个方向去围堵混血男。

追出半条街，男子拐进河道旁的小路，想往石桥上跑。

石桥那头是几条复杂小巷，像迷宫一般，跑进去就没影了，宫城知道绝不能让他往那边跑，步子不由迈得更快，几乎只差两只手的距离。

男子回头看到宫城快追上，操起路边的景观花盆砸过来，宫城闪身避开，飞跃过去，风衣衣袂在风中飘摆。花盆砸到墙上，碎裂成几块。

此时陆景炎气喘吁吁地在另一头出现挡住去路，在男子要往石桥跨上去之前，宫城上前一把揪住他，直把他拎到路侧，把他整个人重重地抵在墙上。

"Please let me go,let me go,please.（请让我走吧，让我走吧，求你了。）"男子惊魂未定，用英文求饶，又用发音不标准的中文哀求一遍，"放了我吧，别把我送警察局，求您了。"

宫城这才发现，细看下原来是个小青年，看着也就二十出头。

"跑死我了，他谁啊？"陆景炎走上前来，扶着墙喘气，刚吃的早餐都要跑吐了。

宫城揪着青年男子的衣领不放："偷我皮夹和打伤顾倾的人。"

"啊？"陆景炎不知道还有这些事，瞬间变脸凶巴巴对青年，"你打女人？"

他说着又扭头问宫城："这么大的事，你怎么不告诉我？顾倾怎么样，没事吧？"

宫城倒是气息稳定，眼神冷冷地盯着青年，回答陆景炎："她伤得不重，但是这个人我不能放过，联系警察。"

青年一听联系警察，脸色徒然一变，哭丧着脸，双手合十："大哥，求您了，别把我送警察局，皮夹昨晚不是被你们拿回去了吗？里面的东西我一点都没动。"

宫城用力揪紧他，语声严厉："皮夹是拿回来了，但你动手打了我朋友，这是你自找的，跟我走。"

听到他说"朋友"两个字，准备掏手机报警的陆景炎有些意外。

什么情况？他宫城什么时候和顾倾成了朋友？他不是很讨厌她？

青年被宫城揪着往前走，整个人都软了，慌慌张张地澄清："大哥，大哥，我没打她啊，我真没动手，那可是顾姐，詹老爹的人，我怎么敢动她……"

宫城揪着青年衣领的手一滞，双脚定在地上，缓缓地扭头回来,脸色猛地沉下去几个度,声音森寒:"你说什么?顾姐?"

仿佛有股死神的气息笼罩在宫城身上,青年战战兢兢地看着他,低声重复:"是真的,我真没打她……"

一旁的陆景炎也有点蒙。

"那她怎么会受伤?"宫城声音颤人。

青年身子跟着颤了一下:"她……她爬墙去救一只黑猫,跳下来时给摔的……我不知道是她朋友的皮夹,一见着她说来拿皮夹,马上就交出去了,可她说要我们跟她演一场戏,要我们追她、骂她……"

宫城揪着青年衣领的手松了松,另一只手却攥得紧,一字一句地问:"你没有骗我?"

青年就差跪下求饶,摩挲着合十的双手:"真没骗你,你去打听一下,在这一带混的哪个不知道顾姐啊,她经常去码头那边对游艇老板们下手。"

"滚。"宫城松开了手用力一推,低低吼一句。

青年连滚带爬地拐进小巷,很快就跑没影了。

"到底怎么回事?"陆景炎看了一眼跑远不见的青年,走到宫城这边。

"狐狸。"宫城阴沉地吐出两个字,往前走,卷着一股让人不敢靠近的低气压。

Chapter 5
他不想搭理她了

顾倾等了两天，宫城没有任何消息给她。

她不安。

两天对于一个有担当的男人来说，已经能够做出考虑了，如果他还没做出考虑，要么他有拖延症，要么他不想明确给她答案，不想搭理她。显然宫城没有拖延症，他身上穿的用的、身材保持、用餐习惯……他的行事作风行为举止，都表明这个男人自律甚严。

虽然只短暂相处几次，但对宫城这样自律甚严又趋于刻板严谨的人来说，如果他说会考虑，那是一定会给出考虑的结果，不论是带她回国还是不带她回国。

那他不给她回复，打电话没人接，发消息不回，只有一个原因——

他不想搭理她了。

顾倾是行动派，推测到这里当然站不住，越想越觉得不妙。餐馆的工作时间一到点，还没容费娜多讲两句在路上遇见的搭讪帅哥，她就取下工作围裙丢在桌子上走了出去。

"Gretchen！我话还没说完呢！那帅哥让我带个女友一起去约会，他会带个更帅的朋友过来，喂，你去不去……"费娜在后面追着说。

顾倾推门而出,詹老爹从旁边过来,两人差点撞上,顾倾眼尖地闪身避过,也顾不及跟詹老爹打招呼,直接跑到马路上去招那辆正好开过来的出租车。

詹老爹镇定地走过来,看着顾倾上了出租车匆匆离去,询问追出来的费娜:"她这么急慌慌的是去哪里?从没见她这样。"

费娜看着远去的车子,靠在门上轻哼一声:"她傍上了英俊多金的贵公子,还是从中国来的。"

"当真?"詹老爹有些意外,尽管出租车已经没有踪影,他还是望着街那边的方向,思索的时候脸上的褶子越发明显。

费娜双手抱胸,眼珠子转着回忆当时场面道:"人家都找上门来啦,上次他们有过来吃晚餐,Gretchen招待的,点了很贵的酒,还给很多小费。我看她是不想在这儿待了,但她也不想想,她就那么确定她是中国人吗,见着中国来的就贴上去,人家说不定只是看她有几分漂亮,跟她玩玩罢了。"

"戴维!"詹老爹走进餐馆,朝厨房里喊一声。

戴维马上探了个脑袋出来:"老爹,有事?"

詹老爹吩咐他:"你有摩托车,跟着顾倾去看看,我听她报了地址,好像是爱德华酒店。"

爱德华酒店对面的广场,人来人往,顾倾在广场和广场周边逛了几圈,没找到偷宫城皮夹的家伙,她大概知道发生了什么。

这些家伙,一个都不可靠,还笨得要命,她早该料到。

天阴沉沉的,像要下雨。

顾倾看了一眼天空,又顺着街道看向对面富丽堂皇的酒店建筑,她重新整理好情绪,往酒店走去。

前台是那夜见过一面的女客服,顾倾走过去敲敲台面用英文跟她说话:"你好,还认得我吗?我找VIP1609套房的宫城先生,前几天我来过。"

女客服认出了她："您稍等。"拿过电话拨通了楼上套房的号码。

顾倾只看对方嗯嗯几声又点了点头就把电话挂上了，也不知道电话那头的人对她说了什么。

女客服挂了电话再看顾倾，眼里多了提防，直接招呼门口的保安："把这位小姐请出去，并禁止她入内，她与小偷为伍，不要让她踏进这里一步。"

"What？"

顾倾还来不及吃惊，两个牛高马大的保安已经朝她走过来，一左一右地搡着她把她丢出了酒店大堂，她险些没站稳。

顾倾用英文朝女客服喊："你告诉他，我会在广场等他，直到他肯见我。"

女客服听见了她的喊话，犹豫了片刻还是拿起电话拨通。

套房这边，宫城语气冷淡低沉地对电话那头说："随她的便，她愿意等就让她等。"

陆景炎半躺在沙发上，手中握着半杯威士忌摇来晃去，听到宫城那么说，他微微蹙起眉头，站起来走到客厅窗边拉开侧边的帘子。

套房窗户正对广场，从这里可以把广场看得清清楚楚，他果然看到顾倾坐在广场上的一张椅子上，他无奈地笑："她还真等着呢。"

宫城没有理会，走到桌前继续用笔记本电脑办公。

陆景炎见他脸色不好，知道顾倾这次是真得罪宫城了，也不敢多说什么，觉得有能力把宫城气成这样的顾倾，也是十分厉害。听着窗外的雷声，他只是有意无意地叹一声："好像要下雨了，下雨了她就会回去了吧。"

过了片刻，雨果然淅淅沥沥地下起来。

套房中隔音好，没听见雨声也不觉得雨有多大，宫城在桌子那头办公一言不发,陆景炎也无聊,就走到窗边拉开窗帘,见雨势有些大,他贴近窗口一点看,惊讶顾倾不但没走,还一直坐在那张长椅上等着,广场上除了撑伞匆匆走过的行人就剩她独坐在那里,特别显眼。

"还在广场上等着呢,淋着雨……"陆景炎扭头和宫城说话。

宫城在键盘上敲字的手停顿了一下,不为所动:"故意的,想用苦肉计让人同情她,她有多狡猾你根本想象不到,不要搭理她。"

陆景炎走回沙发这儿坐下:"你就那么讨厌她,不听她解释一下?"

"没什么好解释的,她就是骗子。"宫城冷冷地回道。

陆景炎玩味着他的表情,低低轻笑一声:"你在意了,在意,才会这么生气。"

宫城敲字的修长手指停滞了一下,被陆景炎这么一说不知为何更烦,抬头看过去,眼神冷冷的:"你是不是该走了?"

一股寒意袭来,陆景炎再不走就要被冰封了。

视频电话响起,宫城看到来电名字显示"奶奶",略微皱了下眉头。

陆景炎磨磨蹭蹭,一边穿着外套一边侧头去看,看到是宫家奶奶,又见宫城迟迟不接,他手快地拿过电话接通,宫奶奶戴着老花镜的慈祥面孔出现在那头。

"景炎?怎么是你啊,阿城呢?"宫奶奶笑眯眯地在镜头那边问,左顾右看。

陆景炎先跟宫奶奶热情招手:"奶奶,阿城在我旁边呢。"说着转换手机摄像头,对着正在沉着脸坐在办公桌边的宫城。

宫城略有些不悦地站起来,瞪了陆景炎一眼,伸手从陆景炎手中把手机拿了过来,对着视频那头的奶奶语气温和下来:"奶奶。"

"阿城啊,你下个星期的飞机回来,记得把那姑娘也带回家来我看看。"奶奶说道。

宫城即刻皱了眉:"什么姑娘?"

宫奶奶在镜头里笑得欢:"景炎说的啊,说你准备带个姑娘回国,如果不是很重要的人,你怎么可能随便带回来?"宫家奶奶老精明了。

"陆景炎说的?他什么时候说的?"宫城不满地扭头去看陆景炎,那厮正蹑手蹑脚地准备逃跑,被抓现行后回头对宫城嘿嘿傻笑。

宫奶奶说道:"昨天跟他通话他说的,我问他,你在那边有没有遇到什么姑娘,他说你们遇到一个很有个性的姑娘,你对那姑娘还有点意思,是不是啊?"

宫城张了张口,不知道说什么,宫奶奶又说:"有个性好,你这个人太安静死板,找个有个性的互补一下,就像我跟你爷爷,要不是你爷爷去得早……"

在听奶奶第N次准备开始讲述她和爷爷的前半生故事时,宫城纠正她接收到的信息:"没有的事,陆景炎胡说,你知道他最爱胡说八道,根本没有什么姑娘。我到时间出门见客户了,下周回去再说吧,保重身体,少吃甜食。"

挂了电话,门口同时传来关门声,陆景炎走了。

宫城摇摇头,走到窗边拉开帘子,窗外的雨淅淅沥沥,广场上没有人影,他怀疑刚才陆景炎是故意那么说,顾倾不会笨到在雨中等人。

酒店大堂,陆景炎下来之后在门口张望了一下,顾倾已经不在广场那儿淋雨了,他往旁边看,看到她在隔壁的咖啡店,坐在靠窗的位置,正喝着咖啡翻一本杂志,悠闲等人的姿态。

她穿的是防水外套,没被淋湿多少,淋湿的头发全部束起来扎了个丸子在头顶,化的淡妆几乎看不出来,嘴唇略显苍白,倒显得清爽利落，眉目越发秀丽英气。

陆景炎走过去坐到顾倾面前，身子斜斜地靠在座椅上，吊儿郎当的，跟英国那些绅士们的体态不同："不演苦情戏了？"

顾倾看的是一本男模杂志，眼睛盯着杂志上的男模肌肉，端起咖啡喝一口："目的达到就收，还继续卖什么惨，在哪里不是等？"

陆景炎忍不住笑："你倒是善变，上次说要给你工作的事情，你没忘吧？"

顾倾把杂志合上，"啪"地丢到桌上，双手交叠放在桌上往前倾身，双目透出锋利的光来："我就等你开口呢，以为你早忘了，毕竟你这样的大忙人，没准是随口说说，你记着呢，就算你还有点良心。"

陆景炎也往前靠了靠："我当然有良心，就你没心没肺，为了回国，连宫城都敢骗，你知不知道他最恨别人骗他，他最讨厌人说谎。"

顾倾一脸的满不在乎，靠回椅背上，目光清冷地注视着陆景炎："反正他一开始就对我没好感，我爱说谎、爱骗人，这是我的本性，改不了了。"

在这鱼龙混杂的地方，你不欺人人欺你，只要能自保，说几句谎话算什么。

"好了，我不是言而无信的人，说回那个工作的事。"陆景炎说，"你已经知道，宫城有深度梦游症，几年前从日本回来后就开始了，这件事除了他自己，就只有我和他奶奶知道，当然，还有他见过的几个心理医生，国内知名的心理医生他都看过了，没用。"

顾倾想想，觉得她和宫城也算是有些同病相怜的地方，她这两年受失眠折磨，整夜整夜无法入睡，看遍了英国的心理医生，没用。

心病难医，堪比绝症。

陆景炎说："那晚你看到他梦游的情况，算是比较正常的，有时候他会……"说到这里他沉默下去，深吸了口气才继续，"有时候他会做出一些伤害自己的事情，无意识的，像是他意识深处的处刑人，在对他自己处刑。"

意识深处的处刑人……

茶有些凉了，顾倾喝了口茶："我说了，把我弄回中国，我什么都可以答应。"

陆景炎叹口气："宫城不点头，这个事，我还真不敢办。"

"那你跟我谈什么工作？下周他回杭州，这事就算完了。"顾倾从不自困，喜欢把问题抛给别人去解决。

陆景炎看了看周围，交叉着手指又往前靠一点，对顾倾眨了下眼睛："所以说，我帮你。"

顾倾被他那个做作的眨眼眨得心里不适："怎么帮？"

陆景炎朝她招手示意她靠近一些，她将信将疑地靠过去，他倾身过来贴近她耳朵边说了些话，完了，对顾倾说："到时我来安排，你准备好演技，像那晚在游艇上一样。"

顾倾把双手垫在下巴上："除了美貌和演技，我还真没什么拿得出手。"

"……"陆景炎一副像被鸡蛋噎着的表情，连续摇头，他从没见过哪个女人像她这样丝毫不懂收敛自信，不过，她确实有那么些自信的资本。

他收起嬉皮笑脸，严肃地提醒她："不管什么时候，宫城母亲的事，绝对不许提，不管你知道多少，那是他的心病。"

顾倾漫不经心地说："是吗？没准，我是他的心药。"

陆景炎又被噎了一口："呵，心药？你真够自命不凡的，我想的还只是以毒攻毒。"

"以毒攻毒？你说我是毒？"顾倾剜了他一眼，眼神犀利。

"你和宫城都是毒。"陆景炎在心中加上一句。宫城啊宫城,你这个磨人的毒物,我被你毒害了好些年,该换人毒毒你、磨磨你了。

想到这儿,陆景炎脑中就构思了一副副宫城被顾倾惹得气急败坏的模样,越想就越觉得有意思,忍不住发出笑声。

顾倾被陆景炎那怪异的笑容恶心了一下:"原来你早有打算。"

陆景炎被看穿也不心虚:"我们半斤八两,你不也是带着目的吗?你这人,没点好处不会白白做事的。"

半斤八两?谁想跟他半斤八两。

"为什么帮我?"顾倾问。

陆景炎沉默,思绪被拉入某个黑洞,换了副正经得让人不适的面孔,过了好一会儿才说:"我在你身上看到我自己的影子,我曾经也这么死缠烂打地对一个人,帮你像是在帮我自己,我当年没有成功,不想看到你也失败。"

顾倾盯着陆景炎看几秒,浅浅地勾了下嘴角:"我跟你可不一样,你的死缠烂打是为了得到对方的心,而我,对宫城的人和心都不感兴趣,只要他肯带我回中国。你瞪什么,我哪里说错了……你摇头眨眼做什么……"

陆景炎的表情突然变得奇怪,看着顾倾的后方示意她不要再说。

一瞬间,顾倾明白到了他的意思,只觉得背后寒意袭来,直达脊骨的冷。

陆景炎一手捂脸,埋下头。

顾倾慢慢地扭头回去,就看到宫城那张脸,冷得如一月曼城的海水,苍白的、淡漠的、眼中没有一丝波澜地看着她,语气冷淡地对陆景炎道:"还不走?见客户要迟了。"

声音也是又深又冷,仿佛从海底传来。

"嗨……"顾倾扯开一个明媚的笑靥，若无其事地打招呼。

宫城看也没看她，拎起陆景炎直接走出咖啡店。

他忽略她，像忽略空气和尘埃。

出了咖啡店，雨已经停了，天灰灰的，像哭累了的女人在酝酿下一场眼泪。顾倾看到戴维从远处骑着摩托车过来，车子猛然停在脚边。

顾倾无奈："老爹派你来的吧？"她对这事已习惯了。

戴维给她递过来头盔："老爹也是担心你，跟我回去吧，以后少跟那些人接触。"花花公子，有钱的公子哥，那些人跟他们这种身份不明的孤儿不是一个世界的人。

"从什么时候开始看到的？"顾倾问。

戴维说："从你在广场淋雨开始。"他叹口气，"顾倾姐，你何必呢？去倒贴他们那种不把你放在眼里的人，想回中国也不能这样……"

"怎样，作践自己吗？"顾倾调整头盔，满不在意地接话。

戴维不敢看她，声音仿佛溺入水里般含糊："我不是这个意思，顾倾姐你在我心中是很好很好的女孩子，值得别人认真对待……"

顾倾跨上摩托车，伸手用力拍了拍他的背："走吧，真是啰唆。"

一辆黑色的高级轿车驶过来，开过去时碾过顾倾他们身边的水洼，溅起高高的水花扑到顾倾和戴维身上，戴维用英文骂了一句，顾倾看到自己好不容易干了些的鞋子和裤子又湿了，也气不打一处来，赶紧让戴维追上去，直追到第二个路口，高级轿车在红灯前停下来。

摩托车贴着轿车停下，戴维愤愤地用手敲黑色的车窗。

顾倾想要骂人时，车窗缓缓拉下，宫城那张冰冷的脸出现在视线里，冷漠地看着她时，她的脑袋顿时一片空白……

随后，陆景炎的脸也出现在视线里，他堆着笑脸说："不好意思啊，刚才没注意。"

哪里是没注意？根本是开车的宫城的意思，好好的大路不开，偏偏要往水洼中开……

他知道宫城记仇，但没想到他这么记仇。

顾倾也盯着宫城那张冷冰冰的脸，嘴角慢慢地扬起一个轻蔑的笑容，很不屑地吐出两个字："幼稚。"说着拍拍戴维的后背，示意走人。

绿灯亮起，摩托车潇洒地拐个弯，很快消失在前方，轿车驾驶座上的宫城，满脑子是顾倾轻蔑的表情，以及她说的那两个字：幼稚……

幼稚？

他用力地握住方向盘。

回到公寓，顾倾换下还有些潮湿的衣物，扎进浴室洗个热水澡。这个世界若还有什么能慰藉人心，也抵不过淋了一场冷雨后的热水澡。

从浴室洗漱出来后，费娜来敲房门。

门开了之后，费娜不进来，抱着胸靠在门框上和顾倾说话："你到底要不要跟我去赴约？我都跟对方说好了，他们两个男的，我们两个女的，正好可以来一场四人约会。你放心，他们一个在银行工作，一个是酒店经理，都是精英，我不会坑你。"

"我没有兴趣，也没有时间。"

顾倾用毛巾擦头发，洗过的头发带着些自然卷，戴维他们常拿她的头发和鼻梁来推测她的出身，怀疑她有点欧美血统，不是纯正的黄种人，因为她的头发不但卷，还天生是深棕色，鼻梁也是又高又挺。

其实她也不太喜欢自己的鼻子，看起来有些男孩子气，一点都不柔和。

无论性格还是长相,她就不是个柔和的人。

费娜也不生气,她知道该用什么方式去跟顾倾说话能得到应得的回应,她说:"你要是跟我去赴约,我可以帮你顶一天的班,随便哪一天。"

顾倾擦头发的动作停下,慢慢转头看过去:"三天。"

费娜睁大她那双本来就又大又圆的眼睛:"三天?你……你是狮子吗?"

顾倾知道费娜想说的是"狮子大开口",但有时费娜想不起来,就会简化了说。

她丢下擦头发的毛巾朝费娜走过去,没什么表情地看着费娜说:"我跟你算一笔账,对方两个男人又是精英又是帅哥,他们当然希望你带过去的女人质量好一些,你身边除了我,找不到第二个比我更聪明漂亮的女人。你也知道我是讲条件办事的人,等价交换,我自然会认真地去做这件事,明确自己的主要任务是帮你促成好事。你来问我之前,就应该考虑清楚怎么跟我开口。"

费娜目瞪口呆:"你……你为什么总是这么……这么……"费娜绞尽脑汁也想不起那个成语,想起老爹让他们努力学好中文,而她总不那么上心,此刻突然后悔起来,又气又急。

"你想说的是得寸进尺?贪得无厌?还是咄咄逼人?"

顾倾从容补充,一副胜利者的姿态,只要她乐意,她可以帮费娜数出几十个想说的成语。

中文博大精深,她真的热爱中文。

费娜瞪红了眼,像头被逼到无路可退的红毛猩猩:"两天,最多帮你顶两天的班。"

"可以,明天先帮我顶一天。"顾倾爽快地答应。

她应得太过爽快,费娜又愣住了:"明天?明天你要去哪里?"

"你用不着知道。"顾倾捡起毛巾，抬脚勾过门，把愤懑不甘的费娜关在外头。

她把毛巾搭在肩上，走到桌前拉开抽屉，两张心理医生的名片静静地躺在里面，一张是詹老爹给的，一张是陆景炎给的，她拿起陆景炎给的那张，医生叫凯特·柯林斯，在曼城很有名，很难预约，她拨通名片上的号码，报了陆景炎的名字，顺利预约到会面时间。

之后，她把两张名片都丢入了垃圾桶。

回去中国之后，这些就不需要了。

又是一夜无眠，顾倾睁着眼睛到天亮才有睡意，有费娜给顶班，她不慌不忙，一觉睡到十二点多，起床，不紧不慢地收拾，出门吃点东西，去到医生办公室刚好是昨天预约的时间，不早不晚，她喜欢把时间用得刚刚好。

凯特医生是个挺年轻的女人，说她年轻，是因为她眼角的鱼尾纹还没有那么多，约莫三十来岁，短发，穿着米色香奈儿套装，皮肤苍白，脸上有些化妆品盖不掉的雀斑。

不知道什么原因，女人的年纪在三十岁之后会有明显的改观，尤其是英国女人，再也看不到十来岁的少女气息，仿佛在三十岁的某一天，稍不注意，一觉醒来被上帝收掉了纯真。

顾倾自己呢，大概更早之前就被上帝收掉了纯真，在她十来岁的时候，别人已经开始说她很老成。她不知道自己具体的年纪，詹老爹说捡到她时，她大概四五岁的样子，到底是四岁还是五岁，他也不清楚。

她登记的出生日期是12月24日，平安夜，是詹老爹捡到她的日子，他说那天下了很大的雪，冰天雪地，她差点被冻死。

"我的病在英国没法治，等去到中国，这失眠症会自然好的。"

心理医生最厉害的地方在于，总是让人忍不住倾诉，顾倾对着别人说不出来也不想说的话,对着心理医生就忍不住吐了很多出来。

凯特医生像每个顾倾看过的心理医生那样,给她开了些助眠的褪黑素,嘴角挂着如远山淡影般的笑容:"你既然知道问题所在,那么你比我更知道治疗办法。"

顾倾没有拿那些药,她公寓抽屉里的助眠药物已经放到过期了,除非药效强烈的安眠药,这些轻度助眠药物对她如隔靴搔痒,反而倾诉过后让她轻松一些,尽管她看起来总是很轻松。

开门,迎头撞上那张熟悉又让人不适的面孔,宫城。

两人一人站在门内,一人站在门外,你看着我,我望着你,像是要展开一场旷日持久的凝视竞赛,谁先移开目光谁就输了,直到凯特医生在后面招呼:"请进,宫先生。"

顾倾眼睛微微眯起来,不怀好意地轻笑道:"看个精神病都能遇到你,宫先生,这是命中注定吧?我是你的真命天女呢。"

真命天女?宫城的眉心慢慢沉下去,她总能那么轻易地找到激怒他的词。

真想命老天收走的女人。

可她为什么也来看心理医生?

走廊那儿传来一阵嘈杂声,刚才在前台那儿看到的两个穿职业套装的工作人员,追着一个身材消瘦的青年男子往走廊这边过来,青年男子一边快步地往顾倾和宫城的方向走,一边神色不安地喊着:"凯特医生,我要见她,我一定要见她!"

工作人员来不及阻拦,青年男子已走到凯特医生办公室门口,顾倾和宫城不约而同地让开一段距离,免得被冲撞到,两人立在边上,看着青年冲进了凯特医生的办公室。

青年一看到凯特医生,情绪十分激动,哭得撕心裂肺,冲凯特医生喊:"为什么不回我的信息?为什么不理我?"

到底是个心理医生,凯特医生冷静地站起来劝慰:"请冷静,没有什么解决不了的,现在你已经见到我了,有任何问题都可以当面问我,我会认真回答你的问题。"

顾倾和宫城相视一眼,此刻两人都不知道什么状况,只见那青年冷静了些,但情绪仍是有些激动地说:"你不理我,我能感觉到你讨厌我,像其他人一样讨厌我,只是装着不讨厌,你说的话全是谎话,你是个骗子。"

"你现在最需要的是冷静。"凯特医生耐心地劝说。

青年虽带着些病态的消瘦,但顾倾猜他的年龄不会超过二十岁,只是看起来憔悴了些,眼底布满阴翳,像全世界都欠他。

两个工作人员已经冲进来,冲着青年走过去,青年的情绪涨到最高度,手脚不协调地比画,同时从袖口里抽出一把瑞士军刀打开,大声号叫:"不要过来!"

顾倾惊了下,看到宫城面不改色,她也不露声色,想退开,青年举刀冲她喊道:"谁都不许走!也不能阻止我……"他转向凯特医生,"告诉他们,你爱我,你的心属于我。"

凯特医生神色凝结着,苍白的脸色显得更加苍白,只是不断安慰青年:"你是我的患者,我是你的医生,我会治好你,现在的你不是真正的你,在你冷静下来之前,我不会回答你任何问题,请把刀给我……"

"骗子!"青年挥着手中的刀,冲凯特医生大喊,"我不会再相信你说的话,我打电话你不接,发信息你不回,你根本没有用心对我,你就是个骗子!"

刀挥过去时,离凯特医生只有几厘米的距离,看得顾倾心惊胆战。

其中一个工作人员趁青年不注意,扑了上去,试图夺过他手中的刀,他反应迅速地避开,挥刀朝那工作人员刺过去,工作人员急忙躲开。

青年被他们这一举动惹怒,龇牙瞪目,挥着瑞士军刀就朝他们冲过去,两个工作人员急忙往门口这边躲避,青年面目狰狞地追上来,顾倾下意识地往旁边躲,青年把刀对准了正准备离开的宫城:"你是她什么人?"

刀尖几乎要抵到他身上,他面不改色,语气从容:"我不是她什么人。"

青年冷笑起来:"不可能,你一定也是她的患者,她是怎么对你的,你说,她是怎么对你的?"

宫城没有回答。

凯特医生看着青年用刀尖指着宫城,紧张起来,宫城是陆景炎推荐过来的,而陆景炎跟她则是多年的交情,她不愿意看到任何人受伤,对青年说道:"艾迪,你先把刀收起来,你想说什么话,我都听着。"

顾倾突然想起陆景炎说要"安排"的事,不知道眼前的情况是不是……

可这青年未免演得太好了,自然得不像演。

这种时候不"出手",还等什么时候呢?

顾倾伸出手做友好的姿态,对青年说:"你来是找凯特医生的,有什么话都可以好好说,先把刀给我好吗?我帮你保管。"说着,顾倾还对青年眨了下眼睛。

宫城本就对顾倾突然说话有些意外,看到顾倾诡异地眨着眼睛,更是疑惑地皱了下眉。

她要做什么?

一个工作人员往走廊外看着,看见一个身着警服的警察突然喊起来:"这儿,警察先生,持刀行凶的人在这儿。"

警察都招来了?

顾倾想着陆景炎是不是把事情搞得太过复杂,正准备撤,那青年的情绪突然高涨到一个极点,面红耳赤地举着刀见人就刺,门口几人纷纷躲闪,推搡中那刀正向着顾倾来。

当下她有一秒的犹豫,怀疑这根本不是什么陆景炎"安排"的事,而是真实发生的,就因为那一秒钟的疑惑,青年已经举刀刺来,身子一侧,她被人猛地拽到了一边护在怀里。

抬头,对上宫城那双冷漠而严肃的双眼,她的心不知怎么忽然用力跳动了一下。

顾倾觉得是错觉。

再下一秒,没人看清是怎么回事,宫城已伸手扣住青年握刀的手腕,随着青年的一声惨叫,手腕呈一种骨折般的畸形,触目惊心,刀应声落地,两个工作人员和赶来的警察及时地扑过去一起制住了青年。

慌乱中顾倾只看到青年被几个人压在地上痛苦而扭曲到抽象的脸,随之而来的是一股后知后觉的巨大疼痛,从自己的右脚掌面传来。

"疼……"

她从喉咙中挤出一个字,宫城与她几乎是同时低头去看,落下的刀正垂直地插在她的脚上,锋利的刀刃穿过了她那双天鹅绒布面的靴子,直达她的骨肉。

早知要遭如此大劫,她下午出门时,应该穿那双牛皮靴。

没人能预测现实世界的奇幻走向。

鲜血浸出那双米色的天鹅绒靴子,变成一种脏兮兮的猪肝红,顾倾整个人都动弹不得。

有人喊一声:"这位小姐受伤了,叫救护车。"

宫城深深地拧着眉头蹲下去查看顾倾的伤势,毫无防备地,顾倾被他整个人打横抱起来。

被抱着的那种感觉,像坐过山车,顾倾都忘了整个过程她有没有呼吸,只感觉到疼痛和宫城健硕如磐石的有力手臂。

他是怎么做到抱着她疾步快走几百米而不喘气的?

Chapter 6
七年前发生的事

　　心理诊所隔壁是曼城著名的儿童医院，包扎过后，顾倾一脸麻木地坐在一群吵闹的小孩中间。宫城缴过费用，回头看到她正在逗一个小婴儿，婴儿的父母正远远站在一旁说话，讨论着什么。

　　顾倾双手反复捂住脸又放开，把坐在婴儿车里只有几个月大的小婴儿逗得咯咯笑，在婴儿笑了几次后，她突然用双手把脸撑出一个可怕的鬼脸，那小婴儿的笑声戛然而止，受了惊吓，眨着大眼睛，撇着嘴巴"哇"的一声大哭出来。

　　婴儿的哭声引得父母回过头来，他们走来抱起婴儿。顾倾若无其事地坐好，抬头对上宫城阴沉的双眸，她耸耸肩膀，似乎那只是她一个人的恶作剧娱乐，与小婴儿的喜怒哀乐无关。

　　宫城在那婴儿父母疑惑和审视的目光中，快步走过去拉起顾倾离开。

　　脚上的伤并不那么严重，至少没严重到要缝针的地步，但一时也没法落地，顾倾像只独脚的鸟，一跳一跳地跟在宫城身后，不满地叫着："哎，你慢点，我伤着呢。"

　　宫城的步子就慢了些下来，松开她，看她另一手上还拎着靴子，不知道已经破了的靴子她还留着做什么，他真的看不懂她，一点也看不懂。

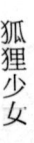

他郁闷的不是自己失手让她受伤这个事，他郁闷的是自己看不懂她，她就像是一团迷雾，无迹可寻，所以很难对付。

他也并非奶奶和陆景炎以为的那样，一点不懂女人的事，他在这一块并非一片空白，也并非是个木头，大部分女人总是能叫他一眼看透，无论什么心机。可顾倾则是个例外，她满腹心机，还会让人在她那些数不尽的心机中迷失方向。

避过一箭，又来一箭。

出了医院，宫城沉着脸叫来一辆出租车，打开车门让顾倾上去，顾倾远远站着，看着他没有挪动一步："到底要怎么样你才肯带我回中国？"

宫城冷冷地回她："我不会带你回中国，你是个祸害。"

顾倾抬抬英气的眉毛："祸害？我可没害过人。"她想了想，又补充道，"人……不害我，我不害人。"

宫城已经对出租车司机报出唐人街的餐馆地址，顾倾摇头翻个白眼，一瘸一拐地往另外一个方向走，宫城回头看到她已走出一段距离，两眼一闭不想再管她，自己上了车，报出了爱德华酒店的地址。

傍晚高峰，车子开出几十米堵在那儿动弹不得。

顾倾慢慢地走，一瘸一拐地扶着墙走，天开始暗沉下来，街边 Dior 店的灯光打在路面上，橱窗里摆着华美的衣裙，裙子上的细钻在灯光下像银河闪耀。

她一只手撑在橱窗上，看假人模特脚上那双驼色的靴子，真是好看啊，再看自己手中新买的才第一次穿的天鹅绒靴子，鞋面破了大口子，还染了血污，不由悲从中来。

街边的车河还是堵着没动静，顾倾看了一会儿橱窗里的靴子，慢慢走到十字路口和人群一起等绿灯。绿灯亮起来后，脚受伤的她被人冲冲撞撞，像在漩涡之中飘摇欲坠的浮萍，艰难前行，骑自行车的人飞速地从她身边擦身而过，她没站稳，一屁股摔坐在地上。

顾倾冲着已经骑远的自行车低低骂了两声，手撑着粗砾的地面准备起身，胳膊被人一提，就站了起来，受伤的右脚没站稳，双手顺势攀住提着她的人，半个身子往对方那边靠。

她当然知道来人是宫城。

他果然是个嘴硬心软的人，跟她完全相反，未免有点可爱。

"站稳。"宫城凝着眉头，眉上像压了千斤重，声音也是沉沉的。

顾倾故意再往他靠两步，摇摇晃晃，理直气壮地怼他："受伤了，站不稳。"

她一双黑白雪亮的眼睛，对上他阴翳深沉的眸子，不躲不避。

宫城看了一眼她手中提着的破靴子，眉头从千斤重变成万斤重。

转身，宫城拎着顾倾进了那家 Dior 成衣店，指着橱窗假人模特脚上的那双靴子对笑脸迎来的店员说："请拿一双合适她的鞋码。"

说到这里，他看了一眼顾倾受伤的那只脚，她因为受伤不得不光着的那只脚，天冷，脚丫子被冻得有些微微发红。她知道他在盯着她光着的脚看，把脚往后藏了藏，像只丹顶鹤一样站着，站不稳，更加摇摇晃晃，一跳一跳地挪到成衣店的椅子上坐下。

宫城伸手拿过架子上一双羊毛袜，走过去在她面前蹲下来，给她穿袜子。

突如其来的动作让顾倾愣了愣，她一动不动地看着宫城半跪在她面前，以一种求婚者才有的姿势——大部分男人都不会这么轻易地在女人面前做出屈膝的姿势。他动作轻缓地把她的脚放在他膝上，谨慎又轻慢地给她那只受伤的脚套上暖和柔软的羊毛袜。

旁边几个成衣店的女店员羡慕地看着。

脚丫被宫城那双冰冷的手握住的触感，有种奇妙且说不上来的感受，让人起鸡皮疙瘩。

顾倾突然又看不懂他了，他不是很讨厌她吗？

从店里出来，顾倾提着新鞋子，手中的破靴子也没舍得扔，冷空气来袭，她却觉得心里有些莫名其妙的热乎劲。顾倾深吸一口寒冷的空气，让自己完全冷静下来。

宫城觉得那只破靴子实在碍眼："丢了吧。"

顾倾斜瞄他一眼，叹了一口气："你们男人根本不懂心爱的鞋子、包包被毁是多么让人心痛的事，新鞋子让我开心，但被毁坏的鞋子还是会叫我难过，我不是喜新厌旧的人。"

宫城伸手拿过顾倾手中的那只破鞋，丢进了路边的垃圾桶里，拉开已经开过来的出租车车门，把顾倾推进去后，他也坐了进去。

夜幕以无法察觉的速度完全降临，两人坐在车子后座沉默良久，车流缓缓动起来。

许久，宫城说："我可以带你回中国，但你要答应我一件事。"

顾倾欢喜得眉飞色舞，简直不敢相信，她瞪圆了双眼，怕自己迟一秒回答，宫城就会收回他所说的话，当即大声应道："我答应！不管一件事还是一百件事，我都答应！"

宫城看着车子前方："不需要一百件，只要你答应一件事。"

"什么事？"顾倾像只乖巧的动物，收起她所有躁动的皮毛，变得柔顺可人，扭头眼巴巴地看着宫城，眼里漾着微光。

宫城缓缓说道："到中国后，不许出现在我面前。"

他说这句话是毫无感情的，顾倾却不在意他的情绪，此刻任何情绪在她面前都无法被察觉，她只在意结果，重重冲击内心的结果。

她，可以去中国了。

内心海浪翻涌，她用力地握住拳头，指甲嵌入肉里，不觉得疼。

"好，我答应你。"

顾倾丝毫没有犹豫，她只是有点恍惚，梦想即将成真的不真实感。

电话铃声响起，费娜打来的，尽管没有按免提，手机听筒的声音在封闭的车子空间里仍显得很突兀很清晰，费娜尖锐的声音在那头传出："Gretchen！你答应我来赴约，你可千万别给我迟到，今晚的约会要是黄了，我不会放过你！"

声音充斥整个车子，连出租车司机都忍不住从后视镜里看一眼，顾倾把手机贴近耳朵接听，态度很好地跟费娜说话："我没忘记，半个小时内到。"

不容费娜再唠叨，顾倾挂了电话，扭头跟宫城说："我不回唐人街，去爱德华酒店。"

这是费娜的主意。

在两个精英男提出他们会支付餐费后，费娜非要预定曼城最好的餐厅之一，那餐厅就在爱德华酒店，米其林两星，以法国菜系闻名，一顿饭可以吃掉顾倾一个月的工资，不过这次她可以不用操心餐费，一会儿得多点几盘鹅肝松露，补一补她受伤的脚和心灵。

听顾倾报出爱德华酒店，宫城用眼尾的余光瞥了她一眼，那点余光仅够察觉她的情绪，很平静、很淡漠，就是她整个人给人的感觉，外表看着春光灿烂，总对人嬉皮笑脸，内里自私狡猾又冷漠，随时随地计算着什么，她就是这样的女人。

他从没后悔过什么，但这一刻，他突然有些后悔答应带她回国，冥冥之中，他总觉得自己会和她有些藕断丝连的交集，恐怕这辈子很难彻底地摆脱她，从在游艇的那一夜，她挣脱他的手跳入海里起，他知道他不可避免。

车子在爱德华酒店门口停下，陆景炎已提前过来守着，之前宫城带顾倾在医院包扎伤口时给他打了电话。宫城和顾倾一起从出租车上下来，陆景炎见着顾倾受伤的脚，忙走过去扶顾倾，压低声音跟顾倾说话："怎么回事，怎么弄成这样？"

宫城已经往前走，拉开了很远的距离，顾倾瞪了陆景炎一眼，也压低了声音说话，满腔怨气："我还想问你呢，不是你安排的吗？你怎么安排的，差点闹出人命，如果不是那发神经闯进来的小子演技太好，就是他真的精神有问题。"

陆景炎扶着她，道："我没安排人啊，那小子是真的有问题，凯特跟我说了，那是她的患者，过度依赖她，才造成了今天的局面……"

"等等……"顾倾打断他，"你没安排？你不是说你要帮我的？"

陆景炎叹口气，有些不好意思："我只是给你安排了凯特医生的预约，其他的还没想好……"他说到这儿又不要脸地嬉笑起来，"不过目的也算达到了，不是吗？我就说，你和宫城，不需要别人来安排，自有命运替你们安排。"

顾倾白了他一眼，她早该料到的，自己就不应该相信他的话。

宫城在前面有些不耐烦地回过头来对陆景炎说："她不用你扶，完全可以自己走，伤势并不严重，只是皮外伤。"

"那也要照顾一下。"陆景炎继续扶着，对上宫城不太友善的目光，她又慢慢地把手缩了回去，顾倾自个儿踮脚站好，一眼看到了打扮得花枝招展的费娜。

费娜正在大厅休息区那儿站起来奋力地朝顾倾挥手："Gretchen！这儿，快过来！"

"跟朋友聚会啊？"

陆景炎顺着声音往那边看，多嘴问了一句。顾倾没有理他，脚步一高一低地向费娜走过去，地板真干净，受伤的那只脚，羊毛袜踮着走，没有沾一丁点灰尘。

费娜穿着那件刚买不久的纪梵希裙子，上面印着大片的花纹图案，搭一件奶白色的小披风，有宽大的衣领，很衬她偏白的肌肤，青春又性感，像枝新鲜的百合。

顾倾走近一些，发现她涂着朱砂红的口红，使她原本偏薄的嘴唇显得很饱满。这样精心打扮的费娜非常美丽，但很大一部分魅力并非来自她的妆容，而是她混血的长相，如果顾倾只是因为高挺的鼻子有点像混血儿，那她一看就是百分之百的混血儿，她有很漂亮的混血底子，连瞳孔都是漂亮的灰绿色。

这般精心准备，看来是势在必得。

顾倾也懂的，她有多费尽心机地想要去中国，费娜就有多费尽心机地想要留在英国，成为真正的英国公民，嫁给英国人，纳税，领该领的保障，生英国小孩。

"什么根不根的，在我父母抛弃我的那一刻，我就种在了英国的土地上。"这是费娜跟顾倾说过的话，不止说过一次。

费娜灿烂美丽的笑容在看到顾倾一颠一跛地朝她走过去时慢慢冻结住，她用眼神询问着，恨不得直接问个十万个为什么，每个为什么都是一样的——为什么你会搞得这么狼狈？

没有漂亮的裙子，身上就是简单的皮裙皮衣，皮衣里是黑色的高领毛衣，靴子只穿了一只，另一只脚上裹着粉色的羊毛袜，显得滑稽，说明宫城在给女人选搭配这件事上眼光并不太好，粉色的袜子……顾倾不喜欢粉色，因为粉色看起来太过软弱无力。

没有化妆，只扎着爽利的高马尾，显得人太过英气，更加的不柔和。而且头发因为扎的时间太长，就算现在放下来也来不及了，顾倾没有那种小说中如瀑布般的柔顺长发，可就算再柔顺的长发，长时间扎个马尾再放下来，也绝对不会好看。

"你怎么搞的？"费娜迎过来扶着顾倾，咬牙切齿地说话，看起来像在说腹语，手悄悄在别人看不到的地方在顾倾手臂上捏了一下，发泄不满。

像被螃蟹钳了一下，顾倾瞪了费娜一眼："我这不是绿叶衬红花吗？"

费娜的脸色缓和了下来，示意坐在休息区高级沙发里的两个精英男，看着其中穿灰色西装的男人，说："我要他，蓝色夹克的给你。"

可是当穿着灰色西装的男人回过头时，顾倾双脚像被钉在原地，如一根冰锥从头顶刺下来，一直穿到脚底，把她冻结在地上，无法挪动一步。

"怎么啦？"费娜拖不动顾倾，扫视她两眼，有些不耐烦，"喂，你别又反悔。"

顾倾怔怔地瞪着那个灰西装男人，眼睛几乎要瞪出来，心脏不受控制地怦怦直跳，响彻整个胸腔，她浑身以一种别人察觉不到的频率抖动着，死死攥着拳头。

男人看着她却像看陌生人，友善地扯开一个笑容朝她和费娜挥手，起身和蓝色夹克男人一起走过来，热情礼貌地打着招呼，像世间任何一个有着美好皮囊且彬彬有礼的男子，总是给人良好的初次印象，没人知道他皮囊下面涌动着黑色的污血。

大厅另一头，准备上楼的宫城和陆景炎走到电梯这儿，在等电梯下行的时间，听到了大厅那头费娜、顾倾和两个精英打扮的男子说笑的声音。

说笑声主要是费娜和两个男子，顾倾几乎没有说话，她背对着他们，看不到任何表情。

之后四人往另外的通道走，去往酒店另一侧的高级餐厅，立在黑金色复古木门边上的侍者给他们拉开门，又关上门，门开的时候，里面有轻缓高级的钢琴乐传出，现场弹奏的那种清爽感，四人像两对佳人，消失在木门后。

"叮"的一声，电梯到了。

陆景炎刚要走进去，见宫城不动，他扭头回来看他："想什么呢?"

宫城垂眸思考一秒,抬眸对陆景炎说:"我饿了,去吃饭吧。"

陆景炎笑开来:"好啊,我正好也饿了,走吧,出去吃,附近有家泰国菜还不错。"

宫城看向大厅另一头的黑金色木门。

他的一个眼神,陆景炎就理解透了。陆景炎皱了皱眉头:"需要提前预约,现在过去没位置。"

宫城冷淡地看着他:"我知道你有办法弄到位置。"

陆景炎摇摇头,叹了一口气,提步朝前台走过去……

色调主要为黑金色装修的餐厅,夹杂一些恰到好处的红,红色的餐桌布,镀金餐具,一个金色的圆形小舞台,红色钢琴和弹钢琴的男人融为一体,显得极有格调,像老电影和歌剧里才有的场景。

然而,任何声音到了顾倾耳朵里,像穿过一团金属垃圾,折射出让人心烦的音律。

费娜和灰西装男说话时,顾倾始终低着头,再三确认是那个人无疑,化成灰她都记得。她的脸色苍白得像个病人,红酒上来之后,还不容醒酒,她就先给自己倒了一大杯,一口灌下去,引来两位男士和费娜的侧目。

蓝夹克用笑声掩饰他的吃惊,对顾倾说:"你很爱喝红酒吧?但不急这一时,今晚可以慢慢喝,喝个够。"他伸手拍拍旁边的灰西装,"这哥们中大奖了,今晚他付账单。"

费娜娇媚地发出夸张的声音:"真的吗?你太幸运了,中了什么大奖?"

蓝夹克声音里带着几丝羡慕和这辈子都无法企及的无奈:"他啊,上个月继承了他一个叔叔在意大利的遗产,一栋价值两百万英镑的别墅和一英亩的土地,他走了狗屎运。"

费娜目瞪口呆,双眼冒光,嘴角慢慢漾起不动声色的欣喜,似乎是她中了大奖。

灰西装漫不经心地说："还有许多麻烦的手续，走了税款有三分之一要流进政府和中介的口袋里，留给我的并不是全部。在意大利乡下，不值钱的野地方。"

他故意说得那么漫不经心、满不在乎，但顾倾听得出来，他完全是在炫耀。

"那也很多了！"费娜夸张地附和，双手撑在下巴两侧，一脸崇拜，好像灰西装是什么超级英雄。

"你怎么不说话？"蓝夹克体贴地给顾倾又倒了一杯酒。

顾倾茫然地看着血色的红酒流入高脚杯里，腹部突然一阵强烈反胃，忍不住要吐出来那种，她猛地推开椅子站起来，动作太大，惊得一桌人以及旁边几桌人都诧异地看着她。

"我不舒服。"她丢下一句，一颠一跛地往厕所的方向跑，跑的速度像个没受伤的人。

费娜有些尴尬，有些不好意思地跟灰西装致歉："对不起，我朋友她以前从没有这么失态过，也许是真的不舒服。"

"你不去看看她？"灰西装问。

费娜抿一口葡萄酒："我还是不去的好，她最不喜欢被人看到狼狈的一面。"

顾倾把刚喝下去的红酒全都吐了出来，吐完红酒，又吐了今天一整天吃的东西，好像也没吃什么东西，吐出来的都是水和胆汁，之后就是干呕。

装修得像宫殿的女士洗手间里，有女客人关切地看着顾倾，问她是否需要帮助，顾倾摆摆手让女客人离开，她只想一个人安静地吐个干净。

穿着精致的女客人说："我怀第一个孩子的时候，也是这样吐，什么都吃不下。"

顾倾双手撑着洗手台，吐得眼睛都红了，扭头看她，声音也变得沙哑："我不是怀孕，我是恶心。"

恶心极了。

她殷红的眼底满是阴翳，看得那位女客人怔了怔，灰溜溜地走了。

洗手间里只剩下顾倾，她扶着洗手台滑坐在铺了一层高级毯子的地上，空气里散发着刚才那个女人身上名贵的香水气味，以及某种似乎也很昂贵的空气清新剂气味，好像武侠小说里的软筋散，让人内力尽失，瘫软无力。

许久，顾倾攀着洗手池重新站起来，把水龙头开关打到冷水出口，用冰冷的冷水洗了几把脸，手掌啪啪地在脸上拍了几下，拍出一点红色，整理干净自己，像什么都没发生，她就是有这个本事。

女洗手间和男洗手间连接的通道，有一面金光闪闪的棱格镜子，灰西装半靠在那面镜子上，顾倾刚踏出去就与他打了个照面，那些她收拾起来的乱七八糟又涌出来，她费劲地压抑着，麻木地看着灰西装。

灰西装朝顾倾露出个笑容，那笑容让她再次感到反胃，他说："你还好吗？进去那么久，我刚想叫费娜过来看看情况。"

顾倾没有接话，笔直地走过他身边，像被裁纸刀裁出来的直线般冷硬，尽管她脚受伤，也走得就像行军打仗的人。

灰西装在后面说："我们是不是以前见过？"

顾倾攥住拳头，脚步没停，灰西装突然大步跨上来，一把拽住她的胳膊，或许是她没站稳，或许是他太用力，她整个人重重地撞到那面棱格镜子上。

灰西装靠近她，表情变得扭曲，笑容邪恶："是你，没错，就是你，哈哈哈，没想到会在这种地方以这种方式和你重逢，真是没想到。"

他咬牙切齿："你是不是也没想到我会再出现在你面前？

要看那道伤疤吗？那道该死的差点要了我的命的伤疤，该死的，你真该看看，我为此摘掉了一个肾脏！"

顾倾一动不动地盯着他，如果可以，她想即刻就摘掉他剩下的那一颗肾脏，五指像梅超风修炼的九阴白骨爪，长长的指甲把他每个器官都摘下来。

当然，他的眼睛是必须要挖的。

灰西装拽着顾倾的胳膊不松开，听他继续咬牙切齿："我会想办法让你尝尝那种滋味，你必须尝尝我受的痛苦，不能就这么算了，你这种女人，无论多少岁，都是条毒蛇，遇见一次就不应该放过，不能让你有喘气的机会。"

"松手……"顾倾也咬牙切齿地瞪着他，她一双眼睛能喷出火来。

不知道哪里来的力气，她用力推开他，也把他推得重重地撞在镜子上，他显然被她激怒了，伸手过来掐住了她的脖子。

女人在力气上天生难敌男人，就算顾倾觉得自己拥有不输男人的力气，上过几节拳击课，但在一个愤怒且恨她的男人面前，她也没有反抗的余地。那双大手紧紧扼住她的喉咙，像扎塑料袋一样紧，她呼吸困难，发不出声音，甚至意识也变得模糊，只有眼前那张让她倒胃口的狰狞的脸。

一道影子横过来，一拳重重地砸在那张脸上，很神奇地，顾倾能看到每个瞬间，看到拳头是如何砸到灰西装脸上的，他的脸被砸得凹下去一块。

灰西装在她眼前倒下了。

这个力气可以置顾倾于死地的男人，被另一个男人一拳挥倒，不省人事。

顾倾沿着棱格镜子缓缓滑坐在地上，用力呼吸着，像被人捏扁的气球给自己充气，怔怔地看着宫城那张脸靠近。他在她面前蹲下来，一脸严肃地询问她："你怎么样？"

他那张英俊的脸,如梦似幻的不真实。

一些脚步声靠近,餐厅侍者和几位客人靠过来,围在通道口看情况,宫城把顾倾扶起来,把她搭在他肩上,脸色沉重地让侍者报警。

他好像比任何人都生气。

"求你,不要送我去警察局。"

顾倾挂在他肩膀上,声音喑哑得像在油锅里炸过,她自己都听不出来是自己的。

警车把灰西装带走了,口供当场就录好了,宫城和餐厅里的侍者都是目击证人,亲眼见到了灰西装双手掐住顾倾脖子的画面。

女侍者跟警方描述:"真恐怖,他看起来像要吃了她,再晚几秒,那姑娘就像只兔子一样被他掐死了,还好那位勇敢的先生及时出手。"

费娜捂着脸目送驶远的警车,几乎要哭出来:"怎么会这么巧,怎么会是他……"

陆景炎问她:"七年前发生了什么事?"

费娜心中一股闷气,她精心准备的约会,她以为自己中了大奖,将要飞上枝头高人一等,可生活跟她开了个好大的玩笑,好死不死地,竟然就是这么巧,顾倾当年失手差点杀了的男人,就是灰西装。

她没好气地看着站在不远处的顾倾,顾倾正裹在宫城的外套里,她指着顾倾说:"你怎么不去问她,她是当事人,当年到底发生什么事,她最清楚了。"

陆景炎眉头一皱一抬:"你们到底是不是朋友?"

费娜裹紧自己的小披风,冷笑起来:"哈,朋友?她这个人没有朋友。"她说到这儿看着陆景炎,再看看跟顾倾站在一起的宫城说,"你还是提醒你那个朋友,离她远点吧,她比你们想象的要复杂得多,不要被她耍得团团转。"

一阵冷风拂过来,陆景炎看向宫城和顾倾,也紧了紧自己的风衣外套。

时间在顾倾白皙修长的脖子上染上几道青紫色的掐痕,看起来触目惊心,她一脸淡定,褪去了身上的外套递还给宫城,木然地说:"谢谢。"

她没有看他的眼睛。

宫城什么都没问,也什么都没说,让酒店侍者招来一辆出租车。

顾倾上车,始终没有看他,她的心和夜色一样冷。

"她没事吧?"陆景炎走到宫城身边问。

"我不知道。"宫城回答,这是发自内心的话,他真的不知道,她到底有事没事。

他今天第一次看到她的内核,冷的、硬的,没有谁能真正靠近。

此刻,他止不住地想她脖子上的掐痕。

"帮我调查一下那个男人。"他对陆景炎说。

陆景炎提醒他:"你还有两天就回国了。"

"我知道。"宫城拎着外套往酒店里走。

围观的客人和路人都散得差不多了,今夜,他们的生活中插入一个与他们毫不相干的插曲,但可以作为谈资在平淡的生活里添油加醋地跟别人讲述,也不失为一个乐趣。

陆景炎跟在宫城身后问他:"你去看了凯特,她怎么说?"

宫城如远山淡影般的语气传来:"只能自救。"

Chapter 7
她必须回中国

天亮时，顾倾有了睡意，但她脖子疼得厉害，怎么都不能舒服地躺着，她垫了几个枕头在脑袋后面，像中世纪贵族那样，枕着十几个高枕睡觉。

她做了一个梦，梦里她去到那间昏暗凌乱的房间，十四岁的少女手里攥着一把血淋淋的水果刀，白裙子染红了血，咧开嘴，牙齿一颗颗掉落下来，露出凄惨血腥的笑容。

她被那个笑容惊醒，猛地从床上坐起来。

中午去餐厅交班时，费娜看也不看她一眼，也不跟她说一句话。

在休息室里，她声音冷淡地提醒费娜："后天，后天你替我顶班，你还欠我一天。"

费娜用力地关上柜子的门，先是冷笑两声，然后扭头瞪着顾倾，像头随时要攻击人的母狮子："你做梦呢？我什么都不欠你。"

顾倾挡住她的去路，声音还是有些哑，她今天裹了围巾，遮住脖子上的掐痕，免得吓到客人们，又闹什么投诉事件。

"我们说好的，只要我去赴约，你替我两天班，还有一天。"

"滚！"费娜骂人。

顾倾不动，她就那么面无表情地盯着费娜看，如果费娜要推开她,她完全没有能力还手,她的脚伤没好,昨夜也消耗了太多力气,没有完全复原,但她就这么站着挡着路,盯着费娜看,费娜除了骂人,没有任何多余的动作,甚至是多走过来一步都不敢。

顾倾的眼睛里,有种刺人的冷,是那种让费娜不敢动弹的冷。

费娜又冷笑起来:"你想怎么样?如果我不帮你顶班,你还要杀我不成,像当年拿刀捅乔克那样?"乔克是灰西装的名字。

顾倾面无表情地看着她:"你尽管试试,别人欠我的东西,怎么都要还的。"

戴维守在休息室门口,看着顾倾走出来,再看里面正用力摔着东西的费娜,也不敢多问,只跟顾倾说:"老爹让你去办公室见他。"

顾倾往外走,戴维跟上来,一脸担心:"顾倾姐,你是不是又惹什么麻烦了?你的伤是怎么回事?"

脚上的、脖子上的,尽管她裹了围巾,戴维还是能看到一些痕迹,何况她从来不喜欢戴围巾,一起在唐人街生活这么多年,他还是第一次看她戴围巾。

"像被什么勒住脖子,不喜欢。"

她以前是这么说的,连项链都不戴。

"别担心,我没事。"顾倾出言安慰这个慌张的大男孩。

她走出餐厅,走向隔壁那栋建筑里,没有电梯,她沿着长长的回形楼梯慢慢爬上去,到了詹老爹的办公室,敲两声门,推门进去,又关上门。

詹老爹用他那双精明的眼睛打量着顾倾,语气缓慢地说话:"把围巾摘了。"

顾倾照他说的做,伸手摘下围巾,青紫色的痕迹比昨夜更加触目,像几条蚂蟥一动不动地趴在脖子上吸血。

詹老爹看了两眼,埋头下去看他的账本,他办公室里只有一扇小小的窗户,天花板很高,夏天热得要命,冬天又冷得像冰窟,可他就是能忍受,一整天都待在这样的地方,不开空调,只有头顶一个铜色吊扇。夏天,吊扇就嘎吱嘎吱地转着,冬天,打扫办公室的阿姨架起梯子爬上去用白布裹住吊扇,省得蒙尘,来年难以清理,吊扇像裹着裹尸布的死尸一样垂在上头。

"我听费娜说了,她并不知道是那个人,那年事情发生时,费娜在伯明翰读书,她不知道也情有可原,只能说是巧合。"

顾倾冷漠地说:"你说他不会再出现在英国,至少不会再回到曼彻斯特,你当时跟我保证过,可他至少已经回这里待了两年。"

詹老爹道:"七年了,任何事情都可能发生,我不知道他是怎么回来的。"

顾倾说:"而他不仅回来了,还在银行上班,那家银行距离唐人街只有三个街区,哦,他还幸运地继承了在意大利的叔叔的百万遗产,上天简直在跟我开玩笑。"

怎么回事,坏人不是都该去地狱吗?怎么能让坏人拥有好运气?

坏人能拥有的运气,只能是被陨石砸中。

詹老爹再次抬头,他每一次抬头额上的皱纹就更深一些:"七年了,你也该忘了,不要一直记在心里,受苦的只是你自己。"

顾倾笑不像笑:"忘?他只是失去一颗肾脏,但有两条命因为他长眠在安妮公墓里,我怎么敢忘?我有什么资格去忘记?"

"好了,不用再说了。"詹老爹语气威严地打断她,"我找你来,是让你不要跟陆景炎走得太近,还有他那个从中国杭州来的朋友,他们都不是你应该交往的男人。"

顾倾平复心情,缓慢地给自己心口浇水:"那我该交往什么样的男人?"

詹老爹看她的眼神里有片刻的凝滞,之后又低头去看账本,一边在账本上记录着什么,一边说:"陆景炎不是什么正经人,他交往过的女人像树叶一样多,树干抖一抖,落了旧叶子,又有新叶子长出来。至于那个叫宫城的,他的母亲在日本放火烧了人家一家四口,之后上吊自杀,他自己的精神也有些不正常。"

有能力的人永远有能力弄到他们想要的信息,顾倾毫不怀疑詹老爹所说的真实性,他养她这么多年,从来没骗过她。

他后面又说了些什么,顾倾完全忘了,她甚至忘了自己脖子上还趴着几只吸血的蚂蟥。

走出詹老爹的办公楼,她愣愣地站在街边吹着冷风。四月份了,冷风还是没完没了,刺骨的寒意,凉透了心。

"我又是个多好的女人呢?"

这是她最后留给詹老爹的话。

然后,她收到宫城发来的信息,他说:"后天下午四点的飞机,你的新护照在我这儿,签证和手续没有任何问题,准时过来,我等你。"

过了一会儿,他又发来第二条信息:"回到中国我会给你一笔钱,你拿着这笔钱重新开始你的人生,记住我说的话,不要再出现在我面前。"

顾倾想,他很有可能还会发来第三条消息,但等了许久,没有了。

什么都不必带,听说中国发展很好,地大物博,应有尽有,她在英国的东西,也没什么值得留恋的,她不会可惜,可看到戴维那张大男孩的脸,她又有些心软。

餐厅结束营业,戴维跨上他的摩托车,笑得一脸阳光:"顾倾姐,你脚不方便,我送你回去。"

上了车,他又问:"你有没有什么想吃的,Doritos?你很爱吃的那个芝士玉米片,要不要我路上给你买几包?免得你想吃的时候还要拖着不方便的脚去买。"

顾倾摇摇头,昨夜到现在,她什么胃口都没有,尽管前面骑车的他看不到,她顶着安全帽靠在他背后说:"戴维,这些年,真的谢谢你,谢谢你对我这么好,我并不值得别人对我好。"

机车轰鸣声太大,戴维也戴着厚重的安全帽,没有听清楚,所以稍稍扭头大声问:"你说什么?我没听到。"

回到公寓,他又问一遍:"你刚才在路上说什么?"

顾倾像以前一样拍拍他的肩膀:"晚安啦,boy。"

戴维张着口,欲言又止,他冲着顾倾转身过去的背说:"你要是缺钱可以跟我说,我这些年也存了几万块,我可以全部给你,你需要钱吗?"

顾倾鼻子一酸,眼泪险些掉下来,潇洒地挥挥手,拉开公寓门走了进去。

她之前告诉宫城,她这个人很难讨好,别人要对她十分好,才能换回她的一分真心,但事实并非如此,真正对她好的人,她会铭记于心,永远永远,不忘。

安妮公墓地处偏远,曼城最大的公墓,从唐人街的公寓打车过去要四十分钟,在半山坡上,能看到海港,清静的早晨也不堵车,一路顺畅,顾倾从没发现曼城的早晨这么美。

她这两年来总是在天亮时入睡,天刚亮的世界像刚出生的婴儿一般纯洁。

路上,顾倾让司机停车去买了两束花,紫蓝色的矢车菊,在公墓入口不远的花店里买的,那家花店总是很早开门,很晚关门,什么花都卖,矢车菊很新鲜,像是在自家屋子后院随手摘来的。

这地方不好打车,顾倾让司机等在路口,她步上斜坡,走入巨大的石拱门,一排排高低不齐的墓碑在眼前展开,像建筑群模型,活着的人住在水泥森林里,死去的人也一样。

靠近西南角的角落,一块不起眼的墓碑前,上个月带来的矢车菊被风干了。顾倾去掉像干菜一样的东西,插入新鲜的矢车菊,从背包里掏出一瓶矿泉水,拧开盖子,往花瓶里倒了一半。

然后,她退后两步,久久盯着墓碑上的人名看。

英文书写的中文名字,Fenfang Ye,叶芬芳,1986—2008。

活生生的人变成冷冰冰的墓碑,真的很残忍。

而这墓碑下,还有个来不及出生的小生命,没有被记载。

"芬芳姐,我要去中国了。"顾倾说。

同一天晚上,宫城梦游撞了手,手腕肿起来,都没法戴手表。早上,陆景炎先开车带他去医院治疗,摇头叹气:"叫我怎么放心你?"

宫城看他:"那就回国来。"

陆景炎摆摆手,看向别处:"算了吧,我说了我不会回去。"

宫城还是看他:"你到底在怕什么?"

陆景炎跳脚:"怕?我陆景炎天不怕地不怕。"

宫城说:"那就回国来。"

陆景炎不接这个话,转到别的地方:"顾倾呢?她会去机场的吧,要不要派人去接她?"

宫城摇头:"她说不用。"

他们都能理解,毕竟她不是光明正大地走开,詹老爹那边,估计她也不打算告知,若是詹老爹知道,她就走不了。

詹老爹不会让他的财产就这么溜了,他养育她这么些年,哪能放她走?

天气越来越冷,陆景炎见宫城穿得单薄,刚想取下围巾给他,又想起他不喜欢围围巾,遂作罢。宫城在曼彻斯特的这一个月,陆景炎已经习惯他了,突然分开,陆景炎有点伤感,不知道两人什么时候再见面。

宫城坐在副驾驶座上,看着陆景炎闷闷不乐的样子,第三次说:"回中国来。"

这次陆景炎没有说话。

"几点的飞机?"到了酒店后,陆景炎问。

"四点。"宫城说。

"两点我来接你。"陆景炎说。

宫城摇头:"你很肉麻。"

陆景炎瞪他:"去你的,要不是看在宫奶奶的份上,你以为我稀罕送你?"

小时候他们两个感情就好,那时候还有沈黎,从上幼稚园开始,他们三人就形影不离,但宫城更喜欢和陆景炎待在一块,宫城有些不喜欢和女孩子玩,沈黎是他唯一的异性朋友。

宫城的朋友真的不多,自理能力也很差,加上梦游这个怪病,陆景炎已经担心了很多年。

宫城进酒店时犹豫了一下,问陆景炎:"你觉得,顾倾是个什么样的女人?以你阅女无数的经验来看。"

阅女无数竟然在这种时候派上了用场……

陆景炎想了想,对于别的女人他可以数出一堆优缺点,对顾倾他却说不出个所以然,想了许久,他才说:"总之,她不是坏女人。"

是的,她不坏。

宫城若有所思,走了几步又回头:"你的坏女人标准是什么?你不会告诉我,是沈黎?"

陆景炎苦笑,什么都躲不过宫城的眼睛。

"如果标准是沈黎,关于你对顾倾的评价,我保留意见。"宫城说。

陆景炎还是苦笑,坏女人啊,他能想起来的,只有那个女人,没有什么比狠狠伤了一个男人心的女人更坏了。

他绝对不会回去。

顾倾正常睡到正午十二点,闹钟多余地响起来,她早就醒了,或者说根本没有进入深度睡眠。她迷迷糊糊地察觉到有人进来又出去，但她又不想睁开眼睛，以至于醒来时也不知道那是梦还是真实发生过的事。

费娜尽管不乐意，还是去顶班了，当然她是不会再和顾倾多说一句话的。

算起来她们同住一个屋檐下十几年，顾倾十分了解费娜，她只比顾倾小两个月，却总是喜欢装着姐姐的样子，顾倾对她总是不冷不热，她对顾倾也是从来没有好脸色，她们就这样相处了十几年，一点都没有变得亲密。

顾倾醒来之后开始整理东西，她把衣柜里几件香奈儿裙子留给了费娜，还有两双费娜会喜欢的红色高跟鞋，除此之外，她的十几个名牌包包，也留给了费娜，最后，她只在包包上贴了一张纸条："好好穿用。"

准备开门出去时，顾倾发现门从外面锁上了。

她试了又试，确定是有人从外面用一把锁给锁上了，因为她听见了锁头和铁链晃动的声音。

顾倾心里麻了一下，又很快冷静下来，她第一时间找手机，手机不在桌上，不在床上，所有地方她都找了，找不到手机，她习惯把手机搁在床头柜上，不需要再找了，她知道手机被人拿走了。

不止手机，还有她随身背的包也不在该在的地方挂着，里面有她的家当。

除了费娜，还会是谁呢？

除了是詹老爹的意思，顾倾想不到还有谁可以让费娜有这个胆。

这栋公寓是那种老式的公寓，最早建成时是个养老院，窗户都焊死了，顾倾房间的这扇窗也不例外，锁上了门，她就没法出去了。喊也没用，这条街白天几乎没什么人影，就算有，也不会有人喜欢管这种闲事,顶多以为她是哪个发酒疯的女人,住在楼上的女人发酒疯起来就总是喜欢大喊大叫。

但顾倾是聪明的姑娘,不会甘心被关,她会找出七十二种办法自救。

四点的飞机,两点出发去机场,还有不到半个小时时间。

来得及,她拼命告诉自己,不管什么办法她都得试一试。

她把笔记本一页页撕下来,在上面写上求救信息和电话,电话写的是宫城的电话。戴维她不能找,戴维不敢忤逆詹老爹,她想只有宫城能救她了,如果他肯带她回中国,那就应该不会怕再被她麻烦一次。

还好她拥有过目不忘的本领,尤其对电话号码。

写好的纸条她从窗户丢出去,栏杆大小只够伸出一只手,她尽量朝几个不同的方向扔,希望有人能捡到,而这个捡到的人又恰好有颗好心肠,不会把纸条当作垃圾。

概率很低,她知道,但不管如何也要一试。

半个小时过去了,她知道这个办法没有用,她撕开床单,抓着床单条再次把手伸出栏杆挥舞,一边挥舞床单条一边喊:"有没有人,帮帮我,我被锁在房间了,帮我打个电话。"

一道熟悉的声音从下边传来,顾倾的房间在三楼,她能清楚地听到下面的声音来自一层的街面,靠着墙的位置,那是戴维的声音。

他的声音充满歉意和无力:"顾倾姐,你别丢纸条也别喊了,詹老爹让我看着你,天黑之前,不能让你离开屋子一步,你再等等,钥匙在费娜那儿,天黑之后她会回来给你开门。"

顾倾整个人趴在窗前,一只手探出栏杆,她捏着床单条的手在听到戴维的话后无力地往下垂,手指慢慢松开,床单条像投降的白旗往下飘落。

她看不到戴维,但还是听到他继续说:"你别急,天黑就能出来了,再有几个小时,忍忍啊,老爹是为你好。"

"戴维,我要去中国,错过这次机会,我不知道什么时候才能去,你去取钥匙,给我开门吧,我求你,我求求你。"

"顾倾姐,你别这样……"

戴维的声音小下去,带着无限的歉意,许久没有声息,顾倾以为他离开了,又听到他说:"老爹说,你要是去了中国,就再也不会回来了,他说他很了解你,你就是个狠心的人,你有颗铁石心肠。"

"戴维,你帮帮我,我必须去中国,我的根在那儿。"

"顾倾姐……我们这些孤儿,哪里有根呢?你别再自欺欺人了。"

时间一分一秒过去,戴维靠在公寓楼下的墙壁上,垂头丧气。顾倾在上面已经很久没有声音,他想她或许想通了,天黑就能出来。

他点燃一支烟,尽管很久以前就知道顾倾要去中国这个事,但真正面对她要不辞而别的这一刻,他还是觉得痛心,她的人生里,没有什么比去中国史重要,味好美中餐馆、詹老爹、费娜还有他,所有她认识的人,都不重要。

他第一次觉得自己这么一无是处。

烟抽到第三支,他闻到奇怪的味道,是烟味,又不是他这种抽烟人该抽的烟味,抬头一看,他大惊失色,三楼的窗口冒出一阵黑烟和隐隐的火光。

整栋楼的烟雾报警器响起来,催命似的。

"顾倾姐!"戴维大喊一声,不管不顾地冲上楼。

楼道口里的洒水器把楼梯弄得湿漉漉。

冲到门口,才记起自己没有钥匙,他用力撞了几下,退开几步,一脚把门踹开,冲进客厅,烟雾报警器响个不停,刺耳烦人,头顶的洒水器洒下稀稀拉拉的水花,他直奔顾倾的房门。

门口上了链条,用一把黄铜锁给锁上了。

戴维看着房门下面断断续续送出来的烟雾,用力地拍着门喊:"顾倾姐,顾倾姐你在里面怎么样,你应我一声,顾倾姐!"

没有回应,戴维急得像热锅上的蚂蚁,在门口焦急地转来转去,他试着撞了几下门,锁链很粗,没法撞开,踹了两脚,门锁安然无恙。

"顾倾姐,你坚持住,我马上救你出来。"

戴维冲进厨房,翻箱倒柜,眼看顾倾房间下的烟雾越来越浓,情急之下,他拿起煎鸡蛋的平底锅冲回来,一遍遍用力地砸向黄铜锁,竟让他把锁给砸开了。

他解开锁链,用力推开门,一阵烟雾扑鼻而来,但也仅仅是那一阵不大不小的烟雾,来自脚底门下还没烧干净的几条堆起来的床单条。

窗台上也挂着几条没烧干净的。

顾倾好端端地站在被浸湿的棉被隔绝的另一边,手里抓着同样浸湿的毛巾捂住口鼻,她早已准备妥当,见戴维破门进来,她迅速丢掉毛巾,抓过一个装着贴身衣物的挎包,拍了拍茫然地站在门口的戴维说:"谢了!火警过来麻烦你帮忙解释,我赶时间。"

她说着大步跨出门去,留下茫然的戴维,对着一屋子还未散透的烟雾发呆。

果真是狠心的,她都不怕一个不注意烧死自己。

戴维回过神之后追了出去,火警的鸣笛声由远及近,戴维一直追到街道口,才追上顾倾,他拽住正要过马路的她:"顾倾姐,你不能走。"

时间快要来不及了,顾倾回头冷冷地看着他,声音冷得像不锈钢:"我要去哪里是我的自由,你放开。"

"我不放。"戴维红着眼睛冲顾倾喊,他第一次这么大声跟她说话。

他知道他若放手,就是漫漫无期的告别。

顾倾的眼神却缓和下来,她望着戴维的眼神中带着一丝忧伤,那一丝忧伤让戴维心软了,他缓缓地松开手,她对他露出一个悲伤又美好的笑容,转身头也不回地穿过马路。

一辆黑色的轿车从身后开过来,后排车窗打下,詹老爹探出个脑袋,神情严肃地指挥愣站在原地的戴维:"抓住她,不能放她走!"

身后的那道声音让顾倾猛地一震,她迈开还没完全恢复的脚,不要命地推开两个挡在前面的路人狂奔,两个路人被撞得莫名其妙,在后面骂了些什么法语。

顾倾顾不得那么多,黑色车子的身影很快在后面追上来,她眼里只有眼前的路,没人能阻止她,没人能够。

黑色轿车在路边停下,身形高大的司机开门下来,在顾倾身后大步追上来。

顾倾知道那是詹老爹的司机兼保镖,詹老爹四十岁之后再也没自己开过车,有了金钱和地位后,他不知去哪儿学了一套老绅士的生活作风,不伦不类,但也符合他的气质。

顾倾亲眼见过那个保镖一拳打掉了餐厅某个闹事的醉汉的门牙,揪起醉汉丢出餐厅像弹开烟头一样简单,这体力不是开玩笑的,她拐进一条巷子,不要命地跑。

巷子的尽头有光,像天堂开了门,街上那头车水马龙人来人往,只要通过那扇门,就能在这里销声匿迹,踏上通往东方的国土。

那道光里插入一道暗影,骑着机车的戴维横路拦在那儿,像通往天堂路上的黑暗使者,把道路堵得严严实实,没有前路,更没有退路。

顾倾从不后退,她朝戴维跑过去,她想,若是有必要,她可以从任何人身上踏过去。

戴维伸手给她递过来头盔:"快,上车,我载你去机场。"

顾倾愣了半秒,果断地接过头盔跨上车。

车子以一种不符合物理定律的弧度飞快地穿梭在车流人流中,顾倾抓着戴维地平线一样的肩膀,像坐在云霄飞车上,她想,她总是没有办法与这个世界彻底为敌。

摩托车在航站楼外停下,顾倾几乎是跳下车,跑了两步才记起头上还戴着头盔,她又返回来,把头盔解开递还给戴维。

戴维抱着头盔想跟她说些什么,机场保安过来,让他尽快把摩托车开走。

顾倾进了安全门才想起要跟戴维告别,转身过去,戴维和他的摩托车已经不在那儿,只有保安人员挥着荧光棒指挥车流前进。

这样也好,有些人,不适合正儿八经地告别,越熟悉的人越是这样。

Chapter 8
回到故乡的感觉

机场里乱糟糟的,人来人往,这个机场被评为英国最差的机场之一,顾倾这辈子第一次到机场,她无法对比,也无法评价,更无暇顾及其他,她抬头看向显示屏幕上的时间,4:16,一种下坠的感觉用力拽着她,几乎要把她拽入深渊。

4:15 眨眼间跳到了 4:16,她离深渊仅有一步之遥。

飞机起飞了吗?

她快速地在显示屏上扫过所有飞往中国的航班,没有任何接近这个时间的航班。

宫城飞走了,对吗?他回中国了,留她在这里,她哪儿也去不了。

周围的世界像个巨大的旋转木马亭子,所有东西都在转动,只有顾倾一个人是静止的,她看所有东西都像看万花筒,让她头晕目眩。

显示屏上的时间从 16 分跳到了 18 分,第 17 分钟被怪物吃掉了。

她无力地在地上蹲下来,抱紧自己,不想哭,但眼泪不受控制地落下。

然后,她看到一双精致的深棕色牛津皮鞋停在她面前,她仰起眼泪巴巴的脸,顺着鞋子上面修长如《杰克与豆茎》中通天豆茎那样仿佛看不到顶的长腿,看到了宫城那张无论何时看都没什么表情的脸。

在那一刻,宫城的冷面对顾倾来说,是世界上最温暖的面孔,她重新活了过来。

而宫城,在顾倾抬起头的那刻,心脏静止了两秒。

她的眼泪,让他心碎。

"走吧,去贵宾室。"

他朝她伸出手。

"对不起,我迟到了。"顾倾说,她的手在微微发颤,这已经是她极力控制下的情况。

"飞机晚点了。"宫城说,"我们需要等上三个小时。"

顾倾大大地,大大地松了口气。

他没有问她为什么迟到,也没有一点责备的意思。

顾倾觉得,冷酷无情的男人一旦温柔起来,真的要人命。

之后的一切都很顺利,在他们等待飞机起飞的时间里,没有人来找顾倾,没有人来抓她回去,那些不利于她的东西好像都自动被挡在什么结界之外。詹老爹没有找来,也没有派人来,他大概以为她已经登上飞机飞走了,像风筝在夜里脱线,他收不回去了。

之后她和宫城一起过安检,之后她听到机场广播里传来登机的通知,之后她跟宫城一起通过悬臂,踏入机舱,听空乘小姐用一种机械般的礼貌打招呼,欢迎乘坐某某航空。

头等舱,顾倾坐靠窗的位置,飞机起飞时大地被黑夜覆盖,城市灯火如星,渐行渐远,她把座椅调到最低,拉过毯子调整一个最舒服的睡姿,对坐在旁边安安静静地用 iPad 看大段大段经济学一类内容的宫城说:"抵达中国之前,请不要叫醒我。"

之后,在黑夜的机舱里,她沉沉睡去。

梦里,她跟在一个男人的身后,年轻的朝气蓬勃的男人,她跟着他走了一段很长很长的路,路的前方没有尽头,他说:"北方有佳人,一顾倾人城,我给你取个中文名字,你的中文名就叫顾倾吧。"

顾倾问他:"你的家乡在哪里?"

他说:"杭州,'上有天堂下有苏杭'的杭州。"

她说:"终有一天,我会到那儿去。"

顾倾醒来时,天还是黑的,她问一旁的宫城:"到哪儿了?"

他的动作没有变化,和她入睡前一样,安安静静地坐着看iPad。

宫城修长手指轻轻翻动电子页面:"还有一个小时飞机在香港降落,之后转机杭州,你睡了十一个小时。"

顾倾睡得腰酸背痛,但她精神很好,心情也很好,而且觉得肚子饿了,眼睛不由得盯着宫城桌板上吃剩的牛排。

宫城注意到她的目光,摁下服务灯,美丽的空乘小姐很快过来,殷切地问他有什么需要,宫城指着桌板上的食物说:"这些收走吧,给旁边这位小姐送一份过来,等等,再给她一杯温开水。"

"你没有睡吗?"顾倾问他。

他没有回答。

顾倾想到他的梦游症,没有再问。

但他自己开口说:"我不习惯在有人的地方睡觉。"

顾倾不是很懂:"哪里没有人?全世界七十多亿人口,除非你去火星睡觉。"

宫城偏头看了她一眼,她嬉皮笑脸的,十个小时之前在曼彻斯特机场泪流满面的样子像个恶作剧,他发现她这个人一旦恢复了精力,就变得让人难以忍受。

顾倾注意到他脸色的细微变化,不再说了,她怕他把她丢下飞机,她偏头去看舷窗外浓雾一样的云层,一切都像梦境一样。

她是真的远离了曼彻斯特，在一万多公里之外的天空上。
　　一个小时之后，飞机抵达香港。顾倾听过很多次的繁华城市，落地的那刻她见到许许多多黄皮肤、黑头发的面孔，工作人员之间用粤语交谈，那种声调陌生又神奇，她心里一阵暖流，随着宫城转机，再次登机，飞机再次起飞。
　　两个小时之后，杭州到了。
　　难以形容顾倾的心情，随着飞机在萧山机场落地，那种暖流遍布全身的暖意更甚，让人情不自禁地颤抖，像阳光照到被深雪掩埋的植被上，焕发生机。
　　下飞机时，顾倾的手还是有些抖，杭州的气温也挺低，和曼彻斯特差不多，但顾倾却觉得很温暖很温暖，她一点都不觉得冷。
　　她没有多余的行李，随身只有一个小小的挎包，宫城的行李也不多，只有一个公文包和一个手提的做工精良的深棕色牛皮行李袋，是个很低调也很贵的意大利奢侈牌子，他的鞋子是那个牌子，公文包也是。
　　取行李的时候，宫城看她那张落地后就没停止笑意的脸，忍不住问："你在曼城生活了二十几年，就一点都不留恋吗？"
　　顾倾沉默了片刻，回他："一点都不。"
　　宫城静静地看着她，发出一声极轻的笑声，轻得就像呼气，但顾倾还是察觉到了。
　　他想说什么？她有颗冷酷无情的心？
　　随他去吧。
　　顾倾从不在乎别人怎么看怎么说她，曼彻斯特，曼彻斯特，曼彻斯特，她在心中默念三遍，然后快速把它收进心中某个黑暗的角落里，不想再去惊扰它。
　　像是两个不同的世界，这个世界温暖多情，机场出口人们迫切地张望要迎接的人，每张面孔看上去都那么美好。
　　人群中一个瘦瘦高高的穿着黑西服的男人朝宫城走过来，自然而然地接过他手中的公文包和行李袋,恭敬有礼地对宫城说:"宫总,董事长亲自来接你和……"

他说到这儿,看了旁边的顾倾一眼,眼神带着一种修养很好的礼貌,一点都不敷衍那种。

宫城淡淡地挑了下眉:"奶奶怎么来了?"

男人说:"陆少说你会带女……性朋友回来,董事长想第一时间看看她,就亲自过来了。"

他说到这儿,又看了顾倾一眼。

顾倾再次朝他展露出一个礼貌的微笑,他们的对话她当然听到了,她左顾右盼,看什么都很新鲜有趣的样子,装作没听到他们的谈话。

她想起宫城在曼彻斯特给她发的那条信息:"回到中国我会给你一笔钱,你拿着这笔钱重新开始你的人生,记住我说的话,不要再出现在我面前。"

本该就此告别,站在他的角度,从这一刻起,应该是永别,她不能再见他。

她故意抬步要往旁边走,找可以搭乘出租车的地方,但是要去哪里她还没想好,今后要做什么她也没想好,但一切都不着急,她一点都不着急,她有大把时光。

走了几步又返回来,朝宫城伸手:"先借我点钱,我走的时候一分钱都没带。"

她讨钱讨得理直气壮,旁边黑西装的瘦高男人侧目看她,看得出来他正在很费力地想要看透她和宫城之间的关系,但只是白费力气。

"这位小姐……"男人开口。

"她姓顾。"宫城冷冰冰地说。

男人看了看顾倾周围:"顾小姐,你的行李呢?"

顾倾冲他笑,晃了晃手中的挎包:"这呢。"

男人更费力地看着她，一时不知道再说些什么。

宫城冷冰冰地对顾倾道："先跟我回去。"

他不知道她赶到机场之前都发生了什么，他也不想知道，但他看得出来，她想迅速地摆脱他，跟他们之前约定好的内容无关，她就是想摆脱他，还有些迫不及待。

他不太高兴这件事。

"跟你回去？不太好吧。"顾倾说。他不是很想摆脱她吗？

"你的护照还在我这里。"宫城说。

一句话就让顾倾闭了嘴，变成安静柔顺的小白兔，跟在他身后往停车场去。

黑色的凯迪拉克停在路边，富人都喜欢凯迪拉克，喜欢加长和宽敞，但听说在美国拉斯维加斯那个地方，人们把凯迪拉克当拖车用。

一个保镖模样的男人陪着一位六七旬的老太太站在那儿，很远的距离，但顾倾感受到老太太身上不同寻常人的气质，就像银河系散发的光芒。老太太身穿一套很低调的冬季深蓝套装，银色的发丝被盘得一丝不苟，端庄优雅，目光和蔼。

老太太是那种出身良好的大户人家小姐，嫁给门当户对的人，经历很多变故，饱经风霜，在她从容不迫的皱纹里，没有什么是她没经历过，也没有什么是她不能从容跨过去的。

宫城快步走过去，老太太笑容变深，拉住他的手："回来了。"

"天气这么冷，您怎么亲自过来，还在风里站着？"宫城说。

他的语气是顾倾从未听过的温柔，是老太太的专属温柔。

顾倾站在不远也不近的距离，她不敢走得太近，那老太太有双火眼金睛，老人家看她的第一眼，她就知道，在这个老太太面前，你一句谎话都不能说，一点心思都不能有。

"她就是景炎说的那位顾小姐？"老太太看着顾倾，问宫城。

宫城点点头，老太太冲顾倾招手，示意她过去。

顾倾不能拒绝,她慢慢地走过去,走到他们面前,微微低垂着眼睛。

老太太打量了顾倾几眼,脸上保持着慈祥又优雅的笑容:"比景炎说的好,长得挺漂亮,看着也舒服,就是穿得太少了,走吧,快上车,有的是时间说话。"

顾倾乖乖上车,一句话都没说。

宫城全程看在眼里,但不知为何,他觉得心情有点愉快。

好在宫家人没有在车上聊天的习惯,沉默的车程让顾倾觉得舒服一点,但也没有那么舒服,尤其她能察觉到老太太时不时地观察她,一个眼神,就能把她从里到外看透。

可她却不知道老太太看透了之后在想些什么。

野丫头,复杂,善于伪装,不是宫城该交往的那类女人,诸如此类吧。

顾倾搞不懂,她为什么会有些在意这个老太太会怎么看她?她从来不在意别人怎么看她。

她偏头看向窗外,看着绿化很好的城市,让人赏心悦目的街道,不知不觉就开了口:"塘栖古镇在哪里?"

开口之后,才察觉有些不妥,像是那种不懂分寸的小孩在家族聚会上没有问候长辈就先动筷子夹自己喜欢的菜。

开车的瘦高个男人和坐在副驾驶座上的保镖面不改色,好像两个屏蔽信息的机器人。

宫城回她:"在北边,我们不往那个方向走,我们往南。"

而一旦有人带头破坏规矩,之后肯定得继续下去。

宫家老太太看向顾倾,问她:"顾小姐,你是第一次来中国吧?"

"是。"顾倾回答,她有些后悔自己打破了规矩。

"听说你在英国长大,但你的口音很正宗,像是浙江一带的南方人口音。"

"我在中国城长大，把我养大的人，他祖籍温州。"

"哦，原来是这样，你好像对杭州很熟悉？还知道有个塘栖古镇，你有认识的人在那里吗？"

"不熟悉，只是以前，几年前在英国认识的一个人，他跟我提过这个地方。"

对话到这里终于能停下来，老太太不再问了。

顾倾知道，老太太若继续问，她还是会继续如实回答，不管她问什么。

好在她不问了，他们宫家的人，好像都不太喜欢过问太多，点到即止。

宫城在顾倾提起那个不知道是什么人的人时，淡淡地扫了她一眼，她也回扫他一眼，四目相接时，她那双黑白分明的眼睛轻轻地眨了一下，一脸无辜。

她的"无辜"被宫城看在眼里，可他觉得那更像是她拿手的恶作剧。

车子开了半个多小时，开进越来越茂密的竹林里，干净的柏油马路像头顶的分线，把青翠的竹林像头发一样齐整地分向两端，之后渐渐开阔，大片大片的茶园在眼前铺陈而去。

顾倾二十几年在曼彻斯特见过的绿色还没有这十几分钟见得多。

路的尽头，一扇大铁门跃入眼帘，铁门往上是几栋连在一起的别墅，依山傍水，暗色的砖面墙壁，青绿的屋顶，大大的落地窗，白色的窗帘垂在窗边两侧，车子开进去后，顾倾觉得这房子简直是座古堡。

有钱人的生活，吹毛求疵到院子里的每一块砖、每一丛植被，包括屋顶上挂的藤蔓植被，都像被数学公式完美排列过一样，不是亲眼所见，无法凭空想象。

顾倾闭紧她的嘴巴，免得口水流下来。

台阶上有几个人在迎接，一个没什么精神的中年男人坐在轮椅上，面带温和的笑容，尽量保持着精神，他身边站着一个穿白色套裙的女人，年纪在三十七岁到三十九岁之间，不会超过四十岁，第一眼看上去是个美丽的女人，但打了过多玻尿酸的两颊看起来不太自然。

或许她的不自然只是因为她站在那里等得太久了。

白套装女人和轮椅上的男人一齐喊老太太："奶奶。"

宫城喊轮椅上的男人："大哥。"

男人淡淡地笑，略带一些疲惫，但这个笑容是发自内心那种。

白套装女人看向顾倾，眼睛上上下下地像升降梯一样从头到尾把顾倾打量完毕："这位是……"

宫城没有回答。

顾倾不知道怎么回答。

宫家老太太开口说："阿城从英国带回来的朋友，姓顾。"

顾倾接着说："我叫顾倾。"

女人笑道："只听说阿城要带人回来，还以为是个金发碧眼的姑娘，没想到也是中国人呢。"她的笑容很不走心。

宫城说："不算是中国人，她拿的是英国护照。"

一句话就让顾倾完全地闭上嘴。

宫家老太太开口说："颂琳，你别烦他们了，让他们两个吃过饭去休息，调整一下时差，长途飞机不是那么好受的，我就受不了。"

何颂琳笑，小心翼翼地跟着老太太往里走，问："今晚阿城和顾小姐要在这里住下？"

宫城在后面慢慢推着他大哥宫圳："不了，吃过饭我们回市里，明早要去公司处理一些事情。"

老太太说："你一个人回去就行，让顾小姐在这里多住几天。"

顾倾没什么表示，她早已习惯入境随俗，既来之则安之，况且这古堡一样的房子这么漂亮这么宽敞舒适，周围青山绿水又养眼，她很喜欢，真心喜欢。

宫城看向顾倾，她正在转着眼珠四处打量房子，没有一点怕生也没有一点不自在，这点他真的挺佩服她，可是也有点不畅快，他说："顾小姐会跟我一起走。"

顾倾听到他这么说，眉头皱了皱，但也没受太多影响，而是继续欣赏漂亮房子。

偌大的房子也没见什么人，但当你有需要的时候，总是有人及时地出现在你面前，贴心地告诉你洗手间在哪里，去哪儿换舒适的鞋，往哪儿走能到后院或者露台，哪儿能欣赏到整片山谷最好的风景。

吃饭的时候，何颂琳问顾倾："顾小姐什么学校毕业的，剑桥，牛津？我们阿城是东京大学毕业的，经济学和环境资源双学位。"

哦，好学校呢，有什么稀奇的，他本就是很优秀的人。

顾倾慢慢咀嚼完嘴里的食物，才说："我读的是当地社区大学，去年刚毕业。"

何颂琳道："那你很年轻呀，只是看起来有些成熟，你有二十四岁？"

外国女生都喜欢成熟的打扮，过了二十岁，眉眼间的少女感就渐渐消失了，顾倾虽然是亚洲面孔，但她的打扮也是整体偏成熟，黑色的皮裤和风衣，犀利的眉眼，并不是很能看出具体年龄。

顾倾摇摇头："刚满二十二，我用两年的时间学完了四年的课程，另外我还修了中文、法语和西班牙语几门语言学课程。"

何颂琳有些讶异地张了张嘴，有些尴尬："啊，那你挺聪明的，我们家阿城法语也说得很好，我自己也在法国待了两年，我们用法语交流几句？"

顾倾微笑着看她，极有耐心和礼貌："我法语并不好，因为中文太有魅力，太喜欢中文，精力都用在学习中文上，其他语言我就顾不上了,我想着我终究要回中国,余生不可能待在法国和西班牙,就放弃其他语言了,倒是也能用法语说上两句'你好''谢谢'什么的。"

一席话说得何颂琳的脸色更是僵硬,宫城的嘴角不动声色地扬了下,他觉得有趣,没人能给顾倾挖陷阱,谁也别想在她那儿讨到一点便宜。

何颂琳目光闪烁着急忙换了话题:"你父母是做什么的,都是英籍华人?"

顾倾正想回答,宫城替她答了:"她父母双亡,有个养父,在唐人街开中餐厅。"

顾倾放下筷子说:"不算法律上的养父,就是养我大的人,我们都叫他老爹,在中国城挺有名的,我只是他收养的小孩之一,他收养我的时候很年轻,不到三十岁,那时我五岁。"

何颂琳继续问:"五岁之前你和亲生父母在一起吗?你亲生父母原是做什么的?"

顾倾拾起筷子继续夹菜,回道:"我忘了,我没有五岁之前的记忆。"

宫城和宫老太太同时看了她一眼。

何颂琳怔了怔,越来越感兴趣,好像顾倾没来之前,她的人生一点乐趣都没有,而作为宫家的人,她的问题未免也太多了些,她问:"发生了什么事,你一点记忆都没有吗?"

顾倾沉默了片刻,摇摇头,这是真的,她没有五岁之前的记忆,一点都没有。

她的沉默让其他人也都沉默了,气氛有些古怪,像是汤变了味。

何颂琳还想问什么,她丈夫,一直安静进餐像不存在的宫圳说:"别问了,吃饭吧。"

宫家老太太也不满地看了何颂琳一眼,何颂琳就闭上了嘴。

宫城扭头看顾倾，她吃饭吃得很香，吃得很认真，完全没有把那些问题放在心上，他久久地看着她，始终是没能看懂，她就像被迷雾笼罩着，里面还有个自传的球体，永远看不到真实静止的那一面。

没有五岁之前的记忆？

她五岁那年发生了什么事？

宫城想起她说要回中国寻根，又对她说的话产生了怀疑。

天黑之前，宫城和顾倾离开宫家庄园，临走时，何颂琳左看右看，还是满肚子的问题："顾小姐，你没有带行李回来吗？我听你的意思，你要在中国长待下去了，怎么不见你的行李？"

顾倾笑着说："我不需要，中国什么都有不是吗？我可以买新的。"

何颂琳也笑道："让我们家阿城给你买。"她的笑容像干巴巴的咸菜。

顾倾看了宫城一眼，郑重地跟宫家人告别，感谢他们的招待。

上车前，宫家老太太笑得和蔼："顾小姐，有空一起喝杯茶。"

"好。"顾倾心里坦荡荡。

回市区的路上，天上星星若隐若现，大地寂静无声，太安静了，顾倾从没经历过这么安静的夜，车子像夜行海上的船。

她精神很好，稍稍把座椅往后调一点，把双手枕在脑袋后，对一旁认真开车的宫城说："好了，现在轮到我来问你了。"

宫城眉头动了一下，扭头看她一眼。

顾倾漫不经心地说："我这个人什么都讲个公平，别人拿我的，我也要问别人拿点什么回来，你家人问了我这么多问题，现在轮到我来问你几个问题。"

宫城轻轻摇头："你可以不回答。"

"那太不礼貌了，你觉得我应该不回答吗？"

"你可以不礼貌，那是你的事。"

"呵,你说得轻松,毕竟我是你从英国带回来的朋友,你知道朋友两个字的意思吗?你会想让你家人以为你交友不慎?"

"我从没说过你是我的朋友,是奶奶说的。"

顾倾扭头看他,很认真地说:"我不管,你嫂子问了我这么多问题,我也得问回来。"

宫城不为所动:"我可以不回答。"

顾倾的第一个问题抛出来:"你爷爷和你爸呢?"

宫城没有吭声,专注开着车,车灯照在漆黑的路面上,像粉笔在黑板上笔直地画了两道,许久许久才有一两辆车从对面驶来,开得飞快,远光灯照得人眼睛快瞎。

宫城也开得飞快,又快又稳,遇车会迅速地切换远近灯光,是个很有素质的司机。

顾倾很耐心地半扭着身盯着他看,大约是盯得他不耐烦了,他更不耐烦地开口:"在我中学的时候去世了,车祸,我大哥的腿也是那次车祸受的伤。"

他说这件事时很平静,顾倾眨眨眼睛,扭身坐好。

沉默像水蒸气在空气中蒸腾。

许久,宫城先开口:"你怎么不继续问了?怎么不问我母亲?"

顾倾不说话,也不看宫城,但他能感觉到他平静得近乎冷漠的语气下,有一种残忍的力量,正一点点割开两人之间的距离。

"够了。"顾倾闭上眼睛,"你的答案已经能抵消我刚才回答的那些问题,我觉得公平了,比惨你比不过我的,至少你是个有钱人。"

"你总是那么乐观吗?"宫城问她。

顾倾还是闭着眼:"从现在开始,我不会问你任何问题,也请你不要再问我任何问题了。"

宫城深深地吸了一口气。

他不能留她在身边,她太容易让人抓狂。

位于市中心的房子离公司近,平时就宫城一个人住。

因为梦游症这件事情,他没法住在家里,很早之前,他跟奶奶商量后,住了大半年的酒店,后来房子重新装修好,才搬进去。

车子驶进高档别墅小区前,宫城在路边把车停下,他要在这里和顾倾做一个了断。

夜已深,市区下着淅淅沥沥的雨,街面湿湿的,顾倾乍一看,以为自己还在曼城,还没有离开那个下起雨来总是特别阴冷、特别黏腻的地方。

宫城递给她护照和一张银行卡,冷冰冰地说:"里面有些钱,足够你生活一阵子,你英语和中文不错,可以找个能养活自己的工作,我们说好了,回国之后,我不想再见到你,你下车,从此我们再无瓜葛。"

顾倾接过护照,但没要那张银行卡,她说:"你带我回中国,我们扯平了,我不会再要你的钱。"她这个人恩怨分明,别人欠她的要还回来,但她也不会白要人家的东西。

她打开车门下车,路灯下,蒙蒙细雨如丝线般飘落,落在她的头上身上消失不见,她笑着朝宫城挥挥手:"还是谢谢你,后会……无期。"

宫城脸色冷漠:"你身无分文,能去哪里?"

顾倾无所谓地耸耸肩:"这你不用操心。"

车子启动,往前开了几十米又停了下来。

宫城开门下车,朝顾倾走过去,一身凛然的惊人气息。

顾倾抱着胸往后缩了缩,一是这该死的天气实在冷,二是宫城脸上的杀气更冷,他不由分说地把卡塞到她手里:"当你借我的,以后还给我。"

他转身要走,顾倾扯住他的风衣外套:"喂,你不是说再也不见我吗?你不见我的话,我怎么把钱还给你?"

宫城说:"你可以联系我的秘书。"

顾倾笑得调皮:"不行,那还是和你扯上关系了,我理解你的意思,回国后老死不相往来,就是在你面前消失,当没有我这个人,如果我收你的钱,那就注定还是有瓜葛。"

宫城从来没遇见这么绝情的家伙,她是想跟他彻底断了关系,永远消失在他的世界里。

细雨中,昏黄的路灯下,他慢慢转身回去,深深地看着她说:"你真的不想再见到我?"

顾倾被他那双深深的眸子盯得心里咯噔一下,她吞吞口水,眼中映着光,仰头看着他说:"如果你不放心我,为什么不把我留下?我不要你的钱,我要留在你身边。"

我要留在你身边。

他们四目相对着,那一刹那,像是永恒。

许久许久,宫城慢慢收回眼中的光,他转身走向车子,回到车子里启动车子。

顾倾站在那儿,雨有下大的趋势,她的头发被细雨淋得黏糊糊的,她想起回来之前和陆景炎的约定,陆景炎说:"你的工作,就是回国之后,想办法留在宫城身边,在他梦游的时候看顾好他,你若能做到,每个月都能收到一笔汇款。"

一、二、三、四……

她数到第四声,看到宫城的车子慢慢地往后倒车,慢慢地开到她身边。

她轻轻地扬起嘴角笑了。

宫城,心软的人啊,总是会自食其果的。

她看着宫城英俊又冷漠的面孔,这张面孔下,有些柔软的让人心疼的小东西,她有些后悔答应陆景炎了,她不应该掺和宫城的人生。

她的心肠太硬了。

Chapter 9
放心，我不会越界

宫城的房子是独栋的，在绿化很好的地段，重重叠叠的绿色在夜晚显得格外阴森，房子带宽敞的大阳台和一个小院子，有单独的停车坪。

围墙另外加固和加高过，跟其他栋的别墅的格局明显不同，更宽敞，更空旷，也更严密，长得最高的人类，踮起脚也不能从外面看到围墙里面的情况。

大门有三道锁，两道密码锁，一道智能的指纹锁，监控到处都是，不知道的人，大概会以为这样的房子里藏着什么金山银山。

可是顾倾看着宫城开门的背影，不知为何心里有点不是滋味。

他经历过一些什么糟糕的事，才会让自己住进这样一个牢笼般的房子？

顾倾想起陆景炎说过，梦游的宫城在潜意识深处是他自己的处刑人，他的夜晚比任何人都来得艰难，也更加危险。

"你现在后悔，还来得及。"宫城打开房门，对站在门口的顾倾说。

感应灯光自动亮起，屋内光明，布置极其简单，几乎没有多余的家具，一套黑白沙发，茶几是皮制的矮圆桌，看不到任何锋利的东西，四四方方的棱角也没有，柔和的弧度居多，地上铺着厚厚的柔软的格纹毯子，踩上去无声无息。

巨大的落地玻璃窗外是院墙高高的院子，铺着厚厚的草坪，走近才发现没有玻璃窗没有玻璃，只有木制的框架和厚重的落地窗帘。

这样的房子住久了，人没事也得有事，抑郁症都要犯了。

顾倾环顾房子一圈，提着她仅有的挎包问："我睡哪里？"

宫城打开靠近浴室的一间卧房，里面空空的什么都没有，只有两片白色的窗帘静默地垂在窗边，他说："没想过会有人住，今晚将就，明天给你买张床，洗漱用品在浴室，你把你需要的东西写下来，明天我让秘书给你送来。"

顾倾走到客厅沙发，一屁股在沙发上坐下："我晚上一般没什么睡意，今晚就在这儿将就将就吧，当然，你决定收留我，我就会履行自己的职责，在你梦游的时候看顾好你。"

宫城脱下他沾了水汽的风衣搁在椅子上，顾倾注意到他的手腕好像受了伤，但没问，看起来应该是在英国受的伤，想着大抵又是梦游的缘故。

他向顾倾走了两步，居高临下地看着她说："你不要期待发生什么，你不要我的钱，让我收留你，好，我收留你，仅此而已，等过段时间你有能力照顾好自己，找到稳定的工作，你就从这里搬出去。"

顾倾在柔软的沙发上把腿舒舒服服地盘起来，仰着脑袋看他，咧开嘴笑："我一直有能力照顾我自己，我留在你身边完全是我个人意愿，等我想离开了，我自然会离开。当然，我也感谢你收留我，你放心，我不会越界。"

个人意愿，不会越界。

她怎么可以说得这么理直气壮，宫城轻轻地冷笑一声："你当我是收留流浪猫狗的好心人？顾倾，我没有太多耐心对你，记住你自己说的话,不要越界。"

到底为什么留下她,他也说不上来,应付奶奶?看她可怜?

都不那么正确,或许他就只是想看她在他眼皮底下,看清楚她到底想要做什么。

自认为不可一世的她,回到中国,究竟能做什么。

继续骗人吗?

他往自己房间走,走到门口回头说:"记住,你现在是在中国,我不会允许你再说一句谎话,若被我发现,我会马上送你回英国,你一辈子都别想再踏上中国的土地。"

顾倾又失眠了。

在飞机上那沉沉的一觉像是天方夜谭,怎么会发生的呢,为什么踏踏实实地站在了中国的土地上,她还是无法入睡?为什么?

一整个晚上,她在客厅的沙发上翻来覆去,毫无睡意。

宫城睡在隔壁的主卧里,他无声无息,隔绝了一扇门,就像隐遁入另一个时空里。

他睡熟了吗?

顾倾在黑夜里睁着大大的眼睛,心中还是无比的空虚,没有什么能填满,真要命。

远离曼彻斯特,回到她心心念念的中国,也没有让她感到一丝真正的快乐,正如宫城说的那样,她只是自以为是,自以为回到这儿能治愈她的失眠,治愈她的孤独和空虚。

"咚咚咚"的声音传来,厚重的声音,在墙壁后头,在寂静的黑暗中回响。

顾倾坐起身,顺着声源找了一下,发现声音是从主卧里传来的。

"咚,咚,咚……"

规律的节奏,她等了一会儿以为会停下来,但没有,时间过去了十分钟之久，那敲击什么的东西始终没有停下来，在持续着，也不知道什么时候会停下来。

她握住门把手旋转下，门开了。

幽黄的灯光来自床头的一盏灯，白色的被子有一边被掀开，床上没有人。

顾倾走进去，扭头看门后的那面墙，险些被吓一跳。

宫城背对着她站在墙边，一下一下地用脑袋撞着墙壁，墙上贴了柔软的隔垫，尽管如此，他还是很用力地撞着，机械地重复动作，发出沉闷的咚咚咚的声响。

那感觉，很像中邪的人。

顾倾走过去伸手想拍他，但想起不能唤醒深度梦游的人，于是她抓过床上的一个枕头，举到他脑袋那儿给他垫着，他的脑袋就撞在了枕头上，一下又一下。

原来陆景炎说的都是真的，宫城梦游起来，就像自己的处刑人，毫无意识。

顾倾伸手去拉他，小心翼翼地，不惊醒他，把他拉离墙壁，慢慢地拖着他到床边。

他像个迷路的盲眼小孩，任顾倾牵着，温顺地坐在床上，温顺地被顾倾推倒睡下。

顾倾给他盖上被子，像安抚半夜醒来的婴儿一样轻轻地拍着他的肩膀，嘴里哼着阿黛尔的 *Hello*，她没有唱出声音，只是哼着调，哼得也不是那么好，凑合吧，他脸上的表情慢慢趋于平和，再次沉睡。

看来他对歌声没有那么挑剔。

詹老爹这些年一直在断断续续地收养孩子，等他们长大一些，詹老爹就会把他们送去寄宿学校，在此之前，顾倾和费娜这些大一些的小孩，会帮忙照顾一段时间。

顾倾在照顾小孩上不如费娜，她没有太好的耐心，小孩子哭起来很烦人,她此刻对宫城的这一套,就像曾经照顾小孩子那样。

她趴在床头,双手垫在下巴上,看着沉睡如婴儿的宫城,他高挺的鼻子、粗眉、弯月般的两扇长长睫毛、薄唇,还有干净的皮肤,带着男生天生有些粗糙的质感,仔细看,可以看到一些均匀分布的毛孔,真是好看得要命。

"你为什么要这么惩罚自己呢?傻不傻?"顾倾看着他的睡颜,在他耳边轻声说话。

"你是个好人。"

顾倾起身准备走,才发现衣角被他被子下的手紧紧地攥住了。

顾倾醒来时并没有注意到天亮了,房间里的灯光不是那么明亮,窗帘严严实实地拉着,外面的高墙遮挡,高墙之外还有高大茂密的树林,这栋房子如果不开灯,就像夜晚。

她睁开眼时,对上了宫城那双幽深的眼睛,吓了一跳,但她准备按兵不动。

因为她不能确定他是不是清醒着,他睁着眼睛看她,眼睛一眨也不眨,顾倾慢慢从地上起身,她真不知道自己怎么就在地上睡着了。

她慢慢地伸手去宫城面前,在他眼前晃了晃,准备收手的时候,突然被他一把捉住了手腕,他的表情变得严肃又冰冷:"你怎么会在我的房间?"

"疼……"

他握得太用力,顾倾的表情扭曲了一下,他就松开了她。

顾倾从地上跳起来,握着手腕不满地说:"你昨晚梦游拿头撞墙,吵得我没法睡觉,要是我不管你,你可能会把墙给撞破才罢休。我帮了你的忙,你还凶我,有没有道理?"

宫城揉了揉太阳穴,掀开被子从床上下来。

他走到落地窗边,"哗啦"一声拉开窗帘,熹微的阳光照射进来,外面天亮了。

顾倾怔怔地盯着那一小片一小片的光芒,突然反应过来,喃喃地说:"天亮了……"

她跑到客厅,看到墙上的时钟上显示早上八点,忍不住从内心深处发出一声惊叫:"啊!天亮了!"

天亮了,天亮了……

她睡着了,她一觉睡到了天亮。

两年了,不算飞回中国飞机上的那一觉,这是她踏踏实实地在陆地上睡的一觉,从天黑到天亮,她终于睡着了,也终于能在早晨醒来。

"啊啊啊!"她像个疯子一样在房子里跳来跳去。

宫城从房间走出来,一脸疑惑地看着蹦来蹦去的顾倾,实在难以理解她的"疯"。

"你能不能安静点?"他给她泼冷水。

顾倾丝毫不受影响,她蹦到宫城面前,抓着宫城激动地说:"我能睡着了宫城,我可以一觉睡到天亮了,你根本不知道,我多么……"

宫城撇开她:"我不想知道,出去,你吵得我头疼。"

顾倾平复心情,慢慢冷静下来。

现在宫城说的任何话,她都不会放在心上,也不会对她造成影响,她就是高兴。

回来中国没错,一点都没做错。

无药而愈,多么让人高兴。

"你头疼是因为你昨晚快把墙给撞破了。"顾倾高兴地坐在沙发上提醒他。

宫城皱了下眉头,走向厨房的脚步顿了一顿,他觉得昨晚有什么不同寻常的地方,但是哪里不寻常,他说不上来,昨晚,他睡得很好,后半夜几乎无梦。

那种感觉很奇妙,安稳,宁静,松软,还有一丝不属于他这栋房子里的香甜,他的脑袋隐隐作痛,但还有难以形容的满足感。

他已经很久很久没睡得这么好过了。

他从柜子里拿出咖啡机准备煮咖啡,顾倾突然横到他面前,靠得很近很近:"你不会告诉我,你早餐就喝咖啡吧?"

她已经很久没有这么早醒来,很久没有吃过一次正经的早餐了,这两年来,每个享用早餐的早晨,她都正从夜里熬过来然后沉沉睡去。

"我们去吃早餐吧,我要吃正宗的小笼包、豆浆、油条、煎饼、鸡丝面,还有生煎、煎饺、烧卖、粽子、馄饨……走吧走吧。"

她眼睛亮晶晶的,充满魔力,宫城被她列出的这些东西弄得也有些饿。

手机上有秘书发来的开会提示,他回了一条短信过去:"会议推迟一个小时。"

宫城开车带顾倾去吃早餐,她的胃口非常好,看她身体消瘦单薄,并不知道她的胃可以填进去那么多的东西,每一样她都说好吃,每一样她都吃得干干净净。

用早餐的时候,顾倾问宫城:"有没有什么地方可以上网,我需要查一些东西。"

宫城说:"有,你可以去我公司用电脑,你要查什么?"

顾倾往嘴里塞煎饺:"这跟你没关系。"

宫茶集团,市中心的高楼,一整栋楼上都印着集团LOGO,顾倾之前在宫城的名片上看到过,她还记得他的职位,执行董事。所以对于几个站在门口迎接他的人,她也不会感到多奇怪,这种场景你总能从电视上看到,现实中也是这么夸张。

下车时有两个男人迎上来,都很年轻英俊,穿着一尘不染的黑西装,其中一个戴眼镜的男人多看了顾倾一眼,仅仅只是一眼而已,像是要确定什么。

他紧紧跟在宫城身边说:"宫总,大家都在等你了,会议马上开始。"

宫城边往大厦里走边吩咐他:"我交代你的事情让人办好,问顾小姐需要什么,都给她准备妥当,还有,给她一台电脑,她需要上网。"

戴眼镜的男人对另外一个也是秘书模样的男人说:"Ben,你带她去上网。"

那个叫 Ben 的男人朝顾倾走来,笑得很清爽:"顾小姐,请跟我来。"

他不算太高,一米七六左右,有些瘦,皮肤偏白,黑西装搭一条波点领带,品味挺好,这公司里的每个人,看着都是神清气爽的。

顾倾再看自己,身上的衣服从英国回来就没换过,头发乱糟糟的,不施粉黛,身上还有一股包子味,刚才包子吃太多了。

Ben 把顾倾领进大厦,上了几层楼,来到一间不大不小的开放式办公室,桌上有几台很大的苹果电脑,几个看起来是员工的人员正安静地坐在自己桌前办公,绿色的茶叶装饰随处可见,空气里也有一股很好闻的绿茶气味。

Ben 把顾倾领到一个空位置前说:"这是空的工位,电脑开着,你可以在这儿上网,有什么需要,我就在隔壁。"

几个员工同时回头来看顾倾,他们面面相觑,又看向 Ben,目光迫切地企图从他那儿得到什么信息。

果然,Ben 一出门,两个女员工也跟着出去了。

她们把 Ben 堵在秘书室,不停追问。

"新来的员工?是个混血儿吗,鼻子好挺。"

Ben 摇头。

"你女朋友?"

Ben 摇头。

"我听说哦，宫总从英国带了个姑娘回来，不会就是她吧？"

"看起来不像啊，你想，宫总带回来的姑娘，怎么也得是富家千金吧，她不像。"

Ben 还是摇头："我不清楚，你们还是回去工作吧，被沈部长发现就不好了。"

"走吧走吧，沈部长一会儿就回来了。"

两个女孩相互推搡着回到办公室，经过顾倾身边时忍不住又偷看顾倾几眼，却又装作她不存在一样，顾倾觉得她们有点可爱。

顾倾打开电脑搜索页面，在搜索引擎里输入一个名字，像这几年来很多次她输入的那样——韩峥。

韩峥，曼彻斯特大学，建筑学，硕士。

韩峥，浙江塘栖古镇。

韩峥，1989。

查无此人。

她设想过很多次，他是不是给了她错的名字，可为什么呢？他为什么要对她隐瞒他的真名？

不会的，他不会骗她。

顾倾的中文名字是他给的，在曼彻斯特中国城她住的那栋楼里，也住了很多留学生，几乎都是亚裔，她的中文汉字就是跟中国留学生学的，而韩峥跟她相处的时间最长。他给她讲中国历史故事，聊名著《西游记》《水浒传》《聊斋志异》，离开时送她字帖和毛笔，还有唐诗宋词和一本《诗经》。

"关雎鸠，在河之洲。窈窕淑女，君子好逑。"

这是字帖上的第一行。

Gretchen，顾倾，念起来有些近音，却是完全不同的意思，名字出自西汉时期一位叫作李延年的音乐家所作的诗——《李延年歌》。

北方有佳人，
遗世而独立。
一顾倾人城，
再顾倾人国。
宁不知倾城与倾国？
佳人再难得。

顾倾最喜欢那一句，"遗世而独立"，听起来犹如单薄一人立在悬崖上翩翩起舞，孤独危险又美好。

那是五年前的事，顾倾十七岁，刚从管教所出来不久。

顾倾怔怔地盯着网站，有一道人影立在身后，她也没有察觉，整个办公室里的人都屏住呼吸似的，死气沉沉，也像被点了穴道，在各自的位置上一动不动。

"新来的？"

站在顾倾身后的人突然开口问道。

顾倾回过神，回头过去，看到一张很漂亮、很完美的面孔。

怎么说呢，她自以为见过很多漂亮的女人，但是都不如眼前的女人这么完美。从头到脚的白色香奈儿阔腿裤套装，高挑的身材，五厘米高的高跟鞋，笔直柔顺的秀发，是那种真正的如瀑般的头发，灰尘飘上去也会从发根毫无阻碍地滑到发尾那种。

她可真漂亮啊，就算是不苟言笑的冷冰冰的样子也漂亮得无可挑剔，像女版的宫城。

Ben从秘书室蹬蹬地小跑过来，压低声音跟女人说话，有些敬畏："沈部长，这位是顾小姐，宫总带来的，她在这儿上网。"

"哦，你是宫城带回来的那位顾小姐。"她淡淡地挑了下眉头，好像对什么事都了如指掌的样子，表情冷淡地朝顾倾伸出手，"我叫沈黎，宫茶集团法务部部长，这是我的办公室。"

顾倾站起来，朝她伸出手握了握，她的手非常柔软："你好，我叫顾倾。"

有那么一种人，你从他们的穿着就可以看出他们养尊处优，家境优渥，他们的衣服上没有任何多余的皱褶，他们的鞋底干干净净，宫城和陆景炎是这种人，沈黎也是这样的人。

有那么一种女人，你只用看她们的十指就可以看她的出身、她的生活，她葱白细嫩的手指，粉红色的指尖和剥壳的鸡蛋一样的指甲，从没用这双手干过任何脏活累活，或许连一公斤以上的重物都不曾提过，沈黎就是这样一种女人。

如果人生有剧本，沈黎一定是女主角。

她在打量沈黎，沈黎也同样在打量她，她们心知肚明对方在相互打量，不分伯仲。

嗯，不是个好惹的角色。顾倾在心中暗自定义。

沈黎走入她在里面的那间办公室，办公室门关上之后，世界又恢复得平凡无奇。

顾倾继续上网，查看邮箱，没法登陆Facebook，她尝试了许久，走到隔壁找Ben。Ben正在接电话，稍稍举手示意她等一下，等他讲完电话，他起身朝她走过来，顾倾跟他说了她的困惑和遇到的困难。

Ben浅浅抿了抿唇说："由于网络管理，中国内地无法登上Facebook，你要联系什么人吗？"他腼腆的面孔让顾倾想起了戴维。

顾倾想想算了，她没什么人可以联系，她只是想登录Facebook看看韩峥的页面，但大概也会像之前看到的那样，更新状态停留在五年前，他后来再也没有登录过。

Ben取来一个崭新的手机递给顾倾："宫总让我给你准备的，已经装好了电话卡，你可以用这个手机联系你想要联系的人，你设置一下面部扫描解锁。另外你需要的一些生活用品，我会送到宫总的别墅去。"

手机通讯录里只有一个号码，顾倾记得那个号码，宫城的。

沈黎把办公室的门打开，拎着手提包雷厉风行地走出来，对顾倾道："走吧，顾小姐。"

顾倾看着她："去哪儿？"

沈黎笑了笑，那笑容仅限礼貌和基本的礼仪，没有过多的情感倾注："有人拜托我，让我带你去买几套衣服。"说着把手中的一件外套丢给顾倾，"穿着吧，身体是革命的本钱。"

外套是巴宝莉的新款，漂亮又暖和，顾倾想着跟沈黎去买衣服，一定没错，眼光真好，她已经开始喜欢上沈黎这个女人了。

不刻意的套近乎，不刻意的嘘寒问暖，直言直语，冷若冰霜，但是让顾倾觉得很舒服。

这种能够肆意做自己又与世界和谐相处的品质，真让人羡慕。

走出宫茶集团，沈黎突然说："我看到你在找一个叫韩峥的人，好巧不巧，我正好认识一个叫韩峥的人，他正好去英国留过学，不知道是不是你找的那个。"

这个世界有时就是以一种诡异的巧合作为开端的。

韩峥，这个对顾倾来说很困难的名字，在沈黎的嘴里是那么轻易，好像是她费劲地解了好几年的谜题，别人手揣答案，轻而易举。

沈黎说："不过比你找的名字多一个姓，全名叫宇韩峥，他姓宇，大家习惯叫他韩峥，你要不要看他的照片？或许，不是你找的那个人。"

沈黎说着，把她的手机递到顾倾面前，毫无准备，屏幕上的照片映入顾倾的眼帘。

顾倾感觉自己的所有毛发都在倒竖，别人看不到，只有她自己能感知。

不用顾倾确认，她的反应已经给出了答案，沈黎说："明晚有个酒会他会出席，你若想见他，可以跟我一起去，我派人去接你。"

顾倾始终没说话，也没什么能被人明确定义的表情，上车时沈黎又说："我话有点多了，如果这不是你认识的人，之前的话当我没说过。"

顾倾开口："请你带我去见他。"

两人去买了些东西，全程不用顾倾操什么心，但顾倾也不是那种泥娃娃人人捏造型的人，她看到喜欢的就指指点点，让店员给包起来。

顾倾有喜欢的着装风格，而且不打算改变，喜欢的，穿着才最舒服。

和沈黎逛街是件很舒服的事，她不会给你任何意见，她只会把你带到一间店里让你挑选。她说每个人的喜好都不一样，为什么要帮别人做决定？她说她讨厌帮别人做决定，这一点，她们两人不谋而合，顾倾又喜欢她一点了。顾倾想，如果沈黎是男人，应该会迷住很多女人。

幻想沈黎是男人的时候，顾倾脑海里突然闪过宫城那张冰冷的脸，她忍不住笑了。

沈黎问她："你笑什么？"

顾倾说："你跟宫城熟不熟？"

沈黎说："二十几年的相处，你说呢？"

顾倾笑："可是我能感觉到，你对他没有感觉。"女人的第六感，因为她跟宫城太像了，我们会喜欢和自己类似的人做朋友，但不会爱上一个太像自己的人，每个人都讨厌被人看穿。

沈黎终于笑了："你说宫城？他永远摆一副拒人千里的样子，有谁会喜欢？他确实不是我喜欢的类型。"她笑起来是另一种完美。

狐狸少女

在对宫城的评价这件事上,两个人更是不谋而合了。

最后,沈黎指着Prada橱窗里一件黑色的露背裙子对顾倾说:"去酒会你会需要一条这样的裙子,这裙子很适合你,但穿不穿,你说了算。"

"当然穿。"顾倾挑挑眉毛,毫不犹豫。

没有哪个女人不想要漂亮的裙子,不想要变得更漂亮。

何况是顾倾这种俗人。

"我还认识一个男人,他是宫城的好朋友,叫陆景炎,不知道你认不认识他?"

礼尚往来,顾倾想,她应该也要分享她的信息给沈黎。

不是很困难,当沈黎说她和宫城有二十几年的交情时,顾倾就知道,她就是陆景炎说的那个,伤了陆景炎的心,让陆景炎远走英国并发誓不再回来中国的女人。

看到沈黎,顾倾就明白陆景炎为何只当她身边的女人是玩偶了,正如詹老爹说的那样,像一树的叶子,抖一抖落去很多旧的,又会长出新的来。

沈黎不是树叶,她是树根。

只有沈黎,才有让一个男人自暴自弃的能力。

提到陆景炎,沈黎素白的美丽脸蛋上没有什么表情,她沉默了,沉默能说明一切。

许久,她轻轻地笑了笑:"顾小姐,你真是个有趣的人,我终于知道宫城为什么肯带你回来,又为什么这么照顾你了,他从未对任何女人这样上心。"

接下来的时间,她们一起吃午饭,午饭快吃好时,沈黎接到一个电话,她的表情变得非常柔软,像个羽绒枕一般,一种属于另一种女人才有的柔软,对着电话那头用甜腻又不像她的声音说话:"宝贝,妈妈知道,妈妈也爱你。"

那种柔软是成为母亲的女人才会有的东西,尽管像是另外一个人，但很真实，这是一整天的相处下来，沈黎最真实离人最近的时刻。

顾倾有点惊讶，但她不动声色地品尝着奶油蘑菇汤，汤很好喝。

味好美中餐馆虽然是中餐馆，主要做川菜，但开在唐人街的餐厅无非要适应多数外国人的胃口，菜品都改良成了外国人喜欢的口味，也有奶油蘑菇汤和南瓜汤，炸鱼薯条也有，不在菜单上，但只要你想吃，厨房就可以给你做，只要你想，金子都可以熔化成汤，端给你。

有些厨房，一点脾气都没有，味好美餐厅的厨房，就是那样的厨房，如果顾倾还有了丁点怀念的东西，就是味好美厨房的奶油蘑菇汤和宫保鸡丁吧，仅限她吃饭的时候。

"女儿？"顾倾问。

"儿子。"沈黎答。

"多少岁了？"

"四岁，我正在跟他爸爸打抚养权官司。"

之后是沉默，顾倾没有兴趣问更多，但她捕捉到了信息，她离婚了，有个四岁的儿子。

哪个男人会舍得跟沈黎离婚？沈黎看起来这么年轻貌美，不正是男人都追求的吗？

她们吃饭的餐厅就在西湖边上，从餐厅的露台上能看到西湖和雷峰塔。吃过饭，沈黎有工作需要回去处理，顾倾则进入了西湖景区。

微风和煦，阳光不算太烈，有一层不薄不厚的云层挡着，或许是工作日的下午，景区里人不算多，但还是有不少的老年团和小学生团，到处都是说中文的人，十分热闹，顾倾喜欢这种热闹。

湖面泛着微光，水波粼粼，顾倾租了一艘小船，只有一个瘦瘦黑黑的船夫撑船，狭长的小船，顶上有个遮阳棚，顾倾坐这头，船夫坐那头,在湖面慢慢地摇。

"雷峰塔下面真的压着白娘子吗?"顾倾问船夫。

"那当然啦。"船夫欢快地答。

"塘栖古镇离这儿远不远?"

"塘栖啊,说远也不远,说近也不近,余杭区那边,小姑娘你要去那儿玩啊,没什么好玩的,杭州嘛,看看西湖不就得了嘛。"

"你看我像哪里人?"顾倾问他。

"你?我看不出来,不过不管是哪里人,总归是中国人。"船夫说着,哼起了小调。

顾倾仰面吹着湖风,任发丝随风飞舞,她很满意,下船时多给了船夫一些船费。

晚些时候,手机铃声响起,陌生的铃声让顾倾还有点难以适应,但那号码顾倾并不陌生,是手机通讯录里唯一的号码,宫城打来的。

"晚上还有一个会,你自己解决晚饭。"

"……"

特地打电话来只是为了说这个事?

顾倾在电话这头语气带着笑意说:"我可从来不会饿着自己,你虽然收留我,但我还是独立的个体对吧,我不会越界的,我牢牢记着呢。"

宫城挂了电话。

这会儿他回到自己空旷的办公室,一整天的会议,能够走神的时间,他脑子里都会飘过顾倾的身影,她在做什么?她会不会迷路?她会不会做什么危险的事情?如果警察打电话给他,是关于她的事,他也不会惊讶,他想着这些乱七八糟的东西。

看来是他白操心了,她的声音听起来很愉快,听起来心情很好。

是她的风格,没心没肺。

沈黎敲门进来："茶园那边的茶农决定撤诉了。"

宫城翻着沈黎递给他的资料："为什么突然撤诉？这个案子的费用并不用他们来承担，官司赢了，他们可以继续种茶，还能拿到集团的补贴。"

沈黎摇头："种茶很辛苦，有其他相对轻松的赚钱方式，没人愿意受苦。"

宫城摇摇头："那块土地很好，种出来的茶是整个浙江最好的，你再想想办法，我不希望看着茶园一点点被民宿和景区吞噬掉。"

"好，我会再试试劝说。"沈黎转身要走。

宫城叫住她："你自己的离婚官司打得如何？"

沈黎站在那儿没有回身，静默了片刻说："谢谢关心，我会拿到孩子抚养权。"

"有需要的地方说一声。"宫城埋头下去看文件。

沈黎摆摆手："难不成你认识的律师会比我更多？"

宫城笑了。

他望着沈黎走出去的背影，到底是没有提陆景炎受伤的事情。

一个小时以前，英国那边发来消息，陆景炎出了车祸，他打电话过去，人还活蹦乱跳的，就是撞坏了手，要一段时间来康复。

陆景炎在电话那头说："詹老爹派人来我这儿打听顾倾的情况，就是那个游艇上跟顾倾配合的小子，经常开辆摩托车那个。"

宫城问他："你怎么说？"

陆景炎笑嘻嘻地说："我说她跟你私奔了，让他们不用再费心找了，她不会再回英国了。"

宫城拧紧眉头："私奔？我看你是撞坏了脑袋。"

"她怎么样？"陆景炎问。

"不太好，正在打小孩的抚养权官司。"宫城说。

"我没有问沈黎！"

"你确定？"

那头沉默了，宫城挂了电话。

夜里十点，宫城回到住处，车子驶近时，能看到房子发出的光亮，这是他第一次看到自己住的地方发出光亮迎接他，从高高的墙壁里透出来，像个发光的盒子，一种很奇怪的感觉，他说不上来。

如果不是确认自己把顾倾从英国带回来，告诉了她密码，也给她输入了她的指纹解开最后一个指纹锁，他会以为那是邻居的房子，尽管围墙很高，格局完全不一样。

打开最后一个指纹锁，不轻不重的音乐从屋里传出，当然，是他一直听的碟片，Billy Joel，音乐他很熟悉，随之而来的是浴室的流水声，还有跟着音乐一起哼的歌。

宫城立在浴室门口，怔住了，像是猛然间被人拖入了梦境，他在梦里也听过一模一样的歌声，不太成调，不唱歌词，只是跟着节奏乱哼。

就是这样的歌声，让他觉得很舒服。

门"啪嗒"地打开，顾倾被站在门外的高大影子吓了一跳，抬头对上宫城的深目，她愣了愣，随即反应过来，眨着眼睛问："你一声不吭地站在这儿，要吓死我啊？"

她真的被吓了一跳，略带疑惑地看着他，虽然他看起来是个性冷淡，但好歹她也有点姿色，青春正盛，身材也不赖，还是可以唤起男人的生理本能的，她怀疑他是不是起了什么坏心思。

宫城在她的脸上看到了警惕，不由皱了皱眉，她肯定在想什么乱七八糟的，目光下移，他的眉头皱得更深，她竟然穿着他的浴袍……

她的身材穿上去，宽宽大大的浴袍把她从头罩到脚脖子，头发裹着浴巾，像她喜欢扎马尾那样，露出一整张白净的脸蛋，她完全不化妆的样子,看起来比她化妆的样子年轻很多,双目更加清澈,像个清纯少女。

清纯……

宫城想到这儿,打住了思绪,不能用清纯形容她,她是狐狸。

"把浴袍脱了。"他说。

顾倾猛地睁大眼睛看他,慢慢地用双手环抱住身子,往后退了两步:"你……你想干吗?"

难道他真是伪装的大尾巴狼,表面禁欲,内里禽兽?

她可从没想过他会对自己感兴趣的。

宫城漠然地看着她,像看一个白痴:"那是我的浴袍,你的东西 Ben 已经送过来了,穿你自己的浴袍,以后不许动我的东西。"

"喊。"顾倾白了他一眼,不知为何,她刚刚还有点兴奋呢。

但很快,她又心如止水了。

夜深了,灯光已熄,顾倾躺在客房的床上,无法入眠。

宫城的人动作真的很快,她今天出去一天,回来时空空的房间已经布置好了,床、床垫、床上用品、桌子、台灯、衣柜,像是本来就在那儿放着一样。

新床、枕头和被子都特别柔软,顾倾从没睡过这么柔软的床,哪怕身下有一颗豌豆,她也一定能察觉到。

昨晚不是已经睡着了吗?

今晚是怎么回事?

一直以来,她知道她的心不定,她没有安全感,所以无法在漆黑的夜晚安眠,只能在天亮的时候睡去。

昨晚能够睡着,对她来说是昙花一现的奇迹。

她躺在床上,像翻烙饼一样辗转反侧,她知道,她又睡不着了,该死的睡眠,人类为什么非得要睡觉?为什么非得要在晚上睡觉?

一个奇怪又危险的念头在脑袋里升起来,让她耿耿于怀,脑袋里的小人在自言自语。

"不行,不行,宫城肯定会拒绝,而且会杀了我。"

"不行,不行,他没准以为我要对他做什么坏事。"

"不试怎么知道不行?"

"试试吧,死就死,反正长期失眠也是慢性自杀。"

半个小时的思想斗争后,她站在了宫城的卧室门口,又经过十分钟的心理斗争,她伸手敲他的门,里面没有反应。

顾倾加大敲门的力度,连续敲了一分钟,门开了。

她真佩服自己的勇气。

宫城拧着眉头一脸杀气看她:"你想做什么?"

顾倾对他露出一个灿烂的笑容,说出了很羞耻但怎么也得尝试说的话:"我们一起睡吧。"

Chapter 10
我们相互治愈吧

"我睡不着，一起睡吧。"

顾倾又说了一遍。

半明半暗的灯光打在他雕塑一般的脸上，形成阴影重重的杀气，他一言不发，几乎听不到呼吸，冷漠地靠过来，伸手推开顾倾的脑袋，"砰"地把门关上。

顾倾的鼻子险些被门给砸扁了。

她的脚步一步也没挪动，对着门，深深地吸了一口气，平静之后伸手再次敲门，一边敲一边缓缓说："你听我说，我失眠很久了，昨晚在你房里睡着是我这两年来的第一次正常睡觉，我需要正常的睡眠，否则会死人的。"

门的那头毫无动静，顾倾继续说："我只是在你房间里睡觉，我不会打扰你，我睡地上，你睡床上，我睡觉很安稳，你不会察觉到我的。"

还是没有动静。

顾倾停顿了片刻，走到厨房喝了一杯水，又走回来继续说："昨晚你梦游很厉害，但是后半夜我陪着你，你没有再梦游。宫城，你是不是应该思考一下，没准有个人陪你睡觉，你就不会再梦游了，你不愿意试一试吗？就一个晚上，如果今晚我还是失眠，

你还是梦游，明天开始，我们还是各睡各的。再说了，你房间里到处是监控，我能对你做什么？"

主卧内，宫城正坐在桌前，他打开电脑，查看昨晚的监控。

监控视频里，他快进到昨晚这个时候，他正在用头撞墙。

视频继续快进一会儿，顾倾出现在了画面里，她牵着他回到床边，安抚他入睡，给他唱歌，直到她歪着脑袋在床边睡着，时间在屏幕上走动，但他们两人沉睡的画面像是静止的魔法。

昨夜他在梦里听到的熟悉的歌声，原来真的是她在唱歌。

"一起睡吧。"

哪个女人会像她这样，对一个不是男朋友的男人脸不红心不跳地说出这种话？

他刚才瞬间耳根有点发热，又迅速地冷却下来。

顾倾消停了一会儿的声音又在外面响起："我是个女人，我都不怕，你有什么好怕的？"

是啊，她都不怕，他怕什么呢？不过就是睡在一个房间里。

他们已经住在一个屋檐下，高墙厚土，在外人看来，他们孤男寡女，该发生什么都是有可能的，睡在一间屋子里和睡在一个房间里并没有什么区别。

门猛然拉开，顾倾再次被宫城那张带着杀气的脸吓了一跳，她怔怔地看着他。

总算开门了。

"你这是什么逻辑，男人就不应该怕吗？虽然被家暴和强暴发生在女性身上是大多数，但也有男人会被家暴和强暴的情况发生，你不要用多重标准去要求别人。"他语气很慢，像老头在跟年轻人讲道理那种。

顾倾张口结舌，突然忍不住捧腹哈哈大笑起来："你？我家暴、强暴你？"

"有可能。"他一本正经地说，"我长得不错，身材也不错，你完全可以在我梦游的时候对我下手,你敢说我对你一点吸引力也没有吗?"

他挑起眉毛的样子,真的帅得太过分。

"哈哈哈……"顾倾笑得前仰后合,"神经病!"

笑过之后,顾倾慢慢平静下来,脸上又恢复宫城第一次见她时的冷漠和不近人情,她向宫城走近了两步,几乎要贴着他的胸口,然后仰着脑袋清清冷冷地看着他说:"如果你是我喜欢的人,我会毫不犹豫地扑向你,但你不是,所以就算我跟你睡在一张床上,我也不会动你一根汗毛,我发誓。"

空气一瞬间凝固了似的,恒温的室内气温也突然降了好几度。

她说得那么斩钉截铁,说得那么冷硬,眼睛一眨也不眨,让人十分相信她说的每一句话她都能如实履行,可是宫城听着很窝火,他盯着她,脸色越来越难看。

他真的不喜欢她这副刺人的面孔。

他伸手捏起她的下巴,俯身靠近,略带薄荷味的气息几乎喷到她脸上:"你确定你对我一点感觉都没有,确定不会碰我一根汗毛?"

顾倾的下巴被他捏着,瞬间觉得自己动弹不得,心想不该放下那么狠的话,万一之后出现"大型真香现场",她的脸可是会很疼的。

她不得不承认,宫城极具诱惑力,任何女人都想扑到他怀里。

但她也不得不接受,她只是想要睡个好觉这个事实。

经过长达两年的漫长失眠,日夜颠倒,每天深夜伴随着头痛的失眠,一个好觉对她来说比任何事情都重要,她深深地知道,她不能再失眠下去了,她身心都已经不堪重负。

她向来就是个心肠硬的人,对自己特别狠,为了睡个好觉,她绝对能做到不碰宫城一下。

宫城另一只手贴到顾倾身后，用力一抬，她整个人就紧紧地贴在了他身上，他眼中有火："你真的确定，我对你一点吸引力都没有？"

她能感觉到他硬实的胸膛，隔着柔软的棉质衣服亦能感受到他肌肉的形状，他贴在她腰后的大手散发出一种高于体温的温度。

空气变得黏糊糊的，顾倾的思绪有些乱，手脚发麻，她能做的只是拼命保持不动，不眨眼睛地与宫城对视，直至眼睛睁得有些发红，她觉得自己哪怕眨一下眼睛，就有可能被他那深邃的眼神给吸进去，万劫不复。

宫城能感觉到她的身体没有任何反应，这让他如坠冰窟。

她那双睁得微红的眼睛里面没有一丝波澜，冷得就像冬天的两块铁片。

一种无力感慢慢地填入他的四肢，他慢慢地松开了她，冷漠地看着她，现在他可以确定，就算睡在一张床上，她也确实不会对他有任何想法。

"一个晚上。"他冷冷地说。

顾倾深深地吸一口气，差一点就破功了，她看着他那张绝世容颜，回过神来："你说什么？你答应了？"他果真是心软。

不知为什么，她觉得她的罪恶感又加深了一点。

如果不睡觉对人没有任何影响，她愿意黑白颠倒，愿意永不入眠，可是她跨入了宫城的房间，她知道没有如果。

她先在宫城的房间里寻找一个合适的位置，像一条小狗在锁定自己的地盘。

靠近窗户的地上，那里有一片很空旷的地面，好在他的房间真的很大，而且几乎没有多余的家具，很适合打地铺。

然后，她回到她的次卧，去拿柔软的棉被和枕头，在宫城房间的地上铺好，躺上去。

宫城关了灯,上了床,盖上被子睡觉,很快两人都不再有动静。

可是寂静无声的房间里,只有一盏幽暗的床头灯,顾倾躺在地上,听着自己的心跳,宫城根本不知道,刚才他搂住她的时候,她的心跳比现在还厉害。

怎么回事,心脏坏了吗?

赶紧睡吧,毕竟只有一个晚上的试用期。

顾倾还是睡不着,她眼巴巴地盯着天花板,时针在脑海里嘀嗒嘀嗒地转动。

许久,她开口说话:"宫城,你睡了吗?"

他没有回应,好像睡着了。

顾倾正准备酝酿睡意时,宫城冷淡地开口:"是谁说不会打扰我的?"

顾倾"呵呵"傻笑一声:"对不起,没有下次了,你当我不存在。"

"你觉得可能吗?"他不耐烦地翻个身。

顾倾咳了两声掩饰自己的尴尬:"我好像错了,对不起,打扰到你了,好像这样我也不能睡着,我还是回去我的房间吧。"

她准备起身,宫城沉冷的声音把她给压了回去:"今夜还很漫长,你不睡下去,怎么知道自己不能睡着?"

今夜还很漫长……

顾倾怔怔地盯着天花板上的暗影,他的话像正中靶心的箭,真奇怪,明明是箭,却带着柔软和温暖,她顿时觉得眼皮有些沉,像什么柔软温暖的东西覆了上去。

一个好睡眠,就像是人乘坐着柔软的彩虹色帆船,在棉花糖上驶向金色的国度。

醒来的时候,窗帘不知什么时候被人拉开,一道光线从高高的围墙那头照进来,照在柔软的被子和地毯上。顾倾翻个身,就看到了淡金色的阳光。

她盯着那道阳光看了许久许久,直至心里一百个确定,她再次睡着了,再次一觉睡到了天亮,那种满足感和喜悦充斥内心,让人浑身暖洋洋的。

宫城不在床上,被子铺得整整齐齐,像五星级酒店铺的那样。

顾倾起身,把地上的被子叠好,走出房间,一股沁人心扉的咖啡香味飘来。宫城正在厨房里煮咖啡,他把刚煮好的咖啡倒一杯在白色的马克杯里,推到桌子边缘。

"早啊。"顾倾走过去,捧起咖啡吹了吹,小心地喝了一口,从头暖到脚,通心通肺的暖。

屋子外面有隐约的鸟叫声,不知是什么鸟在林间欢叫地跳动。

两人沉默地喝着咖啡,吃着烤吐司和煎蛋,这样的早晨,美好得不真实。

看得出来,宫城昨晚睡得也很好,如果他梦游,睡在地上的顾倾应该会知道,而更重要的衡量标准是,他眉目舒展,看起来很放松。

顾倾喝着咖啡说:"很奇怪,我睡着了,你也没再梦游。"

宫城说:"我不是每天都梦游。"

顾倾得意地说:"那今天晚上继续努力。"

继续努力……

不明白的人还以为他们两个在调情。

宫城的梦游频率大约是一周两次,有时也会连着几天梦游,但昨晚他确实睡得很好,没做什么梦,身体最能告诉你昨夜是否拥有好的睡眠,今天醒来的他没有头疼,也没有一丝疲惫。

顾倾说:"我想了想,你这种情况,也许只是因为缺少女人,而我,只是缺少男人。没准我们相互找个男女朋友,你的梦游症和我的失眠症就都能治好了,那么在我们相互找到男女朋友之前，我们暂且就这么睡吧。"

听听，她都说些什么话？她当他是什么？治疗失眠的床伴？

宫城一只手端着咖啡，白了顾倾一眼，脸黑得不能看，气压低沉："如果你需要一个充气娃娃，我可以帮你购买。"

顾倾滔滔不绝的思路被他一刀斩断，充气娃娃？她眼珠子转了转，思考着可能性。

宫城注意到她在思考，或许她真的在考虑买个充气娃娃，他心里的一团火慢慢燃了起来。

顾倾对宫城露出那灿烂得虚幻的笑容："可以啊，顺便也给你买一个，我们一起试试。"

宫城瞪了她一眼，放下咖啡甩手走远。

为了晚上还能在他房间睡觉，为了能睡一个好觉，顾倾耸耸肩，决定不惹他了。

充气娃娃？她忍不住还想考虑，毕竟她不可能一辈子睡在宫城房间的地板上。

下午的时候，沈黎给顾倾打来电话，号码是她问 Ben 拿的。

沈黎说："你决定要去酒会了吗？"

顾倾顿了一下，昨晚她并没有想好，但今早睡醒之后，她想好了："我去。"

沈黎说："穿上那条 Prada，晚上八点，我开车去接你。"

顾倾想给她报地址："在雨花路……"

沈黎打断她："宫城的那栋别墅，我知道怎么去。"

晚上八点，沈黎准时出现在宫城的别墅车道上。

顾倾穿着那条黑色裙子，外面裹一件长风衣，冷，正犹豫着要不要去换厚点的衣服时，她看到沈黎穿着一件白色的 V 领裙子，看起来比她自己更单薄，她咬咬牙，走向沈黎。

有那么一种女人，在美丽面前，她们察觉不到寒冷，沈黎就是那样的女人。

顾倾本就是不怎么怕冷的人,她在英吉利海峡冬泳过,也爬过阿尔卑斯山,风里来雪里去。她在曼城最喜欢穿的就是皮裙和紧身的黑色T恤,不但行动方便,也能凸显她的长腿。

虽然费娜跟顾倾关系不太好,但费娜有些话说得挺在理,她说:"女人嘛,如果天生丽质或稍有点姿色,好好打扮给人欣赏就是做善事了,会有好报的。"

大学读了一年就辍学的费娜,有时候讲起话来很有深意。

顾倾把这些话讲给沈黎听,沈黎笑了,她的笑声真迷人。

明明两人刚认识两天,可不知为何,顾倾觉得沈黎给她的感觉像是个默契的老友。

不干涉对方的选择,笑点一致,关键时候给出准确的意见。

"酒会的地点在哪儿?"顾倾问。

"我前夫家。"沈黎说,"一个建筑师和律师行业共同举办的酒会,当然,还会有投资方的人,涉及一些茶园开发和民宿建设的事情,我前夫是个建筑师,也是建筑师协会的负责人,我这么说,你是不是觉得这个酒会很没劲?"

顾倾沉默了一会儿说:"我有我的目的性。"

沈黎说:"关于宇韩峥的为人,我对他了解并不多,他原本是个建筑师,但现在是投资方,正跟宫茶集团打一个官司,争取茶园的转让权。你说这个世界是不是很小?"

是啊,这个世界真小,小得像楚门的世界,命运也可以被安排。

原来只要她踏上了中国的土地,她就能很快地终结幻想,她没想过这么轻易就能见到韩峥,这么简单。

太简单了,不由得让人忐忑。

五年过去,他还记不记得她,记不记得他赐给她一个她非常喜爱的中国名字?

顾倾不愿想太多，但又止不住想太多，想象各种可能性，做好应对的准备，不至于狼狈。

沈黎前夫的房子在西湖区，车子驶入狭窄的单行道，一栋栋房子藏在高大的不知名的树林后面，透出黄的白的光亮，像丛林里发光的金子银子。车子越靠近目的地，顾倾越紧张，老天，她怎么会紧张成这样子？

"你还好吗？"沈黎放慢车速，车子前面已经能看到一栋非常具有设计风格的敞亮房子，四五层的台阶上，是大面大面的落地玻璃窗，明黄的灯光透出一种具有现代美感的棱角，透过落地玻璃窗，可以看到不少人在那房子里端着酒谈话，走来走去。

顾倾在副驾驶座上慢慢让自己平静下来，待车子在路边停稳后，冲沈黎露出一个坚定的笑容，她已经克服了紧张。

房子里传来很轻的钢琴乐，当作背景，不会影响谈话的音量，两人穿着一黑一白的裙子，踏上台阶，走进房子的时候，几乎所有人的目光都往她们这边看来。

顾倾知道大部分人看的都是沈黎，之后，她听到有人跟沈黎打招呼："沈律师，没想到你会过来，孟会长……"

那人扭头过去，一个高大的戴着眼镜的男人走过来，跟沈黎说话像是官方口吻宣布什么事情一样："子游在楼上看电视。"

他们两个人像是很熟悉对方，又像很厌恶对方，淡漠疏离。

沈黎漠然地看着男人："这个点为什么还让他看电视？孟云轩，你总是这么纵容我儿子，我不希望他跟你学到那些臭毛病。"

男人不悦地盯着沈黎："他现在是我儿子。"

沈黎轻哼一声："不要这么快就盖棺论定，官司还没打完。"她生气的样子也美。

啊，顾倾懂了，离婚的夫妻之间就是这种感觉，既熟悉又陌生，可怕的关系。

沈黎拿过一杯香槟塞到顾倾手里，脸色又变成正常那种："我上楼看看我儿子,你先四处逛逛,宇韩峥好像还没到,如果他到了,你会知道的,这房子里的人都想拍他马屁。"

顾倾捏着一杯香槟,一边喝一边在房子里走动,房子里很暖和,几个男人和女人的目光时不时地落在她身上,似乎在猜测她的身份,她是谁,从哪里来,在她看过去时,他们又若无其事地把目光移开。

顾倾像是另外一种物种,误入他们这个群体中,游走在他们之间,与他们格格不入。

她喝了两杯香槟,听到门口有人一边说话一边走进来的声音,等她抬头看过去,就看到了她念念不忘的那张面孔。她差点没握住手里的酒杯,一颗心以别人察觉不到的频率狂跳起来,连忙又灌下两杯香槟才平息。

她抓起第五杯香槟,好不容易把脚从地板上脱离,想要朝人群中心的那个人走过去,另一阵骚动从门口传来,不像韩峥出现那样被人热情招待,那人的出现,则是引起了一种不安的骚动,每个人都被牵动的那种不安。

"他怎么会来?孟会长邀请的吗?"

"宫茶集团和宇氏的官司还打着呢,这下可精彩了。"

"别说了,宇韩峥脾气好,但宫城的脾气可不好。"

顾倾听着身边的议论,待她看到宫城那冰块一样的脸时,她就一点也不意外了。宫城像是行走的西伯利亚寒流,走到哪儿就把那冷气带到哪儿,他完全有能力让人不安。

律师行业的一些人朝他走过去问候,他不冷不淡地回应着,隔着人群,他看到了顾倾,第一眼,他不确定是顾倾,也只是短暂的疑惑,第二眼,他眉心隐隐地动了动,目光像锁定目标的导弹一样直射在顾倾身上,眼中带着一种隐隐的怒气。

他很奇怪,为什么她会出现在这种场合,而且穿着从没见她穿过的裙子。

当顾倾转过身去取酒时，宫城的眉头就沉得更深，因为她那条裙子是大露背，一条黑色的天鹅绒带子笔直地从她脖子后面一直垂到腰际，垂在白皙光滑的背后，她美丽得像蝴蝶一样的肩胛骨仿佛随时要破茧生出两对羽毛翅膀来。

宫城大步破开人群朝顾倾走过来："你怎么在这里？"

顾倾刚想躲他，躲不过，只好迎面而上，瞪着他："要你管啊。"

"我带她来的。"

沈黎不知什么时候从楼上下来，人群的目光又纷纷移向沈黎，久久难以从她身上移开。

"你带来的？"宫城看看沈黎，再看看顾倾，奇怪，这两个几乎没什么女性朋友的女人，站在一起竟然一点都不违和，气氛甚至很融洽。

不过两天的时间，她们就交上了朋友，而在英国，跟顾倾一起长大、同住一个屋檐下的费娜，还算不上顾倾的朋友，女人间的友谊真让人费解。

宫城想到在曼彻斯特游艇上初次见顾倾的情况，无法不怀疑，顾倾在打什么主意，她一向是个做事有目的的人，她去一个地方，不会没有目的。

宫城捏着顾倾的手，稍稍压低声音靠近她："我说了，回到中国，别想再耍花样。"

他说这些话是很冷静的、没什么感情的，只是一种正常警告，然后他松开她，和来找他说话的人走开。顾倾也没什么感觉，因为宇韩峥朝她们走了过来，她的目光和心情都飘到了那个男人身上。

顾倾在宇韩峥走近时，一颗躁动的心迅速地冷却下来，因为她在他眼中看到一种前所未有的陌生，带着和善笑意的陌生，像是对任何一个陌生人，面带和善礼貌的微笑。

沈黎给他们引见："宇总，这位是我的朋友顾倾顾小姐。顾倾，这位是宇氏集团的总经理宇韩峥。"

宇韩峥面带笑意看着顾倾,却是对沈黎说话:"沈律师,你说的就是这位顾小姐,你说她觉得我像她的一位故人?"

有时候真的很奇怪,你在十七岁时遇见一个人,他在你黑暗的世界里发光发亮,你认定他是命中注定的那个人,五年之后,那种感觉还未散去,但他的容颜好像跟五年前的那个男人不太一样了。当然,他还是帅气正直的男人,眉目中有一种淡淡的天生的哀愁,那是当年他吸引她的地方,说不上来哪里不一样,可就是不一样了。

你也知道,你们五年前不可能,五年后也不可能。

宇韩峥,顾倾当初怎么没问他全名呢。

如果问了,他们的联系是否能填满这五年的空白,好让这一刻的见面不会那么苍白无力?

屋内很暖和,可她冷得厉害。

他不记得她。

"我想先离开。"顾倾对沈黎说。

房子靠近玄关的一个安静角落里,沈黎正在跟她前夫孟云轩说话。或许是顾倾的声音太小,也或许是孟云轩声音太大,沈黎没怎么听到顾倾说话,他们这对刚离异不久的夫妻,还在因为小孩子看电视的问题争执。

"他说你允许他看电视到晚上九点,从吃完晚餐的七点到睡觉的时间,你还允许他玩手机。我看到你给他新买的苹果手机,你真行啊孟云轩。"

"现在哪个小孩不看电视和手机?这也是跟着时代的一种方式,你不要把手机和电视当作洪水猛兽,小孩子什么都懂。"

"那些对四岁的小孩来说就是洪水猛兽。"

"你就是太专横了沈黎,没有哪个女人像你这样专横,没人会爱你。"

"我们的婚姻本就是一场交易,谈爱情就太可笑了。"

顾倾听着有点头疼,她不想掺和别人的事。

一个汽车玩具突然从天而降,落在顾倾脚边,她弯腰拾起来,抬头,看到一个粉嫩的小孩儿穿着卡通睡衣睡裤,正在楼梯上面看着她,他像个肉团子,长得真好看,眨着眼睛问顾倾:"你是谁呀?"

顾倾往楼梯上多走了几步,把汽车玩具递过去给他:"我也不知道我是谁。"

"你从哪里来?"小孩儿问她。

"英国,曼彻斯特。"顾倾说。

小孩儿的世界地图还不成形,他噘着嘴问:"你是我妈妈的朋友,还是我爸爸的朋友?"

顾倾忍不住伸手捏捏他的脸蛋:"你妈妈的朋友。"

小孩儿摇摇头:"不对,你是我爸爸的朋友,爸爸总是带别的阿姨回来,他不要妈妈了。"

保姆找过来,抱起小孩儿:"小少爷,我们该去睡觉啦。"

顾倾愣愣地站在那儿好一会儿,转身的时候没注意,扭了一下脚,几乎要从楼梯上摔下去时,一双有力的大手扶住了她,把她牢牢稳住。

她抬起头,对上那双有些哀愁的眼睛,带着温和的笑意,顾倾冰冷的心又热起来了。

宇韩峥脸上一直挂着微笑,等确认顾倾站稳了,他松开顾倾:"你没事吧?"

他一直都是那么温和,从未改变。

五年前在顾倾那栋公寓里,他住在对门,他那间屋子没有窗户,周末他在家时会把门敞开通风,然后里面放着中文歌,《山丘》《红日》《十年》之类的,都是比较老的歌,有些是粤语歌,粤语歌也很好听。

顾倾也会把门打开，她能够清楚地听到歌声里的每一个字，也能看到他房间的布局，很干净，没有多余的家具，衣服叠得整整齐齐。然后有天她在他门口徘徊，他朝她招招手让她进屋，给她字帖练字，纠正她的中文发音。

"没事，谢谢。"顾倾说。

她对他微笑，转身往门口走，快走到门口的时候，宇韩峥走上来，把她的风衣外套递给她："顾小姐，这是你的外套吧，外面冷，小心着凉。"

顾倾伸手接过，点头再次感谢，穿上外套。

其实穿不穿都无关紧要，因为她的冷一件外套并不能解决。

就在她要走出院子时，她听到暖流一样的声音在身后响起："Gretchen，顾倾，对吗？"

顾倾僵在原地，像冻僵的植物那样正在慢慢地解冻苏醒，她慢慢地回过头去，看着那张温和的笑脸，他说："对不起，你变化太大了，我一时没认出来。"

欢喜像无数只小鸟儿在胸腔里翻腾，顾倾竟有些语无伦次："那个，你……你还记得我？"

如果有一面镜子，她一定会很鄙视镜子里慌乱的自己。

宇韩峥笑道："刚开始没认出来，但看到你和沈律师儿子说话的时候，我想起来了。五年不见，我没想到你会来中国，我们又会在这儿遇上，你来中国多长时间了？"

顾倾也笑："两天。"

"两天？回来探亲吗？"他问。

顾倾望着他，还是笑："算是吧。"

要探的人，此刻已经探到了，她觉得前所未有的开心。

一阵冷风吹来，顾倾并不觉得冷，只是当下手脚有些不自然，双手不知道往哪儿放，就在冷风吹来时顺势抱住胸，却显得更是诡异。

宇韩峥以为她冷,他把自己的外套脱下来,正准备把外套披到顾倾肩上时,一道身影横过来,单手环过顾倾的肩膀,那双冰冷的眼睛在夜里也发出锋利的光,让人不能长久直视。

顾倾回过神,才发现宫城不知怎的,突然搂住了她,结实的手臂像钢筋,有力的五指像金刚狼的爪,紧紧地扣住她的肩膀,让她动弹不得。

她听到他发出一种她从未听过的沉冷声音:"沈黎说你要回去,我正好要走。"

不是陈述,而是命令的语气。

"我现在不想走了,我还能进屋再喝两杯。"顾倾说,她脸上挂着僵硬的笑,维持自己在宇韩峥面前的风度,天知道她有多想一脚踹开宫城。

奈何她实在力不敌他。

"不早了,回去睡觉。"宫城说,故意把重音落在"睡觉"两个字上。

看他的脸,是没有任何表情的,但他就是给人一种无法说不的感觉。

顾倾咬咬牙,想对宇韩峥说些什么,她好像还有很多话没跟他说,关于这五年来她发生的事,关于她怎么回到中国,还有他对她的意义,她通通想告诉他,但是宫城已经环着她转身走向车子,拉开车门把她给塞进了副驾驶座。

车子驶远,消失在车道上,房子台阶前,宇韩峥站在那儿久久望着,孟云轩不知何时走到了他身边,一边喝着杯中的香槟一边说:"那个女人好像就是宫城这次从英国带回来的女人,不知道跟他是什么关系,但我调查过了,他们住在一起。"

宇韩峥似笑非笑地看了孟云轩一眼:"孟会长,那个女人我认识,你说这个世界是不是很奇妙?五年前她还是个发育不完全的少女,如今出落得很漂亮了。"

孟云轩有些惊讶地推了推眼镜:"是吗?那确实很巧。宇总,上次跟你说过,我前妻和我的官司还卡在那里,无论如何,我都要拿到我儿子的抚养权,我非常希望能请曹老出山帮我一把,有他老人家帮忙……"

宇韩峥笑道:"孟会长放心,我会跟他提的,沈黎是他的徒弟,而且从来没有赢过他,这场官司,你就放心吧,至于……"

孟云轩脸上的肌肉像做了推拿一般,也笑开道:"你放心,茶园那块地我怎么也会说服那些茶农,如今他们撤诉,对我们十分有利,只要再多加些钱,那块地迟早是你的囊中之物,盖起宇氏民宿庄园也是迟早的事。"

"日本那边的情况如何?有没有什么进展?"宇韩峥问道。

孟云轩的脸色又有些紧张起来,吸了吸气:"这……暂时还没打听到什么,宇总,我实在不明白,你为何要打听宫城母亲的事情呢?那个案子已结,日本人办事很仔细,没有什么可疑的。"

宇韩峥沉默片刻后,声音里添了些冷色:"继续让人盯着吧,如果没有什么可疑的,宫城何必请私家侦探在那边调查?我想知道他在调查什么。"

"宇总说得是,宫茶集团没了宫城就是一盘散沙,任何能扳倒他的机会都不要放过。"

两人一边说一边走回屋里,暗处,沈黎正在抽烟,猩红的烟头暗了又亮,她长长地吐出一口烟雾,冷冷地勾了勾嘴角。

Chapter 11
她会不会喜欢他

回去的路上,顾倾满腹怨气。

宫城像没事人一样在旁边稳稳地握着方向盘,红灯,绿灯,红灯,绿灯,拐过一个又一个路口,顾倾心里的怨气越积越多,几乎要爆炸。

但她也擅长忍耐,她像给气球放气一样一点点地把胸腔里的怨气卸掉,等回到宫城那栋石头盒子时,她的怨气就几乎散光了。她默不作声地走进房子,在厨房里拿出切片面包抹上厚厚的果酱吃。

在酒会上她只喝了一肚子的香槟,这会儿觉得能吃下一头牛。

回到这栋房子,他们又像是一对貌合神离的夫妻,宫城去洗漱,顾倾在吃面包,吃饱喝足后她也去洗漱,然后她走进宫城的房间,把地上的铺盖卷出来,拖到了次卧里。

宫城漠然地看着她做这些,什么也没说,什么也没表示,两人同时走进各自的屋里,同时以一样的频率关上两扇门,两扇门发出同样的声响,世界安静了。

世界是安静了,但躺在次卧床上的顾倾心里很不安静,她知道她肯定会失眠,但她不想再去宫城房间睡觉了,虽然一个好睡眠实在太诱人了，但今夜，她遇见了宇韩峥，她不能再留在宫城的房间里睡觉了。

另一边，宫城毫无睡意，从宇韩峥和顾倾站在门口说话，他就注意到他们了，一整个晚上，他都在和别人交谈、喝酒，但他没法不关注顾倾，从他踏入那栋房子开始，他的目光就在她身上，并且从未真正离开过。

他觉得自己疯了，看到顾倾望着宇韩峥的眼神，他就像被烧的蚂蚁一样，她从没那样看过他，她看着他时，眼睛是冷的，不带一点温度，可是看着宇韩峥，她眼睛里有跳跃的流火。

他忍不住一遍遍回想她盯着宇韩峥看的样子，那是个能让顾倾收起利爪变得温柔的男人，这件事让他抓狂。

他盯着床边空空的地面，昨夜顾倾睡在那儿，呼吸轻匀绵长，早上他醒来时，她还在梦中，他一转身，正好看到她的睡颜，嘴角若有若无地轻轻扬起，安静得像个婴儿，好像做了什么美梦。

想起自己当时在曼城的心理诊所看到她，还疑惑她为什么会看心理医生，直到听她亲口说出失眠两年这件事，他明白了，她患有失眠症，夜晚不能安睡。

没心没肺的她，怎么会无法安睡呢？

越想越难以入眠，宫城起床，拿过电话拨通沈黎的号码。

沈黎刚回到她的房子，打开灯，正在玄关换鞋："什么事？"

宫城说："几个问题。"

"你问。"

"以你作为女人的眼光，我和宇韩峥，谁的颜值和身材更好？"

"你。"沈黎不假思索。

"假如，全世界只剩下宇韩峥和我两个男人，非要你选择一个，你选谁？"

"宇韩峥。"沈黎还是不假思索。

宫城语气沉了下去："你认真的吗？我给你机会再选一次。"

沈黎在电话这头翻了个白眼："宫城，你怎么会这么幼稚？你去英国一个月，是不是被那个幼稚鬼陆景炎传染了？"宫城从来没有干过这种蠢事，拿自己跟别的男人对比，因为他一直都很自恋，世界第一自恋。

察觉到一点不同寻常的地方，聪明如沈黎，大概知道了什么，便说："顾倾和宇韩峥认识，他们以前在英国就认识，你不知道吗？那天在公司我看到她在搜索引擎上查找宇韩峥的名字，不过她漏了他的姓。"

"挂了。"宫城挂了电话。

顾倾和宇韩峥认识……

他依稀记得她在英国时说过，她想回中国，去见某个人。

原来，她要见的人是宇韩峥。

宇韩峥和她认识，比他和她认识更早，这件事让他很不舒服。

他已经平静多年的内心又开始动荡起来。

次卧里的顾倾一点睡意也没有，她像一只非常清醒的猫头鹰，脑袋里塞着各种各样的事情。

不能睡着的恐惧和烦躁再次侵占她的脑袋，让她脑袋像有根铁丝抽着一样疼，就算想起宇韩峥与她重逢时的笑容，也不能消解这些疼痛。她双手撑在两边的太阳穴，认真地思考着要不要去跟宫城道个歉，讨个好。

他睡着了吗？

他会理她吗？是她自己苦口婆心地要搬进去，也是她二话不说就搬出来的，他一开始就不想被她打扰，他梦游也好，不梦游也好，好像他从来不希望他的事跟她扯上什么关系。

算了，疼死算了。

顾倾用力地摁着太阳穴，听到外面传来窸窸窣窣的动静，像老鼠在翻找什么。

她安静地听一会儿,动静一直没停,她起床开门出去,打开灯,不是老鼠,而是宫城,不知道他在找什么,这里翻翻,那里翻翻。房子里本来就没什么可以给他翻的,但他把所有能打开的抽屉都打开了,翻完抽屉,他又去翻沙发。

"你在找什么……"

话音刚落,顾倾突然意识到,老天,他又在梦游,这是无意识的行动。

顾倾朝他走过去,果然看到他闭着眼睛,却像能看见东西一样仔仔细细地翻找沙发的每一个角落,他找得太认真了,顾倾都不忍打扰他。

似乎是没找到他要找的"东西",他慢慢地直起身子,在客厅里漫无目的地转,像个傻子。顾倾靠在门口看他,不知为何,她觉得有点好笑又有点心酸。

顾倾看够了,叹了一口气,朝宫城走过去,像牵一只迷途的山羊一样牵着他,往他的主卧走。她摁住他的肩膀,让他在床上坐下,之后让他躺下,给他盖上被子,在他尝试再次起身时,她摁住被子一角,给他哼唱她拿手的英文歌,这次她哼 *Don't You Remember*,他很快就安静了下来。

像个小孩子呢,顾倾看着他宁静的帅气睡颜,不知怎么也有了睡意,但她一步也不想挪开,她知道她只要挪开一步,睡意就会像受惊的兔子一样跑远,所以她就趴在床边,让睡意一点点变得更加浓烈。

很快,她也睡着了。

天亮了,顾倾醒来时,宫城已经不在床上了,被子照例叠得整整齐齐。

顾倾对着窗外的阳光,有点迷茫,因为她做了一个诡异的梦。

呃,她梦见宫城吻她……

太过真实的梦，那种嘴唇接触的触感，他唇上冰凉的薄荷味，她似乎还能感觉到，像是真实发生的一样，她甚至怀疑她是不是在梦中睁眼看着他吻她。

什么鬼，怎么会梦到他？自己不是应该梦到宇韩峥吗？要是梦里有一个男人吻了她，那男人不应该是她找了五年的宇韩峥吗，怎么会是宫城？她怀疑是哪里出了问题。

接下来的一周，顾倾又搬回了宫城的房间睡觉，她还是睡在地上，他们默契地不再提起酒会那天晚上各自生气的事情，尽管两人是为不同的事情生气，不过一个晚上过后他们也都气消了。

那一周里，宫城没有再梦游过。

所以顾倾肯定，他们需要睡在一间屋子里相互"治疗"。

但她同时也有些不畅快，她不知道这种治疗需要持续多久，一个月？两个月？还是半年？如果她在一个月后搬出宫城的房间，是否就能顺利地在夜晚睡去，而他的梦游症是否也能痊愈？

她不敢肯定。

距离那次酒会，已经过去一周了，顾倾接到了宇韩峥的电话。

在接到宇韩峥的电话之前，她先接到了沈黎的电话，沈黎说："宇韩峥问我要你的电话和微信，我先问问你，如果你同意，我就给他。"

"当然！"顾倾想表现得淡定一点，但她的语气出卖了她。

仅仅几个小时之后，宇韩峥就给她打来电话，那时她正在门口收快递，快递员很费解地绕着宫城那栋被高围墙围得密不透风的别墅，费了好大的劲才找到门铃。顾倾从猫眼里看，只看到一个穿灰黑相间制服的年轻人，脸晒得很黑。

她打开门，年轻人给她递来一个方形箱子让她签名，寄件地址是浙江温州，她惊讶于物流的迅速，早上拍下，下午就送到了。她高兴地想要给快递员小费，快递员却拒绝了，她这才想起在中国并没有给小费的传统。

宇韩峥在电话里问她:"顾倾,你考不考虑到我这里来工作?我这里有一份翻译的工作很适合你。"他喊她名字的时候,她觉得自己像被电击了一下。

顾倾心中一个激灵,她这一周无所事事,正在找工作,宇韩峥是怎么知道她在找工作的?他有千里眼还是顺风耳?他怎么知道她需要什么?

"太好了,你怎么知道我在找工作?"顾倾把手机夹在耳朵下,把快递箱子搬进屋子,"砰"地搁在地上,去找锋利的东西来开箱,箱子上裹着层层叠叠的胶带。

宇韩峥在那头说:"是吗?你刚到中国,我以为你不会想这么快工作。"

宫城的房子里没有任何锋利的东西,顾倾用手费力地撕着胶带,边撕边说:"我想尽快工作,我是个成年人,我要工作养自己。"

宇韩峥温柔的笑声传过来:"明天到我公司来。"

挂掉电话之后,顾倾耳朵里仿佛还残留他的笑声,他真是个温柔的人。

之后,她粗暴地把箱子拆了,取出里面和网上图片描述得不是那么相符的充气娃娃。

男性,欧美长相,但是脸部做工很糟糕,像整容怪,看着是蜜糖色的肤色,却是放到过期的混浊蜜糖,最让人无法直视的是男性的那仿真玩意……

那是顾倾第一眼看到的东西,她反应过来之后整张脸都在发烫,一直红到耳根。

购买的时候没注意看细节图,但她也没想到充气娃娃的那玩意做得那么……那么的逼真。

真是太恐怖了,触目惊心。

顾倾马上就给它取了个名字,Jake,接着把它翻个面,挡住它那玩意儿,然后给宫城打电话:"我可不可以借用你一套衣服?噢,还有内裤。"

宫城在那头沉默了好一会儿:"衣服随便,内裤不行。"

算了,反正Jake穿不穿内裤也没差别。

得到准许后,顾倾去宫城的衣柜里取一套休闲衣裤回来给Jake套上,然后把他搬到她房间的床上,让它侧身对着墙那面,以背对她,然后给它盖上被子。

很像那么一回事似的,有个"人"睡在她的房间里。

晚上,宫城回来时,顾倾就高高兴兴地跳到他面前,郑重地跟他宣布:"今晚我不跟你睡了,有人跟我睡。"

顾倾打开自己卧室的门,把沉着脸的宫城引进房间,比着床上躺着的影子说:"来,介绍一下,这是我助眠的床伴,Jake,今晚我试一下,如果它不好用,我明晚再换回你。"

当宫城看清床上那个"床伴"是个男充气娃娃之后,他震怒地瞪着顾倾,几乎是咬牙切齿地说话:"你疯了吗?"

"我怎么了?"顾倾看着他。

宫城二话不说,走过去抓起床上的Jake,气呼呼地拖着Jake走到院子里,不知他怎么有那么大的力气,把Jake抛起来高高地甩出了高高的围墙,Jake被他丢出了高墙外……

一切发生得闪电般迅速。

顾倾目瞪口呆,反应过来后冲过去对他喊:"那是我买的!好几百块钱呢!你凭什么丢我的东西?"

真是不讲道理。

"现成的真人你不要,宁愿跟假人睡都不愿跟我睡?"宫城余气未消地问,脸黑得可怕。

顾倾也拧起眉头。真是糟糕的对话,明明他们真的只是单纯的睡觉,睡在一间房子里,一个地上一个床上,清清白白,可这对话听起来怎么这么糟糕?

顾倾望着他,妥协了语气:"宫城,我不可能一辈子跟你睡的,我总得试试其他可以治疗我失眠的办法,你也不会一辈子让我睡你房间的地板上不是吗?"

宫城微微张了张薄唇,欲言又止,却什么话都不说了。

就在两人大眼瞪小眼,都有些气恼。围墙外的车道上传来一声刺耳的急刹车声,他们隔壁栋的邻居回来了。

两人静默地听,听到邻居开门下车,女人大声地尖叫:"老公!我撞到人了!怎么办老公!他死了,一动不动,怎么办怎么办……"声音逐渐带着哭腔。

很快,男人也下车来,恐怖的安静气氛。

安静了一会儿,男人咒骂的声音传来:"我靠,谁恶作剧把充气娃娃丢在这儿,要吓死人啊!老婆别怕,是充气娃娃,到底是谁恶作剧?"

之后,是车子开走的声音,围墙外又恢复了平静。

围墙这头,顾倾和宫城静止着面面相觑,静止了好几分钟。

几乎是同一时间,两人动作迅速地同时夺门而出,奔到车道外。

Jake像一具被碾扁的尸体趴在车道上,四肢像骨折一样折成奇怪的形状,远远看着确实很惨人。走近了看,硅胶外皮都磨破了,到处在漏气,软趴趴的一条,像被放了气的气球,惨不忍睹。

顾倾瞪了宫城一眼,说:"叫你乱丢垃圾,吓到人了吧?还不快捡起来。"

宫城拧着眉头去捡Jake,怎么说顾倾也有责任,她跟他一起拖着漏气的Jake,像做贼似的左顾右看,把已经不能用的Jake丢进路边的垃圾回收箱里。

两人站在路边许久没说话,路灯半明半暗,顾倾想起刚才邻居夫妇被吓到的样子,想起宫城一脸尴尬又生气地看着漏气的 Jake 穿着他的衣服的样子，突然忍不住笑起来。她先是弯起嘴角笑，然后笑意越来越深，慢慢蔓延到耳根，最后，她实在忍不住了，哈哈大笑起来。

宫城不满地扭头看顾倾一眼，渐渐被她的笑声感染，也不由自主地笑起来。

两人就站在路边笑着，那一刻，两人的心情好像被松过的土地，蓬松湿润而柔软。

他们笑着笑着，四目慢慢地汇合，四目相对时，笑容慢慢停留在他们的脸上，他们只是那么安静地看着对方，他觉得她的脸是他前所未见过的好看，她亦觉得他好看得发光。

两颗心忍不住同时在各自的胸腔里怦然跳动了一下，又各自迅速地移开了目光，看着街道边高大的树木落在马路上的斑驳暗影，好看得像长颈鹿身上的斑点，带着野性的余温。

"好冷。"顾倾先打破这奇妙的空气，摩挲着肩膀跑回屋子里。

宫城看着她的背影，刚才有某个瞬间，他想再次吻她。

当天晚上，顾倾当然还是搬到了宫城房间里睡，还是睡在地板上，睡得很好。

早上她醒得几乎和宫城一样早，洗漱收拾，在那天沈黎跟她逛街买的衣服里挑出她觉得最像样的穿上，还精心化了妆。出现在宫城面前时，他正准备出门，看到她的精心打扮怔了一下，像看陌生人一样看着她。

"可不可以载我一程，到地铁口就好。"顾倾问他，巴巴眨着眼。

上车前，宫城问："去哪儿？"

顾倾的心情非常好："应聘工作，有人让我去面试。"

宫城没有反对，只是打开车门时又问："哪家公司，我可以帮你参考参考。"

"宇氏建设。"

顾倾脱口而出就后悔了，嘴快，她才想到沈黎之前告诉她，宫茶集团和宇氏建设是死对头，宫城收留她，她却去他的死对头公司上班，她可以理解他的不爽。

果然，宫城黑下脸："你自己去吧，不顺路。"

"喂……"顾倾伸手去拉副驾驶车门，门锁住了，车子发出低鸣擦着她的身子开远，很快地消失在车道的尽头。

顾倾望着长长的空旷的车道，长长地叹了一口气，摇摇头。她不知道为什么宫城的脾气越来越让人琢磨不透，他最近真的很爱生气，莫名其妙地生气，是单单针对她吗？

一份工作而已，跟他有什么关系吗？

这地方远离公交站、地铁站，走下去要半个多小时才能打到车，距离和宇韩峥约定的时间也快到了，顾倾看了看时间，提步往坡下走去。

天气渐渐转暖，阳光正好，顾倾走在林荫下，如果不是赶去宇氏建设，她想要在这里慢慢散步，欣赏绿意，感受温度，踏踏实实地放空自己。

走了不到百米，看到一辆车从对面开过来，越看越熟悉的车身，等近了些，顾倾就认出了车子和驾驶座上的人，宫城……

他"唰"地把车停在她身边，打下车窗却不看她："上车。"

解释就是狡辩，顾倾知道现在这种情况，她最好什么都别说。

"我约了医生，下午我们去见心理医生。"宫城先说话。

"见心理医生？为什么？"顾倾不明白，"我已经不失眠了。"

宫城目视前方车况："很好，我也一周没有梦游，正因为这样，我们需要一起去看看医生，弄清楚这到底是什么原因。你说得没错，我不可能让你一辈子睡在我房间的地板上。"

顾倾沉默下去，心里竟有些闷，谁乐意睡一辈子地板啊？

这么说，她突然也想弄清楚是什么原因。

一个小时的车程后，车子停在宇氏建设大楼下，顾倾下车，还来不及跟宫城说声感谢，宫城就冷冷地扔下一句："别忘了下午的心理咨询。"说着，宫城就开车走了，一秒也不愿多做停留。

宇韩峥朝顾倾走过来，看着驶走的车子问："那位是宫城吧？我见过他的车。"

顾倾尴尬地笑了笑，迎面对上宇韩峥那张温柔的面孔，她糟糕的心情就被洗净了。

"看来宫城对你很好，以前除了沈黎，我从没见过其他女孩子坐他的车，也没见他和哪个女孩子走得那么近，你们是男女朋友关系？"宇韩峥说道，他说的任何一句话都是带着笑意的，给人非常舒服的感觉。

天，他和宫城真是两个极端。

这份翻译工作对顾倾来说没有难度，甚至很简单，宇韩峥亲自领她看了工作环境，领她到一个空的工位上，说："如果你觉得可以，现在就可以办入职，明天正式上班。"

工位离他的办公室很近，隔着一条走廊和一面玻璃，随时都能看到他。

大半天下来，顾倾很想找个机会单独和他说说话，问他记不记得以前的事情，在唐人街的公寓楼里教她念《诗经》，纠正她的中文发音，离开曼彻斯特的时候说："希望有天你能到中国来。"

希望有天你能到中国来。

她仔细回想这句话，没有遗漏一个字，也不多一个字。

她已经来到了中国，双脚踩踏在了这片广阔的土地上，这句话的作用也就结束了，那些她期待的，只是她自己衍生出的东西，和这句话没有关系了。就像去别人家做客，临走的时候主人把你送到门口，微笑着说一句"欢迎再来"作为这一次拜访的句点。

"我想考虑一下。"顾倾说。

宇韩峥有些意外地轻轻挑动眉头，静静地看着顾倾，又好像是时隔五年第一次见她的样子，比那晚认出她还意外："你下午有事吗？没什么事的话，跟我一起吃个饭如何？"

她听得出来，他是真的想要留下她，留她在这里工作。

她也想留下，但有种奇怪的不确定的东西正在动摇她，她得先把那东西弄清楚是什么。

有人匆匆朝宇韩峥走来："宇总，茶园那边的茶农又说不撤诉了，一定是宫茶集团那边……"说到这儿，那人看了站在宇韩峥旁边的顾倾一眼，意识到她是张陌生面孔，就收了声。

"知道了，你先下去吧。"宇韩峥面无波澜，扭头继续微笑看顾倾，"如何？你想好是否愿意陪我吃顿饭了吗？"

顾倾突然想起答应宫城要一起去看心理医生，有些不好意思地拒绝："不好意思，我下午还有事，改天怎么样？"

宇韩峥收敛了一点笑容，笑容像被水稀释了，变淡了些，但还是很温和地说："那明天，明天你把地址给我，晚上我去接你。"

顾倾微微张了张嘴，把犹豫吞下去："好。"

她怀疑宇韩峥连威胁别人都这么温柔，谦谦君子，温良恭俭让，说的都是他。

下午，宫城载顾倾去看心理医生，顾倾心不在焉，他把她领入一栋外墙漆成金属灰的建筑，进去之后却是花园城堡，有个种满了鲜花的园子，盛开着这个季节应该盛开的白色雏菊和粉蓝粉紫的绣球。

屋顶有一方玻璃天窗，阳光从上穿透下来，整个花园像是天堂入口，极美。顾倾站在那儿看了许久，不知为何想起了曼彻斯特的安妮公墓，天气好的时候，公墓入口也是这样美。她来到中国有一些日子了，很少去想远在英国的人和事，但那些人和事有时不知不觉就冒了出来，毫无防备。

宫城没有着急去叫顾倾，看着她立在园中怅然若失的样子，那是她千百副面孔中最接近真实的一面，这种时刻的顾倾非常美。

十分钟后，两人并排坐在心理医生面前。

医生双手交叉在桌前，温和地看着他们两人，对宫城道："这位就是你说的顾小姐？"

顾倾茫然地看着医生，从医生的口气中听得出来，宫城大约来过许多次，跟医生很熟悉，他对着医生淡淡地点了下头。

医生把宫城请出去："我想单独和顾小姐谈谈。"

等接待室里只剩下顾倾和医生面面相对时，顾倾反而觉得有点不自在。

为何宫城在身边的时候自己反而会觉得更自在呢？她刚冒出这个念头，医生就开口了："是不是觉得跟我独处不舒服？"

顾倾诚实地点头。

医生又问："那和宫城在一起的时候呢？你仔细回想一下，你和他在一起的每一次，有没有觉得不舒服，希望你如实告诉我。"

记忆拉回一个多月前他们的初次相遇，游艇上她挣脱了他的手，之后他梦游跑到大马路上，她救了他，再之后他们一起遭遇了一些事情……

很神奇，尽管顾倾和宫城两两相厌，可能宫城讨厌她多一点，谁让她总是骗他，但她和他在一起从没觉得不自在，那种感觉像是两人认识了很多年。

她看着宫城时，常常有这种错觉，她想，一定是哪里出错了。

在医生温和的笑容中，顾倾有种被看穿的感觉，好像在说，你心里已经有了答案。

她对心理医生们啊，真是又爱又恨。

有些事情是，不说破可以装傻充愣地蒙混过去，想蒙混多久就蒙混多久，说破了，反而不自在了，像脱了鞋走在刀刃上。

顾倾走出接待室，看到宫城站在盛开着绣球的园子里，是她之前站的位置,他长身鹤立,一身灰色西装像云像雾,一只手轻轻地背在身后,双眼则去看停在一团绣球上的白蝴蝶,白蝴蝶许久没有动一下,只是停在那里吮吸着花蜜。

那个小花园好像有种魔力,好像走进去了,不管是人还是蝴蝶,都会忽略一切,天地之间只剩下自己的感觉,同时也忘了一切危险,解除所有警惕,变得纯粹。

不,顾倾看着宫城,他本来就是个很纯粹的人,这才是她跟他在一起时感到很舒服的原因,他太纯粹,而她太混浊。

当宫城转身回来看她,对她轻轻扬眉一笑时,她的心脏停止了跳动。

该死,他也太好看了……

该死,她不会是喜欢上他了吧?

不可能。

Chapter 12
重新遇到了故人

那种"该死"的感觉一直持续到第二天,顾倾去赴宇韩峥的约,在见到宇韩峥的那一刻,她感觉自己的心脏回血了,在宇韩峥对她露出温暖微笑时,在安安静静地看着宇韩峥把食物送入口中时,顾倾想,这才是她应该喜欢的男人。

五年前她心动过,现在依旧可以心动,只是看着宇韩峥,她就觉得她无所不能,像是五年前她从管教所被放出来,整个世界都变成灰色的时候,他说:"欢迎你到中国来。"

在此之前,当她得知自己在出境黑名单上,她以为自己一辈子都会被困在不属于她的国度,被困在唐人街那个雕龙刻凤的牢笼里。

"你在想什么?"宇韩峥问顾倾,他贴心地切好牛排,用他的盘子换了她没切的盘子。

顾倾在他的笑容中回过神来,低头叉起牛肉吃,五分熟的T骨,她最喜欢的部位,带骨头的肉她都喜欢。

她跟宇韩峥说:"味好美中餐馆最初生意不是很好,詹老爹连续亏本好几年,还要养着我们这一群孩子,有时候他去市场买牛肉,带骨头的肉英国人不爱吃,那很便宜,他会买回来炖一大锅牛骨浓汤,我们小孩子最开心了,都吃得很香,一人分一根骨头，带着一点肉的，像一群小狗一样，可以开心地啃好久。"

　　宇韩峥安静地看着她，脸上始终挂着温柔安静的笑容，像个很靠谱的树洞，只是倾听，等顾倾说完许久，他才说："我挺怀念味好美中餐馆的，留学的时候，我常去那里吃饭，詹老爹也经常找我聊天，我跟他聊天很开心，认识你也很开心。"

　　提到詹老爹，顾倾怔了怔，嚼东西的动作慢了下来。

　　"我去趟洗手间。"她擦擦嘴站起来。

　　走出洗手间时，她看到两个坐在他们隔壁桌的女人走了进来，她们以为她离开了，一边站在镜子前补妆一边交谈。

　　一个说："跟宇氏建设的宇总一起吃饭的那女的，你看到了吗？"

　　另一个说："长得还行。"

　　一个说："我看她那样，她肯定以为自己可以飞上枝头当凤凰了。"

　　另一个说："怎么会，难道她不知道宇韩峥有个未婚妻吗？"

　　一个说："未婚妻？那也得能动能跳啊，躺在病床上的植物人算什么未婚妻？"

　　另一个说："就算人家是植物人，也是个上亿家产的千金，你看宇韩峥多情深，等个植物人等了五年，我看那女的没戏，她看起来就很 low，哪里配得上宇韩峥啊。"

　　顾倾靠在洗手间外一面红色的墙壁上，墙上的红像是用她心上的血涂的。

　　手机在衣兜里振动时，她被吓了一跳。她逃了出来，看到是宫城打来的电话，她慢悠悠地接起来，听到他冷冰冰的声音在那头说："陆景炎回来了……"

　　宫城话还没说完，手机就被抢了过去，陆景炎的声音在那头传来："顾倾，赶紧过来吃饭，我回来了！我决定要留在中国，不走了！"

真好,他们的热闹,冲淡了一点她心里的凄凉。

宫城是回公司的时候看到陆景炎的,他大大咧咧地坐在宫城办公室的转椅上,双脚跷到桌面上,墨镜也没摘下来,一身白色的西装,看上去很浮夸。

"惊不惊喜?意不意外?"

在宫城推门进去的那一刻,陆景炎热情地朝他张开双手,很夸张地问候道。

只是半个多月没见而已。

宫城走过去,淡淡地扫了一眼陆景炎搁在他办公桌上的脚,那一眼像行刑的铁烙,在几乎要烙上去时,陆景炎迅速地把双脚从桌面上放下,像个乖巧的小学生一样看着宫城。

"沈黎不在公司。"宫城淡淡地说一句。

陆景炎从椅子上跳起来:"我回来又不是找她!"

宫城坐回自己的椅子上,查看他不在时助理送来的文件:"那你回来做什么?"

陆景炎一副被噎住的表情,又瞬间换一副笑嘻嘻的不正经面孔,一只手往办公桌上靠,半个身子都往宫城倾过去:"你不想我回来吗?"

"滚。"宫城吐出一个字,又投去铁烙般的眼神。

陆景炎马上站直了身子,双手插在衣兜里说:"顾倾呢?我回来找她不行吗?你不欢迎我,但是她一定会很欢迎我。"

"她为什么一定会欢迎你?"宫城放下手中的文件,像小孩子问十万个为什么一样认真。

陆景炎自觉差点说漏嘴,眼珠四处转着,转移话题:"打个电话给她,说我回来了,约她出来吃饭。"

宫城本不想理会,但转念想到顾倾今天是去赴宇韩峥的约,这会儿没准正在跟宇韩峥一起吃饭,想到她跟宇韩峥单独相处,他就莫名其妙地恼火，这会儿正好有借口了，他很自然地拿起手机拨了电话。

餐厅就在宫茶集团隔壁，宫茶自己做的日料餐厅。当初要开日料餐厅，宫家老太太什么都没说，让宫城放手去做，毕竟在日本待过十年的人，加上宫城对食物是真的挑剔，餐厅不得不好。许多人过来，不吃饭，也想搭着餐厅淡雅素净的装饰和背景拍个照，像身在日本某个僻静儒雅的地方，品位上了几个档次似的。

顾倾出现时，宫城一眼就看到了她，一天不见，她像被晒脱了色的花草，整个人都黯淡了几个度，很细微的几个度，别人察觉不到，宫城却能一眼辨别出来。

她看到陆景炎时脸上扬开了笑容，眼中却没什么光亮，宫城也都注意到了。

他们在单独的隔间榻榻米，陆景炎兴奋地拍拍身边的软垫："顾倾来来来，坐这儿。"他一边说一边看宫城的脸色，看到宫城脸色沉沉的，他就觉得好玩。

陆景炎从小到大，最喜欢逗宫城玩。

顾倾怏怏地坐下来，陆景炎给她的杯里添上梅酒，她举杯一饮而尽，陆景炎又给她满第二杯，她又是饮尽，接着干脆自己给自己倒，像是渴极了的人。

陶壶太小，温酒太慢，梅酒太淡，顾倾环视整个桌面，伸手把对面的一整瓶清酒拿了过来，倒在碗里满得溢出来，捧起碗大口喝酒。

酒瓶上的字设计得很好看，像是甲骨文，潦潦草草的几笔，山是山，草是草，川是三条川流，木就是木。

宫城停杯，不动声色地看她。陆景炎则有些吃惊，在顾倾倒第二碗清酒时，说："这可不是水啊，三十度的清酒，姐姐你悠着点。"

顾倾有点想笑，她明明比陆景炎小好几岁，但他叫她姐姐一点都不违和,他对认识的大部分女人,不论年龄大小,都叫姐姐。

她脸上浮起薄薄一层胭脂红,但眼神还是清澈的,神态也没有异色,勾着嘴角笑起来的样子让人摸不着看不透:"你回来了我高兴,高兴了就想喝酒,不醉不归。"

在她准备倒第三碗时,宫城摇铃让侍者进来,吩咐道:"把酒撤了,温一杯柳橙汁过来。"

顾倾突然觉得胃里翻江倒海,她捂着嘴站起来,推开门跑出去。

陆景炎看着宫城,一脸茫然:"她怎么了?"

宫城什么也没说,只是盯着顾倾已经喝干净的碗,滴酒不剩。

顾倾没吐出来,只是干呕了几分钟,她的酒量还不至于如此,她趴在陶制的有些粗糙朴素的洗手台上,看着圆形镜子里狼狈的自己,耳朵里响起那两个女人的对话——

"未婚妻?那也得能动能跳啊,躺在病床上的植物人算什么未婚妻?"

"就算人家是植物人,也是个上亿家产的千金,你看宇韩峥多情深,等个植物人等了五年,我看那女的没戏,她看起来就很 low,哪里配得上宇韩峥。"

"真的挺 low 的。"她看着镜子里的自己,说。

顾倾掬水洗了把脸,等清醒了走出去时,看到沈黎从电梯那儿走过。

这家餐厅的洗手间设在走廊,从长长的走廊走出来,就是电梯过道。

沈黎也看到了顾倾,有些意外地打招呼:"你怎么在这儿?"

顾倾指了指日料餐厅里面:"过来吃饭,你呢,准备去哪儿?"

沈黎走到电梯前,按了上行键,声音清清淡淡的:"我儿子的生日会在楼上。"应该是高兴的事,她却好像高兴不起来。

电梯到了,打开的门像个未知的入口,沈黎有一丝犹豫,她扭头问准备进餐厅的顾倾："你能陪我上去吗？"

顾倾看着沈黎，跟之前看沈黎的感觉不太一样。

之前的沈黎像披着钢筋水泥，什么都穿不透的感觉，而现在的沈黎像年代久远的建筑，一阵风来都会摇摇欲坠，正在等待拆迁。

"好。"她什么也不问，站到沈黎身边，肩并肩贴着沈黎。

电梯往上只走一层，门打开时像进入另一个不同的时代，楼下是江户时代，楼上是巴洛克时代，两个时代只隔了一层天花板。

等候在门外的侍者也和楼下是两个时代的人，他们见到沈黎，微笑着迎上来："孟太太，孟先生他们都到了，我领你进去。"

"我不是孟太太了。"沈黎面无表情地说。

"抱歉。"侍者难为情地弯下腰。

沈黎扭头来跟顾倾说话："我结婚的时候，也在这里设宴，从电梯到廊道的尽头，铺满白玫瑰，只是因为白玫瑰，我就被孟老太太念叨了好几年，他们那种老派的有钱人觉得白色的花不吉利。"

顾倾想起安妮公墓，接话道："如果不吉利，为什么要把白色的花送给死人，人死了就能接受不吉利的东西吗？花难道不是因为好看才被称作花吗？"

沈黎笑起来，眼中恢复了神采，她大概知道宫城为什么会对顾倾妥协，把顾倾带回中国了。

两人已被侍者领到一个大厅，推开门，里面悠扬的古典钢琴乐传来，虽说是小孩子的生日宴，却办得跟商务酒会差不多，大人手里捏着酒杯在交谈，几个小孩子坐在地毯上玩火车玩具，拆礼物。其中一个漂亮的小男孩看到沈黎之后，惊喜地朝她跑来，一头扎到她的怀里。

"妈妈，妈妈，妈妈。"小孩紧紧抱住沈黎，一遍又一遍地喊。

"妈妈"这个词，永远都不会有人喊腻或听腻。

顾倾看着沈黎和她儿子抱在一起的画面，不知为何看呆了。妈妈，她好像从来没喊过这个词，没有一点那方面的记忆。

大厅里的男男女女、老老少少这才注意到她们，端着酒杯回过头来，眼中各有异色。

有个衣着华贵的老太太，示意身旁看着像保姆的女人，那壮硕的女人就上前来，把沈黎儿子从她身上抱走："小少爷，我们该去吹蜡烛了。"

"不，不，我要妈妈，我要妈妈跟我一起吹蜡烛。"小孩伸手要沈黎抱，蹬着小腿。

孟云轩走过来，沉着脸让保姆把孩子抱下去，孩子的哭声响起，很快又消失了。像是被隔绝在某个隔音房里，再也听不见一点声响，大厅里恢复交谈，酒杯晃动。

顾倾看到沈黎用力地捏起拳头，苍白的手变得更苍白。

"你看，你总是有让场面变得难堪的能力。"孟云轩说。

沈黎扬唇轻笑："不是我有这个能力，是你们孟家让我有这个能力。"

有个年轻的红裙女人离开她说话的那个圈子，端着酒杯像个女主人一样走来，礼貌地跟沈黎打招呼："沈律师，好久不见。"说着，她还扫了一眼站在沈黎旁边的顾倾，露出一种匪夷所思的表情。

顾倾冷漠地看着她，眼睛眨都不眨，直看到她把眼光移到别处去。

女人看女人，总是火眼金睛，顾倾一眼便看穿了这个女人与孟云轩的关系非比寻常，来意不善，像是挑衅一般，浑身散发一股骚味。

沈黎没有回应，看着孟云轩说："子游的监护权我无论如何都会拿下。"

孟云轩冷笑："你凭什么？"

沈黎从随身的手包里拿出一个黑色U盘递过去："你先看看这里面的东西，再决定要不要继续跟我打官司，我不想把这个事情闹大，不想对子游有任何影响。"

"这是什么？"孟云轩将信将疑地接过U盘。

沈黎转身要走，那雍容华贵的老太太走上来，从孟云轩手中抢过U盘，恶狠狠地对沈黎说道："你这坏女人，又拿了我们云轩什么把柄？想要我孙子的监护权，你做梦！"

顾倾以为上流社会的人能用更多金钱接受更多优秀教育，多少会谦和一点，可是亲眼所见，觉得不过如此，个个如狼似虎地想要把沈黎生吞活剥了。

她终于知道，为什么沈黎要她陪着上来了。

酒杯里的酒是什么时候泼过来的，没人看清，动作太快了，等顾倾反应过来，沈黎已经一脸狼狈，金色的香槟像金色的眼泪，糊了她一头一脸，她没有表情。

杯子是红裙女人手里的杯子，泼酒的人是老太太。

孟云轩假模假样地埋怨一句："妈，你这是做什么？"

在场的宾客全都看过来，安静的，沉默的，像在电影院看一部烂片最高潮、最精彩的部分。

"我要让她清醒一点，让她不要再纠缠你，当年我让你别娶她，你偏不听。"老太太毫无顾忌地骂道，声音刺耳。

都说家丑不外扬，但看起来，这已经不算什么丑事了，孟家这场离婚官司已经打得全城皆知，老太太是要让沈黎当众出丑。顾倾以前看那些恶婆婆的肥皂剧总觉得太夸张，但艺术总是源于生活，现实才夸张到可怕。

红裙女人从侍者手里取过第二杯酒，安慰老太太："伯母，您别生气，小心气坏身子，那多不划算呀，我陪您去那边好不好？"

老太太脸色缓和一些，但见着沈黎那张无动于衷的脸时，好像觉得泼一杯香槟还不够解恨，接过红裙女手里的香槟，可再要泼到沈黎脸上时，手却被人握住了，整个杯子也被抢了去。

顾倾抢过那香槟杯，动作十分迅速，在几个人的目瞪口呆中举杯一饮而尽："谢谢，我正渴着呢。"说着，顾倾"砰"地把那杯放回托盘上，放得用力了些，那侍者没端稳，托盘中的其余香槟噼里啪啦地往老太太和红裙女那边倾倒过去。

"呀！"红裙女发出一声尖叫，香槟正倾倒在她腹部下的位置，看起来像尿失禁了一样。

老太太幸运些，香槟落在脚边，只湿了鞋面和纱巾，但她生气的程度不亚于红裙女。

"你做什么？"孟云轩怒瞪顾倾一眼，伸手一把扣住顾倾的手腕。

"她不是故意的。"沈黎帮忙说话，想拉顾倾过来，孟云轩却没有松手的意思。

顾倾给沈黎一个眼神，让沈黎别担心，她被孟云轩捉住手也不慌不急，嘴角扬着挑衅的笑容，漫不经心地说："是啊，我不是故意的，手沉了些。"

老太太和红裙女异口同声："你就是故意的。"

"不知哪里来的野丫头。"老太太更不满地瞪了沈黎一眼，"自己不安分，结交的人也一个德行，疯疯癫癫。"

顾倾眯起眼睛看老太太："你怎么知道我是疯子？"她笑起来，笑得瘆人，然后打了个大喷嚏，那喷嚏唾液飞溅在空中，在光影下清晰可见。

她光脚的，可不怕穿鞋的。

孟云轩被喷一脸，顿时毛骨悚然，马上松开了顾倾的手，好像她是个可怕细菌。孟云轩往后退了两步，一脸嫌恶的恶心表情，却又要在这种场合忍着，扮演绅士。

"叫保安来，把这位小姐请出去，这是私人生日会，她不在邀请名单上。"孟云轩恶狠狠地吩咐正在地上收拾的侍者。

沈黎道:"这是我儿子的生日宴,是我请顾小姐来,她是我的客人。"

老太太哼一声:"什么你儿子,你别忘了,上次的官司是我们云轩赢了,现在子游的监护权在他爸爸这儿,你算什么?不请自来的东西,还有脸说你有客人?把她们两个都赶出去。"

不知从哪里冒出几个牛高马大的保安,正要请人,一道沉冷的声音在身后响起——

"谁敢动她们。"

几个保安看过去,牛高马大的身影顿时都萎靡了,往后退开几步,给来人让路。

宫城和陆景炎走上来,两人的脸色一个比一个黑,像是两位凶神恶煞的天神。

会所的经理像是从天而降,讨好的面孔跟在宫城身边:"宫总,您怎么来了?"

尽管这是孟家包场下来举办生日宴的场所,但要知道,整个会所可都是宫家的,经理得罪谁,也不可能得罪自家老板,这是丢饭碗的事情。

宫城冷冰冰地道:"你养的这几个保安,是非不分,该换了。"

经理一脸惶惶地对几个保安摆摆手:"下去下去。"

孟云轩的脸也黑下去:"宫总,今日是我儿子的生日宴,我们包了场的,你这样做是不是不太厚道,传出去,这会所以后谁还来?"

宫城脸色平静地看着他,毫不在意的语气:"谁愿意来谁来。"

一句话让孟家人的脸色更黑,顾倾差点笑出声来。

陆景炎从进来的那一刻起,眼睛就盯在沈黎身上移不开了,他以为过了五年他能淡忘,可是看到她的那一刻,回忆汹涌而来,见着她身上有被泼香槟的痕迹,他恨得牙痒痒。

不是说一定会幸福的吗?

不是说一定会过得很好吗?

宫城看一眼顾倾,去个洗手间去这么久,以为她在洗手间里晕倒了,让人找了半天,又调了监控,才知道她跟沈黎上了楼。

"走吧。"宫城落下一句。

几人转身要走,孟家老太太发话了。

"心甜,你去让人把这个U盘放到投影上,我倒要看看她能有什么把柄。"

老太太把U盘递给红裙女,红裙女拿着U盘走开。

沈黎道:"等等,你们确定要放出来?"

老太太瞪她道:"有什么不能放的?云轩行事光明磊落,什么把柄都没有,就让在场的大家都看看,你这个坏女人想搞什么鬼。"

顾倾看了孟云轩一眼,在老太太说这话时,孟云轩的脸色僵滞了几秒。

那投影幕布上原本放着小孩子的成长记录视频,从出生到四岁,关于母亲的一切都被剪掉了,好像是个从天而降凭空生出的孩子。

画面很快切换,在场的所有人,都把注意力集中在上面,比当年奥巴马和他的团队们在白宫观看直播追击本·拉登还认真,所有人都知道,这种监控视频,暗示着某种见不得光的事。

先是黑屏几秒,之后,画面出现某个酒店的走廊,正对着电梯的镜头,电梯门打开,一男一女纠缠在一起跳舞一般走出来,哦不,不是跳舞,是醉酒和荷尔蒙狂热的舞步,两人像两条缠在一起的蛇,搂抱亲吻,从走廊一直到客房门外。

男人把女人抵在客房门上,女人双手双脚勾上男人的身子,两人吻得难舍难分。

之后开门，之后两人交缠着进入酒店客房，之后门关上，黑屏。

所有都沉默了，那种沉默像暗夜中的大海，无边无际，深处汹涌。

黑屏之后，屏幕又亮了，自动循环播放，走廊，交缠的热吻……

"快，赶快关掉！"

孟云轩面红耳赤，对着屏幕那边喊，那位叫心甜的小姐也是面红耳赤。

他们两个，正是视频中的男女主角。

沈黎很淡定地说："注意看监控时间，三个月之前，我们还没有办理离婚手续。"

她的脸色重新变得镇静自如，整个人又散发出那种钢筋铁骨一般的气息，尽管脸上头发还有衣领上都有被泼香槟的痕迹，可那些狼狈在她美丽的面孔和慑人的气势面前，几乎可以忽略不计，她的脸美得不可方物。

顾倾恍然大悟，这一切，都是沈黎计划好的，先装作楚楚可怜弱不禁风的弱势一方，让孟家的人对她毫无提防，之后就是好戏上场。

孟家老太太气得直捂心脏，指着沈黎："你这个蛇蝎女人，你设计我们云轩。"

她扬手要打沈黎，被陆景炎给挡开了，陆景炎沉着脸抓过沈黎的手，把她带出了会场。

孟云轩看着陆景炎和沈黎离开的背影，暗自磨着牙。

人群慢慢散去，宫城回头找顾倾，发现她正在自助台那边吃蛋糕，偌大的蛋糕完好得更像个装饰品，顾倾给自己切了一块，慢慢吃着。

桌子下的桌布动了动，一只小手伸出来抓住顾倾的脚踝，顾倾低下头,一颗圆溜溜的脑袋从桌布下冒出来,眨着漂亮的大眼睛看她:"阿姨,今天是我生日,但还没有人跟我说生日快乐。"

顾倾怔了一下,把小孩儿从桌子底下捞出来,抱起他让他坐到桌子上,给他切了一块蛋糕:"喏,吃块蛋糕吧,生日快乐。"

"爸爸妈妈为什么要分开?"小人问她。

顾倾慢慢咽下口中的奶油,抹抹嘴,弯腰靠近小人说:"分开是因为没有爱了,没有爱呢,在一起只会痛,像你打针那样痛,你怕不怕打针?"

小人点点头,眼圈红红的:"怕,我不喜欢打针。"

顾倾继续说:"所以,你不要怕分开,有时候分开是好事,分开就是针打完了,针头离开你的身体,不会再疼了。"

小人似懂非懂地看着顾倾。

"啊……来,吃口蛋糕,你长得真漂亮。"顾倾用勺子挖一勺奶油蛋糕喂他,他张开小嘴高兴地吃下去,高兴地荡着双脚。

"小少爷,小少爷,可把你找到了!"保姆匆匆赶过来,瞪了顾倾一眼,抱起小孩儿就匆匆离开了,小孩儿趴在保姆宽厚的背上,冲顾倾招招小手再见。

顾倾也朝他招招手,回头继续吃蛋糕,她知道宫城一直都在身后,一直都在看着,也不知道他在看什么。她放下碟子,转身回去用若无其事的口吻对宫城说:"婚姻好麻烦,小孩子好麻烦,我这辈子都不想结婚,也不想生小孩。"

她说的是英文,这些话用英文说出来,不知为何比用中文说更悲伤。

宫城看着她,知道这些话背后的意思,因为她是孤儿,她是那个被抛弃的小孩。

顾倾不知道,宫城的内心深处,很早很早之前也曾这样对自己说,不要婚姻,不要小孩。

另一边，陆景炎把沈黎拉到了一条无人的长廊上。

空无一人的露天长廊，高架上吊着的一篮篮秋海棠从高处垂下枝叶，长廊背面有一整面绿色的植被墙，像把草坪垂直立起来，对面是城市的高楼风景，万家灯火。

风从四面八方吹来，吹乱了沈黎的发丝，她挣开陆景炎的手，用手指梳理头发，整理自己外套上的褶皱，冷漠地看着他。

陆景炎眼底的火光被沈黎那张绝美又清冷的面孔给浇熄了，他永远没有办法对沈黎生气，他看着她，五年，她变得更加成熟和迷人，也更加冷漠。

"不是说会过得很好吗？"陆景炎问她。

沈黎淡漠地眨了眨睫毛："你哪只眼睛看到我过得不好？为什么所有人都觉得离婚的女人是不幸的，离婚就是过得不好，你们都错了，我很好。"

陆景炎嘴角勾得更深了，是了，这就是沈黎，永远不会处于下风的沈黎，一点都没变，他怎么就栽在这样的女人手中，五年瞬间压缩成虫洞，他根本忘不了她。

"很好。"陆景炎眯起眼睛，"是我喜欢的女人。"

夜风拂过来，牵起沈黎的发丝，她一身白色套装，眼神有种《倩女幽魂》聂小倩的妩媚，妩媚中又多了几丝犀利，她冷淡地说："我离婚了，也跟你没有任何关系。"

陆景炎双手插在口袋里，一步一步走向沈黎，沈黎动也不动，任凭他走得更近一些，近得他高大的身影慢慢覆盖下来，遮挡住她大部分的视线，眼中只有他那张无论时间过了多久始终意气风发的不正经面孔。

五年，她没少听别人谈论他在英国的所作所为，花花公子，挥霍无度，玩女人，游艇派对，夜夜笙歌，放纵自己。

没见着他以前，沈黎觉得自己多少会有点歉意，但见着他之后，她知道没有必要，她根本不欠他什么，而他也超出她想象的正常，跟五年前一样，几乎没什么变化。

还是那个纨绔子弟陆家大少。

陆景炎慢慢地倾身过去，脸与脸只有几厘米的距离就能触碰彼此高挺的鼻子，但沈黎一动也不动，依旧冷漠地看着他。他眼中升起一种玩味的笑意，笑得贱贱的，勾着薄薄的唇角，一字一句地说："沈黎，你给我听好，我回来只有一件事，就是追到你。"

他说着，伸手揽过沈黎的腰往自己身上靠，用力地吻了下去。

沈黎整个人怔住了，唇舌被堵住的窒息感，还有他身上那股淡淡的古龙香水味侵入她的身体，她没想到他会这么胆大妄为，挣扎着用力推开他，扬眉怒目瞪他，扬手"啪"地扇了一巴掌，下手没有一点留情的意思。

很快，清晰的五指印就印在了陆景炎俊俏的左脸上，但他没有一点恼的意思，也没有生气，伸手漫不经心地摸摸脸颊，桃花眼似笑非笑地微微眯起来，看着沈黎，仍旧扬着他欠揍的嘴脸说："我真喜欢你碰我，哪怕是给我巴掌，也好过从前一万倍。"

他双手重新插在衣兜里，用不可一世的嚣张对沈黎说："我会让你爱上我的，只有我能给你真正的幸福。"

风衣衣角扬起，他手插裤袋离开，长廊上只剩下沈黎一人。

她打得太用力，白嫩的手掌还有些火辣辣地疼，她松了松手掌，长长呼吸，平复自己的心情，唇上仿佛还有他整个人浓烈的气息。

她错了，陆景炎变了，比五年前更浑蛋了。

宫城和顾倾正在等电梯，陆景炎走过来，看到他脸上的五指印，两人相视一眼，默不作声。陆景炎默默地站过去，站在他们旁边一起等电梯，嘴角扬着得意的笑。

电梯来了，三人一起走进去，顾倾摇了摇脑袋："没见过被打了还笑得这么开心的。"

宫城说："以后你会习惯的。"

顾倾扭头看他:"我为什么要习惯这种事情?"

陆景炎不正经地笑:"宫城的言外之意是,只要你留在他的身边时间长了,什么稀奇古怪的事情都可能见识,久而久之就习惯了。"

顾倾翻个白眼:"谁说我要留在这个冰块身边很长时间?"

她才不想一辈子睡他房间的地板。

宫城冷冷的眼神扫过来,真的就像冰块一样。

顾倾把目光移到陆景炎那五指印脸上:"我真的太喜欢沈黎了,下手够重。"

出了大厦时,宫城往前面走,陆景炎在后面拉住顾倾说话:"你没告诉他我给你工作的事情吧?你们相处得怎么样?什么进展?"

顾倾看着前面宫城的背影,继续往前走:"我现在跟他睡一个房间。"

"什么?"陆景炎惊讶地提高了声音,"进展这么快?"可他怎么看,宫城和顾倾还是很不对头的样子,不像是睡一个房间的人该有的样子。

顾倾停下脚步立在那儿,笑意盈盈地说:"他睡床,我睡地板,我没有失眠,他没有梦游,皆大欢喜。你什么时候把第一份工资给我?我正缺钱呢。不要给现金,直接转到我支付宝账号上,你不知道,手机支付真是太方便了。"

一个睡床,一个睡地板……

陆景炎目瞪口呆,恍然大悟的样子,这就说得通了。

他就说,宫城是没那么容易对一个女人动真感情的,但……他已经把顾倾放进了房间睡地板,那说明也不是没有余地。

"再接再厉。"陆景炎合拢惊讶的嘴巴,神秘地笑了笑,拍了拍顾倾的肩膀,大步往前走去,脸上的五指印像是他刚从战场换来的战利品,神情也似掠夺了什么一样,满满的得意。

顾倾想,她真是遇到了一个傻子。

宫城那么聪明的人,怎么会跟陆景炎这种傻子做朋友?

"顾倾。"

大堂后方有人喊顾倾的名字。

她回过头,看到宇韩峥大步走来,顿时觉得自己像战场上的逃兵被长官抓个正着,他一直走到她面前,脸上的温和笑意像什么都不介意。

宇韩峥温和笑道:"吃饭吃着吃着,你突然就走了,我还以为你遇到了什么急事,不要紧吧?"

顾倾把下巴搁入自己的高领毛衣里,下午和宇韩峥吃饭,她接到宫城的电话后,给宇韩峥发了条信息"有事先走"就跑了,这会儿看到他,多少有些不好意思。

她看着他,心里又像磨刀一样,想起那家餐厅洗手间里两个女人的对话。

未婚妻、植物人、五年的情深守候,这些字眼忍不住要往她脑袋里钻。

门口,车子开过来了,宫城和陆景炎准备上车,回头看到顾倾留在大堂那儿和宇韩峥说话,他的脸色突然涂了层浆,目光冷冷地投射过去。

"他们两个怎么会认识?"陆景炎看着那边看似热络交谈的两人,有些奇怪。

顾倾回到中国还没多久,认识人的能力倒是很厉害,更厉害的是,她认识的宇韩峥偏偏是宫家在生意上的宿敌,宫城最不喜欢的人。

陆景炎饶有兴趣地看着宫城,有些想笑,宫城坐进车子,"砰"地关上车门开走了。

宇韩峥给顾倾递过来两张票,笑着说:"这是音乐会的门票,Billy Joel,以前住在曼彻斯特经常听到你屋里放他的歌,明晚一起去听吗?"

Billy Joel,顾倾怔怔看着他,想不到他记得她喜欢的音乐家,心里有被暖流冲刷的感觉。

走出大门的时候,顾倾发现宫城已经走了,一辆车开过来,陆景炎一只手搭在驾驶座窗上,招呼她上车。顾倾回头看到宇韩峥还站在那儿,朝她招手拜拜。

车子在夜幕中滑出去,逐渐远离繁华的市中心。

陆景炎一边盯着前面的车况一边问:"你怎么会认识宇韩峥?"

几辆跑车发出轰鸣声,在路面叫嚣着飞驰过去,待那些怪兽一般叫嚣的跑车驶远了,她才轻描淡写地说:"五年前在英国就认识,当时他是曼大的留学生,住在唐人街我住的那栋屋子,我们是邻居,回来之后就这么遇到了。"

陆景炎说:"你知道宇韩峥以前并不姓宇吗?"

"不姓宇?"

"应该说,他以前的名字叫韩峥,后来入赘宇家,才多了个宇姓。他未婚妻是宇氏建设董事长唯一的孙女,不过五年前她因为车祸成了植物人,现在还躺医院里没醒,宇氏建设从那时开始交到宇韩峥手上。"

韩峥,他没有错,他确实告诉了顾倾他的原名,只是后来多了一个姓。

陆景炎用眼角的余光瞥沉默的顾倾一眼,继续说:"宇氏建设这几年在宇韩峥的手下搞得风生水起,他确实有些生意上的能力,可宫城就是不喜欢他,甚至怀疑……"

顾倾终于有些反应,扭头去看他:"怀疑什么?"

红灯亮起,车子停下,陆景炎也扭头看她,不说了。

顾倾认真地看着他,追问:"宫城他怀疑什么?"

绿灯亮起,车子穿过路口,陆景炎看着前方说:"怀疑当年的车祸事故和宇韩峥有关，出事时，他坐在副驾驶座上，开车的是宇心蓝，调查报告显示，宇心蓝喝了酒。喝酒的人开车，不喝酒的宇韩峥却坐在副驾驶座上，怀疑这个……"

顾倾像脖子坏掉一样扭着头看陆景炎，又慢慢把头扭正，看着夜晚的街景。

夜深了，驶离了市中心，街面逐渐变得更加开阔清冷，路灯被高高的树木遮掩，光线变得明明暗暗的，前方开阔处，又传来跑车马达烦人的轰鸣声，像个在地上任性哭闹的小孩。

车子驶近了，才看到几辆跑车把一辆黑色的凯迪拉克围在中间，凯迪拉克车的车头与一辆保时捷跑车的车头紧紧贴在一起，发生了擦撞。

四辆跑车堵着凯迪拉克的去路，跑车上下来的七八个青年男女围着黑色轿车，用力拍着车门让车主下来，嘴里骂着什么难听的话，夹杂着英文的脏话。

陆景炎车头一拐，"唰"地把车子开过去，停在路边，开门冲下去前不忘吩咐顾倾："你别下来，一会儿要是打起来，你报警。"

顾倾当然也认出来了，那辆凯迪拉克，是宫城的车。

Chapter 13
爱一个鲜活的人

宫城稳坐在车子里，在自己的车被四辆跑车围住后，他淡定地拿出电话报警，之后把音响打开，让音乐充斥整个车厢，他舒舒服服地抱着胸把脑袋靠在椅背上闭目休息，夜如潮水。

"唰唰唰"的声响，等他再睁开眼睛，看到两个青年拿着涂鸦用的漆桶走到他的车子前，手握漆桶在他车子的挡风玻璃前涂上两个硕大的字"傻子"，车灯照着青年们张牙舞爪的面孔，不可一世，以为可以把全世界踩在脚下一般。

还是太年轻了，年轻常常让人冲动，宫城无动于衷地盯着粉末一般的漆在挡风玻璃上喷出来，突然，一条长腿从旁边飞过来，一脚踢开了正在车前涂鸦的青年，像慢动作似的，青年整个被踢飞几米远。

之后几个青年一齐围上，和不知从哪儿闯出来的陆景炎打成一团，从挡风玻璃看出去，就像是看一部动作指导很不过关的动作电影。

宫城眉头沉下去，他倒是忘了，陆景炎这个人不论年轻还是不年轻，都很容易冲动……

他叹了一口气，拉开车门下车，一个拳头就挥了过来，砸向宫城的嘴角。

他稍稍把头偏到一旁，冷冽的眼神扫过去，挥拳的青年像被冰封住一样，再次举起的拳头停在了半空中。宫城挥拳过去，青年还没明白是怎么回事，就被击倒在地了。

不远处的车子里，顾倾看着眼前瞬间发生的不可收拾的"乱战"，下巴快要掉下去。

她以为有宫城那样不喜欢惹事的人在，不会怎么样，可是她忘了有陆景炎这个傻子……

七八个青年男女与宫城、陆景炎围斗，那几个女的也上了，女人打架真是可怕，抓衣服、抓头发的，陆景炎那精心养护的发型被扯成了鸡窝，他和宫城又不打女人，吃了不少亏，被几个女人上手打也不还手。

顾倾在车上看着，叹口气，开门下车。

她站在"战圈"外，松动身体，掰掰手指，捡起地上一个滚过来的涂鸦漆桶朝一个浓妆艳抹的女人丢过去，恶声恶语，她扮起凶狠来，声音连她自己都有些意外："喂。"

宫城听到她的声音，战斗中回头看她一眼，就见她像团火一样冲进来，伸手就揪住一个女人的头发，把那女人扳倒在地。

三下两下，顾倾飞腿劈手过肩摔，极其标准的柔道技巧，眨眼间把三个姑娘压在身下，她们的四肢被她锁住挣扎不开，在地上鬼哭狼嚎一片。

与此同时，宫城和陆景炎也把几个嚣张的男青年打趴了。

警鸣由远及近，很快，闪烁的蓝红光出现在马路那头，照亮了道路。

很快，救护车也来了，被抬上车的是一个女生，被顾倾过肩摔给摔断了手。

滋事的几个青年都被带去教育了。

巡逻的老韩队长认识宫城和陆景炎，他对宫城加入打架感到不可思议，但是看到陆景炎，他就觉得一切都说得通了，过去陆景炎读书时,没少惹事,他自然也是要教育陆景炎一番。

宫城跟老韩致歉:"给你添麻烦了,这事不能让奶奶知道,免得她老人家担心。"

老韩摇摇头,指着一旁的顾倾问:"这位呢?"

刚被教育过的陆景炎勾过顾倾的肩膀不正经地说:"这位是我们的女中豪杰,顾女侠。"

他真没想到,顾倾打起架来,那个英姿飒爽,干脆利落,一个顶三,要是读中学时有顾倾这样的朋友,他都不愁称霸江湖。

顾倾横了陆景炎一眼,眼睛再扫到他搭着自己肩头的手上。

陆景炎被那眼神烫了一下,马上松开手站离几步远,就担心顾倾给他来个过肩摔。

离开时,宫城坐进了陆景炎的车,他车子又是剐蹭又是挡风玻璃被喷了漆,已让保险公司来处理了。

路上三人都在车子里沉默着,陆景炎想着刚才发生的事,突然笑出声来,顾倾见他笑,自己也忍不住笑了,只有宫城在后座上闭着眼像是睡着了,没理会他们两个。

"你什么时候学的柔道?还挺像样的嘛。"陆景炎说。

顾倾坐在副驾驶座上,把脑袋往椅背上靠,看着车窗外的暗影如幕布一样往后退:"小时候在曼城读社区学校,因为个子小,总是被人欺负,常常鼻青脸肿地回家。詹老爹去学校找老师说了没用,就把我送去学柔道,大概学了七八个月,之后就没人欺负我了。"

"你把他们都打跑了?"

"并不,我长个子了,也交了朋友,有朋友的人不容易被欺负,那些喜欢欺负人的人,总是寻找弱小而落单的目标。"

车里两个男人都沉默了。

宫城闭着的眼睁开,目光打在顾倾的后脑勺上,紧接着又闭上了眼睛。

"这是什么？"陆景炎从座位旁边拾起两张从顾倾口袋里掉出来的门票，红灯路口，他一只手握着方向盘，一只手拿起门票，念着信息，"Billy Joel音乐会……哦，刚才宇韩峥给你的就是这个，你要跟他去听音乐会？"

宫城的眼睛又睁开了，伸出修长的手过去，把陆景炎手中的两张票拿过来看。

"给我。"顾倾扭身回去抢，但她被安全带绑着，没能抢到，只是瞪着宫城。

宫城眯起眼睛看了眼票面上印着的信息，又看了顾倾一眼，没有什么表情的他看起来像是一座不知什么时候会爆发的活火山，之后他把票递还给她。

顾倾把票收好，又瞪了陆景炎一眼，就他爱管闲事。

陆景炎假装专心开车，把顾倾恼火的眼神挡在他的结界外面，嘴角勾着看好戏，似笑非笑，他是故意要引起宫城的注意。

车子里的气压越来越低，主要从宫城身上散发出，没有人再说话。

晚上顾倾睡在宫城房间的地板上，她还是能察觉到睡在床上的宫城散发出来的一种低气压，压缩着整个房间里的空气，让人觉得有些闷。

第二天，顾倾起得早些，打算早些出门，她可不乐意在这栋像高压锅一样的房子里待着。

宫城今天好像没什么事，他起床后就在厨房煮咖啡、吃烤面包和煎培根、鸡蛋，他给顾倾倒了杯绿油油的猕猴桃汁，早餐也给顾倾多做了一份摆在那儿，但顾倾不太敢过去。

无功不受禄，他像什么事也没有，还给她做早餐，她觉得有阴谋，感觉他在憋什么大招。

换好衣服出门时，宫城穿着居家服正坐在院子的椅子上看一本外文的商业书籍，跷着二郎腿像具雕像，只有翻动书页的时候才会动一动。

顾倾觉得很奇怪，他从昨晚到现在，一句话也没说。

很奇怪，她过去从来不去在意任何人的情绪，可是她竟然会在意宫城的情绪，一定是哪里出了问题。

等顾倾离开之后，宫城合上书，走进更衣室换衣服，出门前，他给宫家奶奶打电话："奶奶，我想正式介绍顾倾给你和大哥认识，一起吃个饭。"

宫家奶奶在那头低声笑："我一直等着你开口呢，看来是我们两个心有灵犀，我今天正打算约顾小姐吃饭，时间地点你来定吧，定好之后告诉颂琳，我们会一起过去。"

宫城灵光一闪："你打算在今天约顾倾？"

"是啊，你们从英国回来那天，我跟她提过。"

"很好，奶奶，你现在就可以打电话约她。"

"不是你定时间把她正式介绍给我们？"宫家奶奶问。

宫城摁下车子解锁，车子发出嘀嘀的解锁声音，像是清醒过来，他说："我觉得……奶奶你先给她打一个电话或许会好一些，让她有……心理准备。"

顾倾在下午的时候，接到宫家奶奶的电话，她对这位老人有些诚惶诚恐："奶奶……"

宫家老太太声音和善："顾小姐，上次我说要约你，不知你今天有没有时间？"

顾倾看着手中的音乐会门票："不好意思奶奶，今天有人约我听音乐剧。"

"哦？是阿城吗？你们两个要去听音乐会？"

"那个……不是他，是别的朋友……"

那头沉默了一会儿，顾倾不知道这沉默的半分钟里宫家老太太在想什么，但隐隐觉得什么都瞒不过宫老太太的眼睛和耳朵。

宫老太太道："这样啊，阿城今天还跟我说起，他要把你正式介绍给我们,我以为今天就能好好跟你见个面了呢。既然你有音乐会要听,那就改天。"

正式介绍?

顾倾有种不好的预感,"正式"这两个字有点沉重,也很奇怪。

宫城不是已经把她带回家介绍过了吗?为什么还要再次介绍她给他的家人?

这个问题一直持续到晚上听音乐会,顾倾和宇韩峥见面时。

因为宫家老太太的那个电话,她心不在焉,完全没有办法静下心来听音乐,那些她耳熟能详的曲子,都被隔绝在她脑袋外面,她脑袋里只有宫家老太太的声音"他要把你正式介绍给我们",走神太明显,一旁的宇韩峥也看出了端倪。

两个小时的音乐会,分为上下两场,上半场乐团演奏,下半场则邀请了好几位著名的音乐家,包括 Billy Joel 本人,顾倾非常期待能见到他本人,这是她的愿望之一,这也是为什么她几乎没有考虑就答应了宇韩峥的邀请。

中场十五分钟的休息,顾倾在走廊上透气,宇韩峥走到她身边:"你好像有心事,听得并不是那么认真。"

顾倾感到抱歉:"对不起,我辜负了这么好的音乐会。"她甚至觉得她不配见到 Billy Joel 本人,Billy Joel 的音乐本该是全身心去享受。

大厅那边有些骚动传来,宇韩峥说:"我正要告诉你,Billy Joel 先生因为临时有事,不能出现在今天的音乐会上,场内有些听众正在抗议,大部分乐迷都是抱着很高的期待来见他的。我邀请你来,没想到会出这样的事,是我感到抱歉。"

"我想我应该先离开。"顾倾没有心情再听任何音乐,她脑袋里发出的噪音很烦人。

宇韩峥追过来几步:"顾倾,我能问你一个问题吗?"

顾倾转过身去,他温暖的笑容像一盏给黑暗中迷路的人点起来的灯,她站在那儿,哪儿也不想去了,就那么看着他,像当年在那栋小公寓里,她蹲在楼梯口哭,他走过来坐在她身边说:"我能问你一个问题吗?"

"你问。"十七岁的顾倾说。

"你为什么会在这儿?"年轻一些的韩峥问。

"我不知道为什么,我刚从管教所出来,那是关押犯错的人的地方。你知道吧,管教所,里面跟我一般大的女孩们,她们在一起聊天,有人说她是因为放火烧了家里的房子进去,有人说她是因为抢劫了便利店进去,可是我不觉得我做错了什么,我为什么也会进去,被关了两年?"

"这个世界制定了一个对错的标准,并不是说我们觉得我们没错就没有犯错,如果你进去了,一定是因为你做了什么,触及了这个为所有人定制的标准。"

然后,他把耳机给她,让她听一首粤语歌。

她到现在还能唱出来——

命运就算颠沛流离,命运就算曲折离奇,命运就算恐吓着你做人没趣味,别流泪心酸更不应舍弃,我愿能一生永远陪伴你。

一生之中兜兜转转哪会看清楚,彷徨时我也试过独坐一角像是没协助,在某年那幼小的我,跌倒过几多几多落泪在雨夜滂沱,一生之中弯弯曲曲我也要走过,从何时有你有你伴我给我热烈地拍和,像红日之火燃点真的我,结伴行千山也定能踏过。

这首歌发行于1992年,那时顾倾还没出生。

"你问。"顾倾看着宇韩峥,觉得他又变成了五年前那个大哥哥。

她在心里告诉自己,只要他问,她就会回答。

只要他问。

音乐厅下半场入场提示响起,陆续有人走进去,走廊人很快就变得很安静,很快,厅里就传来隐隐约约的钢琴乐声。

宇韩峥朝顾倾走了两步,温柔的双眼像美梦,看着就不愿醒来。

他说:"我想问你一个问题,你和宫城,是不是男女朋友关系?"

顾倾摇头:"不是。"答得很干脆。

宇韩峥笑得更深一些:"那我就放心了。"

嗯?放心?顾倾不是很能理解。

她并没有意识到宇韩峥已经走到了她跟前,当他伸手过来抚上她的脸颊时,她整个人都僵在了原地。

他的手指穿过她的发丝,轻轻托着她半边脸颊。那带着温度的手掌,跟他的人一样,和宫城冷冰冰的手心完全是不同的存在。

宇韩峥捧着顾倾的脸说:"我想我爱上你了。"

顾倾怔了两秒,在他准备低头吻下来时,她推开了他,转身落荒而逃。

电视剧也不能这么演,一定是哪里出了问题。

不对,不应该是这样,顾倾的脑袋乱得像一团麻,又从一团麻变成一片空白,空白被切割成很多细碎的小块,尽管是空白,也必须要全部整理拼接起来。

她跑着跑着,逐渐放慢脚步,平缓呼吸。

不喜欢被事情缠住的顾倾,不喜欢带着疑问的顾倾,就在那儿停了下来,她没有思考很久,大约不到两分钟,她就决定转身回去,去找宇韩峥。

宇韩峥还站在那儿,没有离开,他正准备进音乐厅,听完下半场的音乐会,见着顾倾直接朝他走回来,他有些意外,也有些干涩的小小不自然。毕竟突然要去吻一个女孩,还把她吓跑了,一定是太唐突了,他以为顾倾会不同于那些太过矜持的姑娘。

顾倾一直走到他面前，她清冷的面孔几乎没什么血色，黑白分明的眼睛里透着让人不能直视的光亮，她看着宇韩峥说："你未婚妻呢？你不爱她吗？"

宇韩峥做好心理准备她会问这些，他对什么都有所准备，他淡淡地笑了笑，笑容中有些苦涩："我当然爱她，但我也很寂寞，我厌烦了独自等待，我想去爱一个鲜活的人。"

他没有告诉顾倾，有一天他照常去医院看宇心蓝，照常跟躺在床上如洋娃娃一般的人说了半天的话，就像是在自言自语。从医院出来后，他心里就冒出了这个让他痛苦又罪恶，但同时也让他长长地松了一口气的想法：去爱一个鲜活的人。

一个迫切的念头，逼得他无处可去，他担心自己继续下去，会丧失爱一个活人的能力，甚至失去爱人的能力，他迫切地想测试一下自己。

就在他冒出这个想法没多久之后，顾倾出现了，她从天而降出现在那场酒会里，像是命运的列车把她送过来，在那一群如狼似虎的人中像迷途的羔羊，直往他心里送。

不是他爱上她，而是他"决定"爱上她。

去爱一个鲜活的人。

这句话让顾倾怔了怔，仿佛是她自己在跟自己说话，也仿佛能看到宇韩峥的笑容在她面前崩塌，像龟裂的大地一块一块地往下掉，那笑容之后，是无止境的悲伤，如大海一般。

海水并不能滋润沙漠。

顾倾突然对宇韩峥产生了一种同情，那种被他"告白"，差点被吻了的复杂的不舒服感受，通通消失了，她的心里豁然敞亮，有一道光照了进来。

离开音乐厅，顾倾独自打车回别墅。

出租车在驶上长坡之前，顾倾让司机停车，并支付了车费。

那一带没什么建筑，除了高树灌木草坪，还有未建成的别墅区，沿途并没有什么灯火，司机师傅再三跟顾倾确认："你要在这里下车？离你说的那个地方还有两公里哦，你确定你要走回去？这么冷的天，这么黑的路。"

"我确定。"顾倾下车。

她想跟司机说，她走过更黑的路，经历过更冷的夜。

路灯一盏一盏，从明到暗，再从暗到明。

顾倾沿着长长的斜坡往上走，一步一步地走，不知是初一还是十五，这个夜晚并没有司机说的那么黑暗，当走到树影稀疏的地方，月光就倾洒下来，照得一地明晃晃的白。

顾倾想起七年前的那个夜晚，她也是这么走在黑夜里，光着脚，从中国城走到靠西边的艾塞普社区，她敲开了乔克的门，说她很冷，问他能不能让她进去喝杯水。

乔克让她进屋，给她水，给她食物，还想给她拥抱和吻。

顾倾挣扎着开始对他拳打脚踢，从桌上摸过那把水果刀，往他腹部刺过去……

就在那天上午，她在中国城最好的姐姐，并不是她亲姐姐却胜过她亲姐姐，从小带着顾倾长大的姐姐，给顾倾温暖和爱的姐姐，叶芬芳小姐，跳入曼彻斯特海湾，连同她肚子里四个月的孩子一起沉溺在海湾里。

乔克，是孩子的父亲，是芬芳姐的恋人，他抛弃了她，并殴打她。

只有顾倾知道，那是个复仇之夜。

英国的律法保护不了芬芳姐和她肚子里的宝宝，做错事的人没有受到应有的惩罚，顾倾想亲自惩罚他，她觉得自己没有做错，但正如当年宇韩峥说的，"这个世界制定了一个对错的标准，并不是说我们觉得我们没错就没有犯错，如果你进去了，一定是因为你做了什么，触及了这个为所有人制定的标准。"

她又想起宫城说的："企图伤害别人的人都会受到惩罚。"

那一幕幕似地上斑驳的月影，随着走过去的脚步一点点往后移动，也像心里的阴影一点点地往后移。顾倾慢慢走上长坡，看到了她熟悉的别墅群，看到了宫城那栋石头盒子一样丑陋的房子。

有道修长人影站在房子路口车道的路灯下，也在抬头看着天上的月。

顾倾走近一些，认出了宫城，她冰凉的心忽地一热。

突然想起，她住在这儿的这些日子，每当夜晚她回来得晚了，她也不知道她在外面游荡什么，总之就是每次回来晚了，她都能看到他站在那路灯下，穿得挺单薄，有时手里捧一杯热咖啡，有时就那么站着看手机，手机光亮照得他的脸如二次元的美男子。

那时顾倾还老问他，为什么要站在那儿，是不是在等她，他总是一只手斜斜插在裤袋里，一只手捏着咖啡杯，冷漠地看着她说："你想多了，我只是出来丢垃圾，顺便透口气。"

这次，他也是出来透口气的吗？

宫城慢慢抬头看过来，看到了顾倾，稍稍调整了一下站姿，准备转身走回屋子时，顾倾叫住了他："喂，宫城，你在等我吗？"

宫城还是一只手斜斜插在裤袋里，还是冷漠地看着顾倾，说："你想多了，我出来透口气。"

他说话间，顾倾已经快步走到他面前，露出她一贯的嬉皮笑脸。

虽然她脸上嬉笑着，但宫城看见她眼睛红红的，不知是天气冷冻红的，还是哭过，但在他的印象里，除了那次在机场看到她哭，自己便再也没见过她哭，她看起来是那种连出生时都不会哭的小孩。

"没打到车吗？别告诉我你是走回来的，你不知道天很冷、路很黑吗？"宫城不知道自己也可以变得这么啰唆，她仍旧嬉皮笑脸地仰着脑袋看他，冻得深红的嘴唇，让他手心紧了紧。

顾倾站到宫城面前，很近很近的距离，她仰着脑袋看他，觉得他真是高啊，只要她不穿高跟鞋，就要这么费劲地仰着脑袋看他。

此刻她不知为何看着他就觉得心情愉快，他怎么唠叨她都没有觉得烦，只是看到他，她心里就很安定愉快，整个人都轻飘飘的。

她收敛了嬉皮笑脸，对他露出一个灿烂到可以照亮整个星球的笑容，乖得不像样："知道了，以后不这样，好冷啊，进屋进屋……"她说着，哈着气、搓着双手要往房子里跑。

宫城傻了，那个笑容让他沦陷，在顾倾要走进房子时，他突然对着她的背影说："那个吻，不是梦。"

"什么？"顾倾揉着双手，转过身来看着他。

"从酒会回来的那天晚上，你趴在我床头睡着了，半夜我醒来，吻了你。那个吻，不是梦。"

顾倾眨着眼睛，脸不由自主地微微发热。

她就说，那个梦境怎么会那么真实，原来他真的……

就在她想要开口说点什么时，宫城抓过她的手，一把将她扯到怀里，捧起她的脸，用让人毫无退路的坚定口吻说："我确定我喜欢上你了，你不用一辈子睡我房间的地板，你可以睡我床上。"

话落，他捧起她的脸，深深地吻了下来。

顾倾没有躲，没有逃。

某些特殊的时刻，时间好像不存在似的，世界也不存在，只有两个人，像童话故事中的男女主角，所有美好都围绕他们展开。

顾倾觉得，他们好像吻了一个世纪那么漫长。

宫城吻她，她也回吻了他，天气那么冷，可是他们两人的身体暖得像是春暖花开一样。

在一天之中，顾倾被两个男人告白。

一个说"我想我爱上你了",一个说"我确定我喜欢上你了"。

你问每个人,每个人都会说,爱比喜欢浓烈。

可从宫城嘴里说出的"我确定我喜欢上你了",却让顾倾莫名心动。

她心跳加速,脸红得黑夜也遮不住,那一刻她清清楚楚地听到自己的心,听到自己的回应,她真的愿意沉浸在宫城缠绵的吻里。

他捧着她脸的手心是冷的,但她感觉到他如火一般热的身体和心。

他口腔里的薄荷味很好闻,他身上淡淡的香味很好闻。

在浴室里泡澡时,顾倾把自己整个浸在泡泡里,只露出个扎丸子头的脑袋。一部分是浴缸里的热气熏的,一部分是她身体在发热,她的脸又烫又红,此刻像漂在奶油汤里的红烧狮子头,忍不住想念片刻前宫城的吻、宫城的唇……

该死,他的吻技也太好了吧!

泡好澡,顾倾站在宫城的房间门口,她的脸还是很红。

之前睡在一个房间,她从未对他有过非分之想,也从未觉得不自在,这一刻反倒觉得心里痒痒的不舒服,在那个漫长的吻之后,她觉得有些尴尬。

泡了一个小时的澡,顾倾估计他睡了吧?他每天晚上睡觉的时间都比较固定。

她蹑手蹑脚地开门进去,咯噔,额前三条黑线,宫城并没有睡……

他正靠在床头看书,戴着一副平时不怎么见他戴的细边黑框眼镜。戴着眼镜的他什么都不用做,只是躺在那儿,更是散发一种魅惑人的神秘气息。不知道为什么,顾倾看着床上的他只想到一个词:斯文败类。

她马上把那个浸透着玫瑰色的词在脑袋中打散,蹑手蹑脚地走到床边属于她的空地上。地上铺着她的被子，她钻进去，把自己裹紧，闭上眼睛，像之前的晚上那样。

宫城取下眼镜，合上书本放在床头柜上，也不看地上装作睡着的顾倾，伸手拍了拍自己身边的位置，声音缓缓沉沉地说："上来。"

那两个字轻飘飘地飘过来，像两个幽灵一左一右飘到顾倾耳朵边，让她毛骨悚然。

她死死闭着眼睛一动不动，营造一种睡着的假象，甚至还发出一种像是睡着的人才发出的呼吸声，她不想动，她现在很愿意睡在地板上，哪怕睡一辈子。

"你要我下去抱你上来吗？"

"……"

顾倾一个激灵，立马从地上爬起来，卷着自己的被子躺到宫城床上，睡在床的边缘，再次一动不动。

宫城伸手把灯关上，盖上被子，也安静下来。

顾倾长长地舒一口气，刚放松下来，就忘了自己睡在床的边缘，在她稍微一动，整个人准备滚下去时，被子那头被人拽住了，宫城以一种迅雷不及掩耳的速度，把她整个人从被子里拽了过去。她滚了两滚，就扑到了他的身上……

时间再次静止了一般，万籁无声，只有两人胸口贴胸口的心跳。

"那个……"顾倾回过神，急忙从宫城身上下来，滚到一边睡好。

宫城摇摇头，一只手枕在脑袋后："你是想再掉下去，还是怕被我吃了？"

"当然不是。"顾倾拉过被子盖上自己的脸，把身子扭过去，背对着宫城，黑暗中小声说，"我是怕我自己把持不住，会扑向你。"

沉默，可怕的沉默，顾倾后悔自己说话口无遮拦，怎么能把自己的心声给说出来呢？

宫城却没有什么动静，安静了许久，他说："没关系。"

"嗯？"顾倾扭头，想要听清楚他的话。

他声音里带着一些诱人的笑意说："如果你把持不住想扑过来，我没关系。"

呃，顾倾只想化成一摊水浸入柔软的床垫里。

"以后，我们就这样睡吧。"宫城说。

说完那句话，他很快就睡了过去。

黑暗中，两人嘴角都噙着笑，那笑容让空气都变得芬芳了。

Chapter 14
当梦游爱上失眠

　　一夜无梦安睡，顾倾只觉得自己坠入了棉花糖里。早上醒来时，她伸个大懒腰，还没意识到已经睡到床上的她，以为自己还睡在地上，只是隐约觉得哪里奇怪，地上的触感和温度都不太一样了。

　　待她睁开眼，对上头顶宫城带着意犹未尽的笑容的脸时，她整个人都不好了。

　　她的睡姿，半个身子都挂在了宫城身上……

　　顾倾像被兜头浇了冷水一样，清醒过来，急忙滚到一边去，在宫城那个说不清道不明的笑容中只觉得丢人丢回了大英帝国。

　　"早……早啊……"

　　顾倾急忙要下床，却被宫城给拽了回去，他那张逼人的俊脸似笑非笑地靠近她："我说了我没关系。"

　　顾倾惊慌得有些语无伦次："我……我有关系！"

　　宫城戏谑般地看着她，只觉得有趣，他从没发现，她有那么可爱的一面，像只小动物。过去她尖牙利爪，以多种面孔示人，可是越靠近越发现，她其实也很简单。

　　他抓过她不安分的双手，翻身跨到她身上，想看她更慌张的样子。

顾倾呆了，睁着大眼睛，一动都不敢动。

宫城笑了，那个笑容在顾倾看来，真的很致命。

在他低头要吻下来时，她闭上了眼睛。

门铃声突然大响，声音好像比平时更响亮，把顾倾彻底惊醒过来。

"有人来。"在那个吻要落下来的前一秒，她猛地推开宫城，从床上跳了下去，光脚跑出去。她从来不知道，她可以跑得那么快。

宫城看着她一溜烟逃跑的样子，只觉得好笑。

陆景炎一进门便嚷嚷："你们赶紧的，沈黎和姓孟的今天二次开庭，我们得去给沈黎助阵，绝不能叫她输了官司，丢了孩子的抚养权，她的孩子就是我陆景炎的孩子。"

看到宫城从主卧出来，又看到光脚跑来开门的顾倾，他好像明白了什么，笑得贼贼的："你们两个……昨晚是不是发生了什么特别的事？怎么今天看你们两个容光焕发……"

"不是你想的那样。"顾倾直接一脚踢过去，自己却羞红了脸，躲进次卧换衣服。

"那是怎么样？反正你们两个肯定有什么。"陆景炎笑得很不正经，像是很乐于见到这种结局，铁树宫城终于开花了，知道谈恋爱了。

"你问他。"顾倾恼怒地把锅丢给宫城。

"今天开庭吗？"宫城移开话题，确认了一下自己知道的时间，"我以为没那么快。"

"据说是提前开庭，你赶紧收拾一下跟我走。"陆景炎一屁股在沙发上坐下来，他看起来显得比要出庭辩护的人还紧张。宫城也知道，为什么陆景炎大清早要来这里拉他和顾倾一块过去，因为陆景炎一个人不敢去，若是沈黎生气，陆景炎还能有垫背的。

上次开庭，宫城没去，他派助理去了，听助理回来描述，宫城能想象是什么样剥皮拆骨的现场，离婚夫妻为了争夺孩子抚养权，无所不用其极地诽谤对方。

当初是怎么爱那个人，对簿公堂时就怎么恨那个人。

"你先带顾倾过去，我早上有个重要会议。"宫城看穿了陆景炎，不紧不慢地说着往厨房走，用咖啡壶慢慢煮咖啡。

陆景炎盯着宫城看一会儿，语气变得正经了些："日本那边……这些年你让查的事，查得七七八八了，要现在听一听吗？"

宫城端着煮好的咖啡抿一口，看了一眼次卧关上的门，再看陆景炎，脸色也变得严肃起来："不要现在说，至少是她不在的场合说，我不想太多人知道。"

陆景炎想了想点点头站起来："行吧，反正我让荒木亲自来中国一趟，他过几天会到杭州，到时你亲自听他说吧，侦探本人亲自说会更详细一些。"

他走到门口，欲言又止，把话提到喉咙口几次才说："你最好有些心理准备。"

宫城捧着咖啡许久不动，淡然地扯了下嘴角："我母亲的事，别人口中说的还能比我亲眼所见的糟糕到哪里去？"

结果就是顾倾跟陆景炎去了法院。

顾倾其实并不喜欢法院这种地方，但沈黎这次和孟云轩争取孩子的抚养权，是二次开庭，也是最后一次，不管结果如何，都是板上钉钉的事了。上次把孩子判给了孟云轩，沈黎为此不眠不休了好些日子，这次她是一定要赢的。

开车的陆景炎很严肃，顾倾从没见过这么严肃的他，印象里他和宫城是两个极端，宫城有多一本正经，陆景炎就有多不正经。

"沈黎当初为什么会嫁给孟云轩？"顾倾问。

她想，以沈黎的条件，她可以拥有更好的爱情，但是孟云轩，顾倾在心里否定，酒会上见过之后给她的印象并不好，是那种挺自负和势利的男人，她不是没遇到过，她看男人的眼光、直觉总是很准。

每个人做的每件事、说的每句话，到头来都会以一种察觉不到的纹路印刻在血骨里，变成此刻的自己，眼睛就是那些故事的窗口，仔细看一个人的眼睛，你就能看到他的一生。

陆景炎木然地盯着路面，早高峰，交通堵得他很不耐烦，好像从来没在英国开过车似的："你有机会可以问她本人，我告诉你的不是正确答案。因为你问我多少遍，我还是会说她脑子短路了，只因为孟云轩中学时候在泳池里救了她一命，她就认定他是她的真命天子。你们女人一根筋起来真是可怕。"

顾倾在心里说，你不也挺一根筋的吗？喜欢沈黎这么多年，爱意丝毫不减。

陆景炎这个话痨开了口就停不下来，好像要用说话打破这长长的堵车队伍，他继续说："其实还是男人了解男人，男人看女人或许会看不准，但男人看男人绝对没问题，当年我跟沈黎放话，说她嫁给孟云轩不会有好下场，那人在高中的时候同时交往几个女生，她又不是不知道。"

"你要告诉宫城的事情是什么？"顾倾打断他，掐灭了陆景炎要燃起来的怒火。

"什么？"

"出门前，你跟宫城说的话，我在房门口听到了，那个侦探是怎么回事？"当时她换好了衣服，准备出来，就站在门后，陆景炎和宫城的对话她都听到了。

宫城那句"我母亲的事，别人口中说的还能比我亲眼所见的糟糕到哪里去"她也听得真真切切，听得一颗心都皱在一起。

顾倾想起离开曼彻斯特前，詹老爹跟她说的那些关于宫城的事，她也从未忘记。

詹老爹是这么说的："他母亲在日本放火烧了人家一家四口，之后上吊自杀。"

"你真想知道?"陆景炎整个人都安静下来,声音也变得很平坦,声调落下来,几乎要与地面平行。

顾倾迟疑了几秒,点头。

说实话,她不是那么确定要不要真的去了解宫城母亲的事情,了解他的过去,但她好奇,太好奇了,从昨天开始,她就想了解关于他的一切,甚至想成为一个能倒流时间的神,或搭乘时光机,去他出生的那天,在产房外听他的第一声啼哭。

陆景炎扭头来看她:"顾倾,我先问你,你到底对阿城是什么样的情感?你不知道,他这个人,也是一根筋的,他曾经说过,他或许不会步入婚姻殿堂,不会结婚,不会要小孩,甚至很可能,不会去爱一个女人。这一切,都是因为他母亲……"

顾倾也扭头过去看他:"我想,我爱上宫城了。"

陆景炎整个人像被施了什么定身咒,一动也不能动,眼睛眨也不能眨,他就那么睁着眼睛看着顾倾,又慢慢在顾倾眼中看到一种他此前从没在她眼里看过的坚定,她两颗眼珠像稀有宝石一样,绽放出一种异常迷人的魔力。

直到车流动了,后面有车子狂按喇叭催促,陆景炎才反应过来,踩下油门把车子滑出去。

"有没有搞错,你要告白就当面跟宫城说,告诉我做什么?"陆景炎嘴上有些嫌弃,心里却是很高兴,他很高兴听到顾倾那么说。

他也很感谢顾倾那么说,看来他当初的安排没有错,他就是看上了顾倾身上那种拼命三娘的气质,认定她和宫城是天生一对,他们两个,太像。

陆景炎说:"你知不知道,我第一次见你,有种莫名其妙的感觉,我不知道那是什么感觉,直到你挣脱宫城的手跳入海里又湿漉漉地出现在众人面前,我突然懂了,那种感觉是我在宫城身上看到过的。"

所以那个晚上,他会毫不犹豫地把那张爱德华酒店的VIP卡片给她。

中学的时候,陆景炎和宫城在一个学校,不同班级,学校按照成绩分班,两人的班级隔着整整一条走廊,一个头一个尾,在头的那个当然是宫城。

有天午休时间,宫家人匆匆地来学校把宫城领走了,陆景炎是晚上司机来接他放学,才听司机说宫家人出了车祸,宫城的爷爷和爸爸当场丧命,他大哥宫圳躲过一劫,双腿却废了,下辈子只能在轮椅上度过。

送葬的时候,宫城没有哭,从始至终他一滴眼泪也没有流。他那位在他一岁时就跟他父亲离婚的母亲,出现在葬礼上,问他愿不愿跟她去日本,她说:"不是她不要他,是她答应他父亲,除非他父亲死,否则不会出现在他面前。"

宫城跟宫家奶奶聊了一夜,第二天,他跟他母亲说:"好,等我初中毕业。"

初中毕业后,宫城就去了日本,用宫城一郎这个名字生活。

陆景炎看着顾倾说:"我那时很生气,真的很生气,不知道他为什么要跟那个女人去日本,但他就是那么绝情地走了,丢下中国的一切,最初几年都没有消息。"

顾倾安静地听着,到这时才插一句嘴:"你是说,我也很绝情吗?"

陆景炎说:"我见过三个心肠最硬的人,宫城一个,你一个。"

"还有一个是沈黎?"顾倾接话。

陆景炎摇头:"宫老太太。"

顾倾有些意外,宫家老太太啊。

那场葬礼上,不但宫城没哭,宫家老太太更是没哭,还让唯一的孙子跟他母亲去了日本。

法院到了,宏伟的大楼,高高的神圣的台阶。

下车时，陆景炎说："顾倾，如果你喜欢宫城，亲口告诉他。他母亲的事，你听他亲口说会好一些。"

"哦对了，"陆景炎想起什么，嘴角又开始勾着不正经的笑，恢复顾倾看得最习惯也看得最顺眼的那副面孔，"宫城和你回国之后，让人做了个局，让那个灰西装输掉了继承来的所有钱，进了警察局，可能要被关一段时间。"

"什么灰西装？"顾倾不明所以。

陆景炎扬扬眉毛，报出那个男人的名字——

"乔克·詹姆士，七年前被你捅了一刀的男人。"

沈黎和前夫孟云轩争夺儿子的抚养权官司，闹得满城皆知，连顾倾这种刚来杭州没多久的人，都可以轻易得知八卦。

顾倾和陆景炎去了法院，但她没有进去，她发过誓，她不会再走进这种地方第二次，哪怕是不同的国度，律法却都是一样威慑人心，一样给人规矩，不能超出那个圆。

她肯陪陆景炎过来，一方面是她把陆景炎当朋友，想解他的燃眉之急，她当然看得出来，陆景炎不敢一个人过来，必须有人陪着；另一方面，她有些担心沈黎，也担心那个小孩儿，想第一时间听到好消息。

法院外守着一些记者朋友，顾倾问了陆景炎才知道，原来那天在沈黎儿子的生日会上见到的那个红裙子女人，是国内小有名气的女明星，同时也是宇韩峥未婚妻宇心蓝的妹妹，宇心甜，宇氏建设的另一位千金。

孟云轩和沈黎离婚后，和宇心甜走得很近，要说有多近，那天生日宴上的劲爆视频就能够说明了，据说视频已经流露出去，在网上成了热门话题。

在英国时，顾倾并不是很关注什么八卦，她唯一关注的一个，是她喜欢的天才爵士女歌手 Amy Winehouse 因饮酒过量去世，年仅二十七岁,她有一张很张扬的面孔。那首 *Back to Black*,在顾倾还是个青春期少女时,同芬芳姐一起,循环听过无数遍。

这位女歌手,在人生的后几年因为酗酒、吸毒和自残频频上新闻。詹老爹有订报纸的习惯,顾倾每次都会从报纸里抽出娱乐版再送去他的办公室。每次看到 Amy 的新闻,顾倾都暗自希望是好的新闻,比如她改头换面,比如她出新歌,然而她得到的全部都是坏新闻。

每一次看到坏新闻虽然丧气失望,但那种希望喜欢的女歌手变好的愿望不曾改变,顾倾抱着这种"总有一天她会真正好起来"的念头一直关注她的消息,突然有天,最坏的消息来了。

她死了。

那是顾倾唯一一次追星。

如今看着那些八卦版的记者蹲守在法院大门外,顾倾意识到,自己离丑闻还真近。

沈黎怎么想顾倾不知道,但她觉得沈黎跟她是同一种人,不达目的不罢休。

沈黎会赢的。

记者们骚动起来,有人出来了,人群从四面八方涌上去。

当然,他们的镜头大部分对准的是陪着孟云轩走出来的宇心甜。

顾倾看到孟云轩脸色不好,便知道他官司输了,输了官司却赢了美人,他对着镜头说:"我和心甜并非外界传的那样,心甜也不是第三者,她是我真心喜欢的人,今后我会好好待她。"

不一会儿,顾倾看到沈黎和陆景炎走了出来,沈黎虽赢了官司,但脸色不太好。

有个样貌威严的白发老头叫住了沈黎,顾倾走上前,听到那老头语气中带着刺:"沈黎啊,你现在算是真的有出息了,连师父我你也这么下狠手,我真是低估了你。"

顾倾招呼陆景炎过来："那老头是谁？"

陆景炎指了指不远处的宇心甜："宇氏建设律师团的首席大律师曹老先生，在国内非常有名，竟然被孟云轩给请过来辩护了，不过还是败在了沈黎手上。"他说话的神情像是他打败了曹老先生，"你是没在现场，不知道沈黎多么厉害，她连曹老先生金屋藏娇的事情都给曝了出来，看来是早有准备。"

这场官司，听说曹老先生要给孟云轩辩护时，大家并不觉得沈黎能打赢这场官司，一来，曹老先生是沈黎的师父，手把手把沈黎带起来的；二来，曹老先生多次和沈黎在庭上辩护，沈黎从来没赢过。

顾倾往沈黎那边看去，沈黎低眉顺眼地跟曹老先生鞠躬，转身走过来时，脸上又恢复了那种完美无缺的自信，那就是沈黎了。

永远知道自己要什么、做什么。

沈黎一直走到顾倾面前，看也不看旁边的陆景炎一眼："顾倾，麻烦你把这个人看住，不要让他跟着我，我现在要去孟家接我儿子。"

"我跟你一起去。"陆景炎很自觉地跟上去，像个甩不掉的影子。

沈黎瞪他一眼，没好气地说："陆景炎，我真的拜托你，不要缠着我，我们没可能。"

陆景炎却好像没把那些话听进去一句，嬉皮笑脸地说："你单枪匹马去孟家接小孩怎么行？万一他们为难你呢？我跟你一起去，给你壮胆。"

翻白眼也能那么美，顾倾觉得只能是沈黎一人了。她看着沈黎投来的求助目光，上前拍拍陆景炎："你什么身份，要跟沈黎过去接孩子，不是让沈黎难堪吗？"他今天出现在法庭，已经引起不小轰动。

那些记者里，除了盯宇心甜的，还有盯陆景炎的，怕是没人不知道他是陆首富的小儿子。

电话响起来,沈黎摇摇头,自顾接起电话,听到那头说什么之后她脸色一变:"你说什么?已经往机场去了?无耻!这真是孟家人才能做出来的事!"

"怎么了?"陆景炎追问,顾倾也跟着紧张起来,沈黎的脸色很不对劲。

沈黎浑身颤抖着,紧紧地握着拳头,冲向人群中那对璧人,拨开人群上前一把揪住孟云轩,咬牙切齿地骂道:"孟云轩你无耻,官司输了你就想把我儿子送走,你真是个人渣!"

孟云轩推开她,整了整衣领,继续对媒体记者们微笑:"我不知道你在说什么,我人在法院,家里出什么事我怎么知道。"

"你……"沈黎的眼睛瞪得红了。

陆景炎听到沈黎那么说,火气也冲上了脑门,就要上去揍人,被顾倾给拉住:"你别添乱,现在重要的是追回沈黎儿子。"

顾倾上前去把沈黎拉回来:"沈黎,你别急,先告诉我,刚才是谁给你打的电话?"

沈黎眼睛红红的,慌了的模样:"孟家的用人,我跟她有点交情,她说刚接到官司输了的消息,子游就被他爷爷奶奶带出门了,还带着几个行李箱,像是要出远门。我打过离婚官司,知道这种藏孩子的情况,孟云轩一定是提前嘱咐孟家那边,如果官司输了就马上带子游离开,我现在很怕……"

就怕他们是有准备的。就算她现在报警,也来不及了,她是律师,她知道法官刚宣判,还有很多文件要走程序,并没有那么快就能生效使用,她可能这辈子再也见不到儿子了。

一想到有可能再也见不到儿子,她几乎要倒下去,被陆景炎及时扶住。

沈黎从包包里翻找车钥匙,跌跌撞撞地往车子的方向跑:"我要去追,他们刚离开沈家,带着行李箱,最可能去的地方是机场,若是他们把子游带到国外，国内的法律就没有效力了，他们可以等到子游成年再送他回国。"

陆景炎一把摁住她，抢过她手中的钥匙，突然严肃起来："我懂，但你这样不能开车，我来开，你先报警，不管怎样孩子抚养权在你手里，孟家不经你同意把孩子带走就触犯了法律。"

他思维逻辑也变得很明晰，又扭头对站在不远处的顾倾说："顾倾，你打电话跟宫城说一下情况，他会知道怎么做。"

"好，你们快去吧。"顾倾觉得像上战场一样紧张。

孟云轩，真的是太过分了。

被记者围住的孟云轩打发了记者，走到一边打电话："他们知道了，正去截人，你们注意些不要被发现，我派人跟着，必要的时候会拦住他们，不管如何，先把子游送出国。"

待陆景炎开车载沈黎离开后，顾倾也上了车，她给宫城打电话，宫城的电话却打不通，想起他应该在开会，他开会时会把手机关机，联系不上。

顾倾会开车，手动挡、自动挡她都能开，货车也能开，有段时间味好美餐馆厨房缺人，她夜里睡不着，就替厨房顶班开货车去港口拉海鲜，只是回到中国她还没拿到国际驾照，不能开车。可此刻她也顾不了那么多了，追人要紧，多一个人多一份力量，她系好安全带，启动车子开出去。

车子开出去后，她脑袋里灵光一闪，打电话问陆景炎，得知他们已经在去萧山机场的路上。

"从杭州去上海，最快要多长时间？"她问。

"高铁最快，只要一个小时，五分钟一个班次。"陆景炎说。

"顾倾，你为什么问这个？"说话的是沈黎，陆景炎开的免提。

顾倾一边利落地打方向盘，一边冷静地说出她的疑虑："我在想，上海是国际大都市，飞世界各地的航班更多，孟家人有可能选择去上海搭乘飞机，一是航班有更多选择，二是能避开追截。当然，这只是我的猜测，很可能他们从杭州的机场离开，毕竟这样更便捷，搭火车去上海再搭飞机，比较麻烦。"

她声音冷静得像分析病人的心理学家，电话那头的陆景炎和沈黎都被拖入一种思考的沉默之中，之后沈黎带着那一丝始终没有完全消散的紧张情绪说："以孟云轩多疑多虑的性格，这不是不可能，坐火车也有可能是掩人耳目，顾倾，请你答应我，一旦找到子游，无论如何不要让他离开杭州，保护好他。"

"我会的，我手机快没电了，如果我能找到子游，我会把他带到宫茶大厦，你们若在机场找不到人，也回宫茶大厦，我们在那儿见面。"

"你知道怎么过去车站吗？"

"我可以导航。"顾倾挂了电话，深踩油门。

"我应该申请禁令的。"沈黎幽幽地说，心中对孟家的所作所为已经不能用气愤来形容，孟家人这些年对她做的事她已经不想计较，她只想要回儿子。

如果申请禁令，在官司结果出来之前，她儿子不能离开孟家一步，但她不愿那么做，她不想影响儿子的日常生活。

陆景炎轻轻摇头，轻哼一声，又忍不住缓和了语气："你以为申请禁令，孟云轩就不会行动了吗？他什么品行，你怎么还是看不清楚，他就是个烂人。"

沈黎不说话了，把头扭到窗边。

是啊，她怎么就才看清，孟云轩是个烂人这个事实。

车子驶离法院后，照着导航开了二十分钟左右，顾倾从反光镜里注意到有一辆黑色的车子已经跟着她的车许久，车子已经拐过七八个路口，那车还是保持一定的距离跟着，她觉得有些古怪。待上高架，她提了车速，那车子还是紧紧咬在她后面百来米的距离，她快对方也快，她慢对方也慢。

她知道，她被跟踪了。

半个小时后，顾倾到了车站，正午时间，车站里人和车子不算特别拥堵，但也有不少人。

顾倾停好车，那辆黑色车子也驶入了停车场。车窗玻璃是深色的涂层，远看，看不清里面有几个人，但车子停好后对方许久没有动静，只是在观察。

顾倾下车，往进站口寻人去。

她本不抱什么期望，偌大的世界，偌大的车站，茫茫人海，来的路上沈黎发来孟家两个老人和子游当天穿戴的照片，两个老人一个小孩，一堆行李箱，若要找起来，不难。可她并没有太费劲，甚至不需要进候车室，就看到了沈黎的儿子，那小孩生得漂亮，实在好认。

两个老人正带着小孩儿在进站口不远处，身边还跟着两个看起来是保镖一类的牛高马大的男子，正把行李给他们推过来。孟老太太的衣着打扮在人群中很是显眼，正在催促推行李的两个男人。

上次生日会，顾倾见过她老人家，精神抖擞，穿着皮毛披风，一眼就认出来了。

孟家本是很普通的人家，孟老先生年轻时是个司机，后来接手朋友的车行，生意也不温不火，勉强能给孩子们小康生活。至于孟老太太，家世也是一般，只是年轻时生得好，一心想嫁个大富豪，后来嫁了孟老先生，总是心有不甘，就全身心地把期望落在大儿子孟云轩身上，去培养他。

孟云轩也争气，读建筑，出国留学，剑桥的建筑硕士文凭，回来与人合伙开了建筑事务所，在经济低迷时期颇有前瞻性地四处找人融资，拿下了好几个房地产建筑项目，等低迷期过去，几个项目都赚得盆满钵满，自己的设计被全国各地追捧，一跃成为建筑行业的大腕，让孟家从此跻身富豪之流。

那两个老人虽衣着不菲，但骨子里透出来的气质，却还是有些不入流的急躁。

反而是沈黎，出身书香世家的千金，尽管家道中落，身上那种优雅知性的气质却是与生俱来的，很难在普通人身上看到。

顾倾见的人多了，眼神总是很毒，有时她自己也惊讶自己看人怎么那么毒。英国那巴掌大的国家，曼彻斯特那指甲盖大小的城市，富豪多了去，虽说不能以貌取人，气质这种东西后天也能修炼，但大部分是与生俱来的。

她回头看着停车场那边，三个男人也从那辆黑漆漆的车子上下来了，正往她的方向过来。她一边拿出电话打给沈黎，一边往售票窗口走："被我猜中了，他们在车站，过来吧，我来的路上被人跟了，应该是孟云轩的人。"

那边陆景炎和沈黎才刚到机场，接到电话，立马掉头往回开。他们在去机场的路上，也发现被跟踪了，这一掉头，与那辆跟踪他们的车子打个照面，对方也急忙想要拐弯，却错过了路口，只能往航站楼开过去。

顾倾刚挂下电话，宫城的电话就打了进来，看到他的号码她心情一松，才接通，话都没来得及说上一句，手机就没电自动关机了。

孟家两个老人正要把小孩领进站，他们已经走到队伍后面排起队来。顾倾知道不能让他们进站，她朝人群走过去，看到子游正闹着要上洗手间，小孩儿不停地跺着脚哭闹："奶奶，我要尿裤子了，我憋不住了。"

孟老太太哄着："子游乖，进了站让你爷爷带你去洗手间，再忍一忍。"

小孩儿扭着一双小细腿委屈地哭起来："不要不要，忍不了了，我要尿尿，要尿尿。"

顾倾看着，觉得真是可爱。

大人尚且不能憋,何况一个小孩子。

孟老太太很不耐烦地指示一旁的孟老先生:"老孟,你赶紧带他去,要来不及了,真是的,不知道云轩为什么非得让我们搭火车,我都多少年没这么折腾地搭火车了,真不知道他是怎么想的。"

孟老先生拉过小孩儿:"走咯,爷爷带你去尿尿。"

顾倾觉得这真是个好时机,她把扎着的马尾披散下来,混在人群中跟了过去。

跟在一老一小后面,还能听到祖孙俩的对话。

小:"爷爷,我们这是去哪儿呀,奶奶为什么不回答我。"

老:"不是说了嘛,爷爷奶奶带你去坐飞机。"

小:"我不要坐飞机,我想见妈妈,妈妈说她今天会来接我的。"

老:"子游乖乖的,很快就能见到你爸爸,等我们的飞机落了地,你爸爸很快也会飞过来。"

小:"那妈妈呢?妈妈说今天要来接我,我要妈妈。"

老的讪讪地不知道怎么接话,洗手间到了,他赶紧把小孩带进去:"我们尿尿,尿尿。"

来来往往的人出入洗手间,主要是女厕这边的人。顾倾进了女厕所,拉起高领毛衣遮住半张脸,等了两分钟之后,男厕那边已经没什么人,顾倾从女厕出来,闪进男厕。

一个刚好从里面出来的男人被吓了一跳,惊讶地看着她,她指了指乖乖站在那儿等爷爷从隔间里出来的小孩:"我儿子。"

小孩儿扭头过来看顾倾,顾倾竖起食指在唇边比个"嘘"的手势。

隔间里传来孟老先生的声音:"子游啊,你不要乱动,爷爷马上就好。"说着又传来自言自语的声音,"你这小家伙,哭着说要尿尿,带你来厕所你又说尿不出来,倒让爷爷有了尿意,小孩子麻烦,人老了也麻烦……"

顾倾俯身压低声音问小孩:"还记不记得我?"

小孩儿睁着漂亮的大眼睛,他这双眼睛完全遗传到沈黎,又大又亮,小家伙迟疑一秒,用力地点了点头,他记得顾倾。

顾倾把他拉过来,再压低声音在他耳边说:"你想不想见你妈妈?"

小家伙没有任何迟疑地用力点头。

顾倾继续说:"那我带你去见你妈妈,你不能发出任何声音,乖乖的好吗?"

她觉得自己真像个拐卖儿童的坏人,在孟家人眼里她就是,但她受了沈黎所托,怎么样都不能让她儿子离开,否则沈黎会痛不欲生。

小家伙迟疑了两秒,比之前都要用力地点了点头。

顾倾吃惊于一个四岁的小孩对她的信任,这种信任让她有些罪恶感,但也觉得很暖心,她第一次觉得小孩子这么可爱,过去她可是烦死小孩了。写《小小小小的火》的华裔作家伍绮诗在书里说:"小孩只会吃喝拉撒和哭闹,宁愿养条狗。"顾倾以前也是这么想的。

在她十岁左右,詹老爹陆续领养了一些小孩,她和芬芳姐作为年纪比较大的小孩,要轮流照顾那些比较小的小孩,她每天都在那些哭闹声中崩溃很多次。

隔间里的抽水马桶发出声响,之后是孟老先生的咳嗽声,顾倾知道再不走要来不及了。

她把小家伙的外套脱下来再给他套上,橙黄色的外套翻过来内里是羊毛灰色,再把他的帽子取下来,抱着他走出男厕,拐入女厕所,选了个无人隔间躲进去,关好门。

"见到你妈妈之前,千万别出声,就算是你爷爷奶奶找来,也不能出声。"

跑出去肯定会被孟家的人捉住，只要拖到沈黎和陆景炎赶过来就行。

孟老先生从男洗手间的隔间出来，环境不好，他上个洗手间弄得腰酸背痛，开门出去没看到孙子，看了一圈，叫孙子名字："子游？子游？你跟爷爷躲猫猫呢？"

他孙子的脾性他知道，虽刚满四岁，但十分乖巧懂事，人也很聪明，不会轻易跟人走，也不会在这种人多的公众场所乱跑，这些他们从小都给他科普过，幼稚园也教过，他也牢牢记着，不会随便跟陌生人走。

可小人儿就是这么凭空失踪了。

孟老先生还以为孙子去找他奶奶，急急忙忙从洗手间里出来，走到广场那儿，问已经等得很不耐烦的孟老太太："子游呢？"

孟老太太瞪他："不是你带去的洗手间，你问我？怎么，子游不见了？"

两个老人你瞪我我瞪你，几秒之后意识到事情的严重性，心脏病都要犯了，赶紧催几个保镖去找。孟老先生吩咐道："快去，去找车站负责人，说小孩走丢了，报警，赶紧报警。"

孟老太太一把拉住他："你糊涂啊老孟，要闹这么大动静出来，等沈黎那女人赶来，我们还能带走子游吗？我们可就这么一个孙子，跟了沈黎那贱人，她绝对要让子游跟我们孟家断绝关系的。"

孟老先生拍手："可孩子走丢了啊，你不广播找，不报警，要是真被人拐走怎么行？"

老太太不耐烦地推他："你先听人怎么说，先听听。"

一个孟云轩派来的保镖上前来说："老先生，孟总让我们跟着一位小姐的车，她是沈律师的朋友，替沈律师来带走小少爷的，我们刚跟过来时，看到她的车就停在停车场，只是不小心把人跟丢了。"

孟老先生一拍大腿:"我就说!子游不可能随便跟人走。"

孟老太太恶狠狠地看着几个保镖:"还愣着做什么,给我找去!这马上就要误点了!"

那保镖道:"女洗手间我们不方便进去,还请老太太去女洗手间看看。"

Chapter 15
我不会让你出事

女洗手间里,火车站的广播不时响起,通知即将检票的车次。

顾倾抱着小家伙躲在最里的隔间里,等了十来分钟,没有听到播报寻找丢失小孩的。

顾倾有点意外,孟家两个老人的心可真大,小孙子不见了,第一时间竟然不是去广播站让人发出寻找通知,想来,他们并没有报警。

看来他们也担心事情闹大了之后,沈黎找过来,就没法把孙子带走了,这也说明,他们或许会察觉到小家伙是被相熟的人带走的。事情没按她预想的发展,沈黎他们赶过来还需要一些时间,她隐隐觉得这样等下去,有些不妙。

小家伙趴在顾倾怀里,非常乖,一动不动,一声不吭,身上有股好闻的奶香味。

趁洗手间里没人,顾倾小声问他:"你就这么相信我?就不怕我是坏人?"

小家伙摇摇头,还是不出声,顾倾忍不住笑了笑,他真是很守信用。

陆续又有人进来,进来了好几个人排队等着,有人过来敲她的门,抱怨:"怎么上个厕所那么久,好了没有呀?"

顾倾扬着声音有些凶狠地道："拉肚子了！"

外面的人就没再吭声。

"子游，子游。"

外面的声音寻过来，顾倾听出是孟老太太的声音，心里咯噔一下，这也太快了。

孟老太太掩着鼻子，有些嫌弃地走进来问："有没有看到一个四五岁的小男孩？穿一件橙色外套，戴顶蓝色有小象图案的帽子？长得很可爱的，有看到吗？"

有人摇头，有人问："小孩丢了？"

孟老太太挨个探头看，挨个敲隔间的门："子游，奶奶在这里，别怕，那个人是坏人，不管她说什么你都不能听坏人的话，快出来跟奶奶走。"

陆续有人从其他隔间出去，站在顾倾隔间外面的女人又很不耐烦地问："喂，里面这位小姐，你就算拉肚子，也不需要拉这么久吧？"

隔间里的顾倾真想出去找那位小姐姐好好谈谈人生，她不说话还好，这么一说，就引起了本来要走的孟老太太的注意，孟老太太移到顾倾隔间外头，用力拍门："谁在里面，出来！"

顾倾沉着气，拍拍小家伙的背，示意他千万别出声，又是凶狠地朝外面吼："你有病啊？我都说了我拉肚子，拉肚子！拉肚子是几分钟能解决的事情吗？"

"你出来，你给我出来！"孟老太太不依不饶地拍门。

顾倾隔门骂道："你脑子有问题吧，老太太？小孩走丢了不报警你来敲我门？没看到我在拉屎吗？要不要我帮你报警啊？我现在就帮你报警，你等着。"

"不……不好意思，打扰了这位小姐，我……我这就走……"孟老太太瞬间换了嘴脸，灰溜溜地退开，出去了。

顾倾松了口气，只想着沈黎快些出现。

几分钟后,有人拖着什么进来的声音,顾倾只听到外面一阵动静,抬头,就看到了一个趴在厕所隔间上面的脑袋,吓得她差点破口大骂。

　　孟老太太不是省油的灯,孟云轩多疑多虑完全是遗传的她,她不知从哪里拖了一张椅子进来,以她六十几岁的高龄亲自爬上去,看到隔间里顾倾抱着她孙子,差点七窍生烟,龇牙瞪目大喊起来:"我就知道!来人啊!有人偷小孩,来人啊!"

　　顾倾心一横,抱着小家伙打开隔间门推出去。

　　伴随"哎哟"一声,孟老太太直接从椅子上跌了下去,她穿着那厚厚的皮草,后面又有人挡着,倒也没怎么伤着,否则也不会有力气边揪住顾倾的脚,在地上求人支援:"各位帮忙,帮帮忙,抓住这个偷小孩的女人,来人啊!救命啊!"

　　顾倾用力把脚从她手里抽出来,抱着小家伙跑出女厕。

　　没跑几十米,很快,孟老太太也从女洗手间那边追了出来,边追边喊:"来人啊,偷小孩啦,抓住她,她偷小孩……"

　　意识到自己这一喊可能会把事情闹大,这是他们不希望的,孟老太太又闭了嘴,扶着腰,气喘吁吁地指挥着两个正好过来的保镖,手指像鸡爪一般挥动:"快,去追她,子游被她抱走了,往停车场跑了,快去……"

　　几个保镖当即拔腿追去,人高腿长且都是训练过的,顾倾手里还抱着小家伙,她怎么能跑得过?还没跑到停车场就在广场一侧被几个保镖给堵住了,东南西北一个人堵一个方向,把她堵得严严实实。

　　一个保镖上前来拉扯顾倾,另一个保镖企图把小家伙从顾倾身上拖下去,顾倾在他们把手伸过来但是没触碰到她之前,抱着小家伙奋力地大声号叫起来——

　　"救命啊,偷小孩啦!救命啊!"

　　几个保镖一愣,从后面赶上来的孟老太太和孟老先生边喘着气指她鼻子骂:"好啊你,当贼的反倒喊捉贼了,赶快把子游交给我们,松手!"

怎么有这么狡猾的女人,要不是考虑到是公众场所,孟老夫人真想好好让手下几个人修理顾倾,好让她闭上该死的嘴巴。

顾倾紧紧抱住小家伙,她知道她一松手,小家伙可就有去无回了,小家伙也很配合地紧紧地攀住她。顾倾看到有几个人被他们这边的动静吸引,她更夸张地号起来:"救命啊,老天啊,谁来救救我,这些人要抢走我孩子,还有没有法律?"

她凄厉悲绝的声音马上引来那几个路过的人,人一围过来,又有一些人慢慢地围了过来。

孟老太太一看形势要不可收拾,被人围观又觉得难为情,急忙催那几个保镖:"赶紧啊,快把子游抢过来,抢过来我们就走,别跟她耗着。"

顾倾"哇"一声哭出来,疯了一般坐到地上,哭得一把鼻涕一把泪:"你们谁帮我报警啊,帮帮忙,求你们了!"

怀中的小家伙也"哇"地跟着哭出来。

在场的人也不全都是冷血看客,有热心的人道:"你们光天化日这样抢小孩好吗?这位小姐你别担心,我现在就帮你报警,谁也不许走,等警察来了总能说个清楚。"

"喂喂喂,你报什么警?你没看出来她是装的吗?那真是我孙子,她才是人贩子。"孟老太太上前去扒住那热心人。

"她是人贩子怎么会叫报警?你们为什么不报警?"热心人反问。

顾倾一边号哭一边想,这位大哥真是好逻辑,太棒了,神助攻。

孟老太太一看有理说不清,直接推了一个保镖上前:"愣着做什么,不要跟他们废话,直接把孩子抱下来,抢也要给我抢下来,看谁敢拦。"

那热心人刚想报警就被牛高马大的保镖狠狠瞪一眼,吓得握着手机的手都不敢动了,旁边的人一时也没敢乱动的。

几个保镖直接上来就拖人,顾倾和小家伙的哭号此起彼伏。顾倾哭着喊道:"不要抢我儿子,你们问问他,他要谁。"

孟老太太正愁治不住顾倾呢,气都攻到头上了,愤愤道:"好啊,既然你这么说,大家也都在场,也不要叫警察了,就问我孙子一句,他要跟谁走,让你这个人贩子知道谁才是恶人。子游你说,我是不是你奶奶?他是不是你爷爷?"

孟老太太说着,用手指了指孟老先生。孟老先生在一旁只是干看着就怕伤到小孩,满脸的难为情,这么折腾着,他没心脏病都要给整出心脏病来了。

小家伙停止了哭声,诚实地点点头,冲孟老太太和孟老先生奶声奶气喊:"奶奶,爷爷。"

顾倾心房一紧,眉心凝住,这小家伙也太诚实了。

围观的众人都傻了眼,刚才那热心男子也是一脸被人坑了的表情,难以置信地看着顾倾,手指点着顾倾:"你你你,你才是人贩子啊?"

孟老太太很得意地扬起脸,乌云散开似的说:"大家看看,看看,现在到底谁才是骗子,我可不想把我孙子给伤着了,你识相的话就赶紧把人交出来。"

"是啊,小姐,你这么做是犯法的。"

"这位小姐,拐卖儿童是重罪,你还是自首吧。"

顾倾把小家伙放下来,握着他的小手问:"子游,你告诉我,你要不要跟你爷爷奶奶走?"

小家伙含着眼泪,红着眼睛看顾倾,再扭着小脑袋看他爷爷奶奶,对顾倾摇摇头:"我不要跟爷爷奶奶走,我要妈妈,我要妈妈。"

这反转……众人再次傻眼了。

而孟老先生和孟老太太刚才还阴转晴的脸,这会儿马上又晴转多云,愁眉苦脸地看着孙子:"子游,她可不是你妈妈啊?你犯什么傻?"

孟老先生急忙对围观群众解释:"各位,这位小姐真的不是我孙子的妈妈,我们却是他的亲爷爷奶奶,你们说孩子该跟谁走?"

众人为难,不知道该怎么说,有人开口:"这小姐如果不是娃娃的妈妈,娃娃怎么会说要跟她走呢?"

又有人道:"散了散了,这什么拐卖,就是家庭闹剧,爷爷奶奶和妈妈抢小孩呢!真是苦了才那么一点大的孩子。"

人陆续散开去,赶车的赶车,接人的接人,车站这种地方,没人是能久留的。

待人散得差不多,孟老太太趁顾倾没留神,给保镖打个眼色,那保镖马上上前去抱起子游就走,顾倾上去要追,被后面一个保镖用力一拽,她就重重地摔到地上。

那一刻她什么都顾不得,她眼里只有那个在保镖怀里哭闹踢脚的小家伙。她从地上爬起来追过去,被几个保镖紧紧地按住,她怎么都无法挣脱,只是喊着:"你们放下他,放下他!"

顾倾用力挣扎着,对着几个保镖拳打脚踢,孟老太太又使了个眼色给保镖,顾倾只觉得背后一沉,人就被踢倒在地,接着是铺天盖地的拳打脚踢,她在地上抱着脑袋,耳朵突然被踢了一脚,嗡的一声持续蔓延到整个脑袋,好像听不到其他声音了,视线里,只有小家伙哭着朝她伸手的慢动作,世界安静下来。

她很想爬过去,很想擦掉小家伙的眼泪。

那么小小的漂亮的人儿,哭起来真是让顾倾心里都崩塌了。

慢慢地,那些踢到她身上的拳脚都停住了,耳朵里的嗡嗡声也慢慢散去,世界杂乱的声音又从浅到深涌入耳朵里,顾倾看到冲过来的陆景炎和沈黎,还有不知何时带着警察赶到的官城,觉得像做梦一般。

几个保镖马上被控制住，孟老太太和孟老先生也没能进站，就被沈黎拦在进站口，把孩子给抱了过去，紧紧抱在怀里安抚。

"顾倾，顾倾。"

有人喊顾倾，她的眼睛好像蒙了一层灰，慢慢看清那张脸，那张脸也慢慢靠近，看到是宫城，她伸手抚摸他的脸，真真切切地感受到他之后，她长长地松口气。

宫城把她从地上扶起来，她一身的灰尘，而他一脸的阴霾，目光望着那几个保镖，想要毁天灭地一般，但此刻他眼里容不下其他，只是拉着顾倾不停问："伤哪里了？哪里疼？说话，跟我说话，别吓我，我马上送你去医院。"

顾倾慢慢地恢复力气，尽力朝宫城露出一个笑容，让他知道她没事，声音好像哑了一般慢慢地才吐出字来："我没事。"

宫城不管不顾，抓起她的手给她看，语气中有些怒火，但这些怒火并不是对她："还说没事？你是不锈钢做的吗？这手都擦破皮了还没察觉？"

意识到自己语气重，他及时收敛了下来，拉着她往车子那边走："我送你去医院处理伤口。"那些擦伤像擦在他心口上。

顾倾看着宫城紧张的样子，不知为何就恢复了精神力气，她也乐于装作被他担心和照顾的样子，整个人哎哟一声就往他身上靠："哎哟哎哟，疼死我了。"

她不这么刻意还好，一刻意，宫城的眉头就拧起来："认真点，不要再受伤了。"

顾倾的手腕被他握着，擦伤的伤口有点疼，身上哪儿都疼，却还不至于要命，她笑脸迎他，认真地眨了眨眼睛，说："看到你，就不疼了。"

宫城怔了一下，一双眼睛深情地看着她，心里很受用，嘴角缓缓扬着。他伸手环过她的肩膀，小心翼翼地扶着她往沈黎他们那边走。

孟老太太还是不依不饶:"沈黎,你凭什么带走我孙子?"

沈黎用一种近似残酷的表情看着他们:"因为从今天起,子游是我的儿子,他的抚养权在我手里,不在你们孟家,我还要让他姓沈。"

孟老太太气得捶着胸口,差点一口气接不上话来:"你……你这个贱人……我就知道,就知道你若是赢了,定会让子游不认我们,你好狠的心……"

狠?嫁进孟家这五年多的日子,他们怎么对她,他们倒是忘了,恶人往往觉得自己才是受害者,沈黎想起往事,不由得红了眼眶。

孟老先生还想说些好话挽回一下局面,但是眼下只顾扶着自己老伴,喃喃道:"晚了晚了。"

听起来像"完了完了"。

"沈黎,走吧,我送你们回去。"陆景炎上前来。

沈黎没有拒绝,这一次她很顺从,安抚着怀里的儿子说:"子游,跟妈妈回家,以后你和妈妈再也不会分开了。"

"我不能再见到爷爷、奶奶和爸爸了吗?"小家伙抽着鼻子问,有些不安。

沈黎没有马上回答,至少,她不想当着孟家人的面回答。见宫城扶着顾倾走来,她才想起刚才他们到达时的那一幕,顾倾被几个牛高马大的男人在地上用脚踢着,她蜷缩在一起,当时沈黎都想跳车了。

"顾倾,你没事吧,你还好吗?"沈黎看着顾倾那副狼狈的样子,一身的脚印灰,头发散乱,脸上有些擦伤的痕迹,只觉得万分愧疚。

她们不过认识短短的个把月,顾倾却能为了她做到这个地步,她心里的感激已经不知道怎么表达,何况她也是不善表达的人,她只知道,没有顾倾,她很可能就见不到儿子了。

旁边陆景炎看着也是深深地叹气,拼命三娘就是拼命三娘啊。

"我没事。"顾倾扬起嘴角笑,真的像没事的人一样,眼神明亮。

"你有事。"

一道洪亮的声音在身后响起。

众人回头,就看到孟云轩和宇韩峥一道走过来。

孟云轩的出现情有可原,但宇韩峥,宫城看到他,眉心沉了沉,因为宇韩峥的目光落在了顾倾身上久久没有移开,那让他觉得很不舒服。

沈黎冷冷地道:"孟云轩,子游已经判给我了,你还想做什么?"

警察还在场,他们料孟云轩也不敢怎么样,但孟云轩看起来很胸有成竹的气势,走到宫城和顾倾面前,目光落到顾倾身上,带着一种嘲讽的笑意说:"他们没事,你有事,顾小姐,你涉嫌无证驾驶,还是个外籍人员在中国境内无证驾驶。"

顾倾心里一沉,瞪向孟云轩,怎么回事?他怎么会突然针对她?

"无耻!"陆景炎愤愤地大步跨上来,没人看清楚怎么回事,他就一拳狠狠砸到了孟云轩脸上,直接把他砸倒在地。

场面又混乱起来,警察们往这边奔来,顾倾的脑袋有些乱糟糟的,外籍人员在中国境内无照驾驶,她触犯了法律,她会不会……

她的手下意识地紧紧抓住宫城的手臂,没察觉到自己用了全力,浅浅的指甲都透过衣服嵌入宫城的皮肤里,但他一动不动,看着她说:"我不会让你有事。"

"我不会让你有事。"

被警察带上车时,顾倾脑袋里回响着这句话,这让她安心不少，她突然也就不那么怕回到警察局那种地方了。在去警察局的路上，她望着车外，心里渐渐地平静了。

而她身边，还有陆景炎陪着呢，陆景炎因涉嫌殴打别人，也被带上车了，正一脸郁闷地坐在旁边，那脸色看着想要把整个世界都揍一顿。

"真是无耻，从没见过这么无耻的男人，竟拿个女人来做文章。"他一路愤愤不平地骂着，前面副驾驶的警官不时回头提醒他闭嘴。

警车驶离后，车站停车场，只剩下了宫城他们几个，宫城让沈黎抱着孩子先走了，沈黎虽然担心，但还是听了宫城的意思，离开了。

孟云轩扶着半边被打肿的下巴，流血的鼻子刚止住血，胸口上的衬衣也落了些血迹，他让助理先把两个老人送回家，这会儿他和宇韩峥有更重要的事要跟宫城谈。

宫城平静地看着他们，语气里是毫无波澜的冷："说吧，什么条件？"

宇韩峥站在不远处，保持着一种礼貌的笑，也不说话，孟云轩鼻青脸肿着扯出一个阴狠的笑容，像是宇韩峥的代言人："茶园那块地，你们宫家退出竞标，官司也必须停了。"

宫城像是早有预知，冷淡地扯了一下嘴角，冷淡地吐出几个字："没问题。"

宇韩峥好像没料到宫城会答应得这么爽快，收了些笑容，看着宫城，好像要把他看穿。

孟云轩"呸"了一声，吐出嘴里的一点血沫，捂着脸有些不服气地走上前来："宫城，你到底喜欢那女人什么？你知不知道，无证驾驶，在某些限速的路段还超了速，要是严重点的处理，把她遣送回英国让她永远不能再踏上中国的土地不是不可能。"

"是啊，到底喜欢她什么？"问话的是宇韩峥。

宫城稍稍低头，扯起一丝他们不会懂的笑容，再抬起头，他眼中的光深邃犀利，像屠夫手中可削皮去骨的屠刀，他什么都不说，喜欢顾倾是他的私事，珍贵如宝珠，他不想跟不相干人透露半个字，只能说给顾倾一个人。

他转身往车子走："今晚我要他们两个就从警局出来，明天早上我会让人把签署好的文件送过去，绝不食言。"没有刻意的起诉施压，交了保释金，他们当晚就能出来。

"等等。"宇韩峥开口，他声音里再没有一丝那种过去一直持有的耐心温和。

宫城停下脚步，转身回去，冷冷地看着宇韩峥。

"不够。"宇韩峥说。

孟云轩有些吃惊地看着宇韩峥，他觉得这已经够了，失去茶园那块地，对他们宫茶集团绝对是一次大动荡，宫城一定会在股东大会上被围攻，到时宫城能不能保住执行董事的职位还不一定。孟云轩看着宇韩峥，他不知道宇韩峥还想要求什么，万一宫城反悔，不顾顾倾和陆景炎，他们可就功亏一篑了。

宫城能在从日本回来的短短几年之间，把宫茶集团带上一个新的高度，这是他的能力，没有他、没有宫家，宫茶集团很快就会变成一盘散沙。

陆景炎打人事小，顾倾无证驾驶这事毕竟没有出事故，以陆家和宫家的能力，把人捞出来也是很快的事情，就算顾倾被遣送回英国，宫城也有办法把她再弄回来，他当初不就是这么把她给弄回来的吗？

"你还想要什么？"

宫城挑起眉毛淡淡地问。

宇韩峥冷笑一声："詹老爹一直在找她。"

宫城不说话，只是安静地立在那里，修长笔挺。

宇韩峥继续说："只要她回英国，你就再也见不到她，所以，不够。"

"你还想要什么？"宫城再问，语气更冷。

两人相对而立，中间隔着几米距离，看似风平浪静，周围没有行人，没有什么动静，连风都停住了，在一旁的孟云轩看来，却像是武侠小说里的两位绝世高手在用内力过招。

宇韩峥道："我要你下跪。"

空气一瞬间又被冰封住，头顶如悬着尖锐的冰锥，随时会掉落下来一般。

宫城静静地看着宇韩峥，就算宇韩峥说出要他下跪的话，他的表情也没有多大变化，如远山淡影一样立在那儿，像画上的人永远不会从画上走下来。

"韩峥，算了吧……"孟云轩难为情地想要破开冰山一样想要缓和气氛，可是他的话就如同落在南极冰川上的一瓢水，很快也被冰冻住了。

他可不想宫家和宇家真的闹到不可开交的地步，宫城下跪，这件事可能吗？

"宫城，别听他的。"

沈黎从后面匆匆走上前，走到宫城身边，她的出现倒是让冰封的气氛稍稍回转一点。

她一直没走，安抚好儿子，把儿子放到车上，她就一直站在车子旁边看着，也听到了他们的对话，听到宇韩峥让宫城下跪，她感到很不可思议，不明白宇韩峥为什么要提出这种过分的要求，不像宇韩峥一向温和的为人处事。

"这是你想要的？"宫城开口。

宇韩峥的眉头以一种别人察觉不到的情况沉了沉，他从宫城脸上看不到任何情绪。

话落没多久，宫城一手挥开长风衣，先是单膝跪下，之后双膝一起跪了。

动作来得太快,沈黎目瞪口呆,她想阻止,已经来不及。

"宫城……"沈黎把眼睛都瞪红了,整个人都惊愣住。

宇韩峥面部扭曲了一下,突然哈哈大笑起来,那笑听着十分骇人,然后他转身走了。孟云轩惊掉下巴之余,一边回头看仍跪在地上的宫城,一边追着宇韩峥走了。

四周恢复平静,宫城从地上立起,又像大山一样挺拔。

沈黎仍是不解地看着他:"为什么?"说她有些传统也罢,什么观念也罢,男儿膝下有黄金,一个男人给另一个男人下跪,这是很严重的事情。

宫城淡然一笑:"有什么区别吗?"

"什么?"沈黎不是很懂他的意思,他看起来完全不在乎这事。

宫城看着沈黎,认真问她:"你是觉得我下跪之后就变了个人吗?还是我下跪之后就不是我了?我有哪里不一样吗?"

沈黎摇头,没有什么不一样:"可是……"

宫城仍是淡笑,堂堂正正,没有任何不自在:"可是什么?我还是我,我不会因为对宇韩峥下跪就失去什么。只是这事,不要对顾倾和陆景炎说起,尤其是顾倾。"

沈黎看着他的背影,在心里叹了一口气,他是真的喜欢顾倾啊。

顾倾从进了警局开始,除了警察问的,她没多说一句话。他们并没有被关在什么冷冰冰、黑漆漆的牢房里。局里也灯火通明,空气中还有茶叶和咖啡的香气,地板十分干净。所有一切都照正常工作的流程在走,做一些细节的查问,问她什么时候到的中国,开的是谁的车,和车主是什么关系之类。

大部分问题是在一旁很不耐烦的陆景炎回答的,即使人家知道这是陆首富家的公子,也并没有对他十分客气,该问的还是要问。

"为什么打孟云轩?"

"他该打。"

"你和沈黎是什么关系?"

"她是我未来的老婆。"

"未来的老婆?我不是问未来,我是问现在。"

"我在追她。"

"那你跟这位顾小姐呢?"

"我们是好朋友,在英国就认识,车子是我借给她开的,也是我怂恿她开的。"

顾倾在旁边听着,很想跟陆景炎这个白痴划清界限,她诚实地对警官说:"车子是我自己要开的,我也知道自己并无国际驾照,中国是右行制,英国是左行制,不同的驾驶习惯,但我还是开了车,超速的也是我,我已经深刻意识到自己的错误,承担一切责任,任何责罚我都接受。"

"你……"陆景炎扭头看着顾倾,一副看着白痴的表情。

顾倾耸耸肩,抱胸靠在椅子上,懒得理他。

警官离开后,顾倾没有再说话,她沉默地坐在位置上。陆景炎几次想跟她说话,但看着她沉默到近乎死水一样的面孔,他就打消了念头,好像开了口,那死水中就会冒出什么可怕的怪物来,把她整个吞掉。

过了好一会儿,陆景炎才试探地问:"你,还好吧?"语气是那种装得很随意但还是显得刻意了的小心翼翼。

顾倾没有回应,继续沉默着,眼睛盯着桌面的文件一眨不眨,一言不发。

陆景炎继续说:"你放心,绝对不会有事的。"他胸有成竹。

晚上接近十一点,警局里突然忙碌起来,十几个人被带进警察局,引来了窸窸窣窣的动静。大部分看起来是青年人,男女都有,男的几乎都穿黑色系的衣服,脖子和裤腰上挂着金属链子,留着奇形怪状的头发,女的都化着不那么干净的浓妆,头发乱糟糟的，身上的衣服像是出门太匆忙从衣柜里随便抓了一把搭配的，眼花缭乱的颜色，每个人都是鼻青脸肿的。

一个警官边打电话边走进来说："聚众喝酒闹事，还不清楚，先审着。"

他们在墙角一排蹲下，不停有人抱怨着，直到警官走过去呵斥让他们安静。

另外一个年长些的警官边翻着文件边走过来对陆景炎和顾倾说："你们可以走了，牢记教训，以后不得再犯。"说完就去处理那一群让人眼花缭乱的青年的事情了。

顾倾一时没反应过来，眼睛睁得大大的有些不敢相信，陆景炎却是很淡定地跟她说："我就说没事吧。"他说着伸手去拉顾倾。

"真的可以走了？"顾倾问陆景炎。

陆景炎看着她，很耐心地点头。

两人从警局出来夜已深，一眼就看到了站在不远处的宫城还有沈黎。宫城站在他的车子边，沈黎站在她自己的车子边，两辆车相距几米的距离，马路这边与马路那边，四个人四双眼睛，却是两道特别明晰的平行视线。

宫城看着顾倾，顾倾看着宫城。

沈黎看着陆景炎，陆景炎亦看着沈黎。

然后顾倾朝宫城走过去，陆景炎则朝沈黎走过去。

很难形容那一刻顾倾的心情，从警局出来看到宫城的那一刻，她感觉自己就像是在海面上漂浮的船只终于靠了岸，宫城灯塔般修长清冷的身影，双眼发出灯塔般温暖的光。

在她走向他还有几米的距离，他等不及般大步朝她跨过来，一把拥她入怀里，紧紧地拥抱，紧得仿佛心都贴到了心。

他们全然忘记了旁人的目光，包括就在旁边几米外的陆景炎和沈黎。

陆景炎看着宫城和顾倾抱在一起，心里也暖的，心动得想要效仿，走过去张开怀抱要拥抱沈黎，刚走近，近得几乎要触到沈黎时，就见沈黎挥起正正的一拳，拳击手似的一拳砸到他脸上，正中鼻子。

"唔……"陆景炎当下眼冒金星，捂住鼻子痛叫一声。

两行鼻血，顺着他鼻子流下，漫过手指，他惊恐且不敢置信地瞪大眼睛，沈黎脸上没有一点打人的愧疚和心疼，只有愤怒。

"为什么打我？"陆景炎只有委屈，不敢责怪。

沈黎瞪着他，气不打一处："就打你，让你也尝尝被人打的滋味，这么多年过去还是那个冲动性子，动不动就要跟人动手，动不动就打人，你不知道法律两个字怎么写吗？"

旁边宫城和顾倾松开了，看到沈黎少见地失去理性破口大骂，两人都笑了。

陆景炎愤愤地道："谁让姓孟的那么过分，我一点都不后悔打他，我只嫌下手不够重，应该打得他不省人事，灵魂飞天。"

"你不知道打了他，到头来遭罪的还是你自己吗？你就没想过后果吗？万一他真的伤重，起诉你呢？你有没有想过这些？"沈黎看着陆景炎扬起脑袋止血，想上前一步查看他流血的情况，又忍住了。

陆景炎听到沈黎那么说，把头低下来，眯着眼睛笑得不正经，把流鼻血这事抛到九霄云外："你担心我哦？"

"我才没有。"沈黎把头扭到一边。

一股强烈的甜蜜袭上陆景炎的内心，他一点都察觉不到疼痛，不要脸皮地靠上去："你就是担心我，好了好了，我错了还不行吗？只要是你说我错，我就错了。"

沈黎没搭理他。

顾倾第一次看到沈黎这么失态，而人往往在自己在乎的人面前，才会失态。这样子的沈黎和陆景炎在一起，看着却是很和谐的，两人身上都是前所未有的一种自在放松。

沈黎板着脸，转身朝顾倾走来，脸色又揉开了，对顾倾说："今天的事，我不知道该怎么感谢你。顾倾，你为我做到这个分上，让子游能留在我身边，我真的……"她说着眼睛红了，心中有很多话都不知怎么表达，也害怕表达过多会让顾倾觉得负担。

顾倾笑了笑，她发自内心地笑起来时就像黑暗中突然开了灯，照得人心里都发亮了，她说："如果我跟你说，我做这些是有心机的，你会不会好受一点？"

有心机？

沈黎眨了一下眼，不太明白的意思，陆景炎和宫城也看向顾倾。

顾倾笑道："我有心机想跟你做朋友呀，你这么漂亮，品位好又有钱，又是个有能力的知名律师，我在中国生活很需要这样的朋友，有你这样的朋友真的很有面子，我这么拼命帮你，当然希望你有天也能拼命帮我，我这个人不是不求回报的人。"

她说得落落大方，光明磊落，沈黎听着却笑了，心中顿时舒畅。

旁边的宫城轻轻摇着头，这些话他听着很熟悉，最初认识那会儿，顾倾也对他说过。

"哟……"冷风一吹，顾倾忍不住打寒战，这会儿才觉得身上哪儿哪儿都疼，摸一下就疼。

"怎么了？"宫城关切地问道。

顾倾摇摇头，他伸手抓过她的手，撩开她的衣袖，赫然发现她藕色的玉璧般的小臂上有不少瘀青，脸色顿时沉下来。

宫城脑袋里回想下午赶到车站广场时，顾倾抱成一团缩在地上被几个人胡乱踢打的样子，他心中又是一种想杀人的心情，当然心疼和担心更多，担心得一张英俊的脸都皱了起来，眉心都拧出了皱纹，当即让顾倾上车，与沈黎陆景炎分道，送顾倾去医院做全身检查。

Chapter 16
绝不让你伤害他

到了医院值班医生的诊室,医生是个中年女人,了解情况后频繁地扭头看一旁的宫城,对他们所说的"车站故事"不是那么信服。给顾倾检查身体时,她冷着脸态度不好地让宫城到诊室外面等着。

女医生拉上帘子,让顾倾把衣服脱了让她检查。

顾倾把衣服脱下时,女医生默默看着,像下到水中闭了气。她让顾倾坐到床上,一边给顾倾查看瘀青的地方,一边压着声音说:"姑娘你别怕,你偷偷跟我说,你老公是不是家暴你了?"

"啊?不……"顾倾一愣,却是早有怀疑,医生看她和宫城的眼神很奇怪,她有些哭笑不得。

宫城家暴?之前在曼彻斯特,那个乔克打她的时候,他可是一拳就把乔克给揍倒了,看得出他十分讨厌对女人动手的男人。

女医生说:"你别怕,别袒护他,我帮你报警,帮你联系妇联,去那儿要说法,现在你身上的伤就是最好的证据,我们女人要学会自己保护自己,家暴只有零次和N次,你这种情况实在严重,一次都不能再忍。"

"我……"

"你老公看起来人模人样的,想不到是这种男人,真是人面兽心。"

"那个……"

"你千万别包庇他,赶紧离婚,你这么漂亮,不愁找不到男人。"

"……"

顾倾穿好衣服,也不辩解了,心中有种怪异的感受。

女医生说:"暂时没什么太大的事,就是一些跌打伤,我给你开两瓶跌打药油拿回去擦,擦不到的地方让你老公帮你擦,最好都叫他擦,让他知道身为男人要保护自己的女人这个职责,打女人的男人是禽兽不如的。如果今晚感觉到有什么部位疼得厉害,或是尿出血、咳嗽,再来医院检查,到时候就要拍片看有没有伤到内脏。"

"好的,谢谢。"

顾倾准备走,女医生又说:"顾小姐,如果真是家暴,你千万别替你老公隐瞒,要是改了主意,就赶紧报警,记得把身上的瘀青拍下来。"

"好……"

出了医生诊室,顾倾只觉得好笑。

宫城一直等在外面,见她出来且脸上带着笑,顿时觉得奇怪,拉过她问:"你笑什么?医生说了什么?伤势有没有很严重?"

顾倾笑着摇头,越看宫城关切的样子就越觉得好笑。

"你到底在笑什么?"宫城问。

顾倾"噗"地笑出来:"医生怀疑我被你家暴了。"

"什么?"宫城的脸色沉下去,整个人严肃起来,扭头就要往医生诊室去。

顾倾忙拉住他:"别,我喜欢。"

宫城看着她,又拧起眉头,看顾倾的眼神是不可置信:"你喜欢?喜欢什么?家暴?"千万别有这个喜好,他才不是会打女人的男人,并且看不惯那些对女人动手的男人。

顾倾摇摇头,嘴角不由自主上扬,带着些甜蜜感说:"我喜欢那个医生说……你是我老公……"那让她有家的感觉,一种很温暖的感觉。

宫城怔住了,定定地看着她。

"你刚说什么?"他内心以无人察觉的动静在涌动。

他迅速地把顾倾说的话提炼成最动人的一句——我喜欢你是我老公。

这句话让他可以清醒万年,可以睁着眼看她万年,永不闭眼。

他看着她面带羞意的脸,美得不可方物,忍不住捧起她的脸吻下去。

两人旁若无人地在医院走道上接吻,难舍难分。

那位帮顾倾检查伤势的女医生打开诊室的门看到,发出啧啧的叹气声,跟旁边驻足观看的小护士说:"现在的年轻夫妻啊,感情真是激烈,床头打架床尾和。"

一干小护士们看着宫城和顾倾接吻,像看着偶像剧才有的情节,全都红了脸。

沈黎直接开车回了自己家,下车时,她从陆景炎手中接过已经睡着的儿子,把车钥匙递给陆景炎,也不看他,冷冷淡淡地说:"你开我的车回去。"

陆景炎住的地方倒是不远,沈黎现在住在父母这边,两家人本来就都住在一个区,从小就常来往,这次沈黎跟前夫孟云轩打抚养权官司,她没让父母去就是不想让父母操心,儿子差点被孟家带去国外这个事,她自然也不会提一句。

陆景炎没接车钥匙,看着房子里还亮着的灯,觍着脸说:"我想拜访一下沈伯伯。"

鼻血虽早就止住了,但陆景炎的鼻头还是红红的,大衣的衣领上落了几滴血迹，他在车上用沈黎给他的湿纸巾擦拭，但没能完全擦干净，沈黎看着，这时才觉得自己下手重了。

她说："我爸妈早睡了，你快回去。"

陆景炎笑得很乖："那让我进去喝口水，我很渴，真的。"

沈黎把儿子往肩上托了托，知道陆景炎的心机："你开车回家也用不了多长时间，十几分钟就到家，渴不了这点时间。"

陆景炎突然捂住肚子就要往里走："不喝水了，我用个厕所就走。"

他的大衣衣领被沈黎伸手一勾，把他给拽了回来："别耍赖。"

别墅门开了，有人走出来，逆光的暗影照得背有些微微的驼，走出廊前陆景炎才看清，那人已经先开口，老年人的声音，带着些温厚，是沈黎那位已经退休的教授父亲，先认出了陆景炎："景炎什么时候回来的？阿黎你也是，都到门口了怎么也不请进来坐坐，进来进来。"

"沈伯伯！"陆景炎高兴，挣开沈黎揪着他的手，笑嘻嘻地钻进屋子里去了。

沈黎深深地叹了一口气，陆景炎真的变了，他的脸皮变得比以前更厚、更无赖。

沈黎父母当然欢迎陆景炎，于是陆景炎不但跟两老喝了茶，还吃了夜宵，跟沈母聊英国趣闻，最后又跟沈父下了几盘象棋，直到沈黎在楼上实在受不了，以吵到儿子睡觉为借口，把他赶走了。

宫城和顾倾从医院回别墅的路上，两人没怎么说话，但空气闻起来是甜的，顾倾脸颊还有些热，宫城说："明天我约奶奶，我们正式跟奶奶见个面。"

"嗯。"顾倾在座位上点头。

宫城扫了她一眼，嘴角忍不住扬了扬。

回到别墅，顾倾先去洗漱，之后是宫城，他一边用毛巾擦着洗过的头发一边打开主卧的门，以为顾倾会在床上，但是床上没人。

他走到次卧，敲了敲门，顾倾低低的声音传来："睡了。"声音低得像是蒙着一层被子从被子里发出来。

宫城觉得有些好笑，拉下门把手，门没锁，门打开时，一股跌打药油的气味扑鼻而来。床上动了一下，顾倾像是偷偷做坏事的小孩迅速拉过被子盖上脑袋，整个人窝在被窝里，一动不再动，以为她看不到宫城，宫城就能无视她。

宫城把擦头发的毛巾搁在椅子上，走过去立在床边："你一个人能睡着？"

"唔。"顾倾在被子里发出声音，"你出去吧，我擦了药油，这个药油太臭了。"

她整个人蒙在被子里，就是希望这个味道少发散出去一些，可是身上的味道聚集在被子里，快要把她给熏晕了，怎么就没有香一点的药油呢？为什么药油的味道都那么冲鼻子？真希望有人发明香水味的药油。

身上瘀青的地方也没有擦全，背后够不着，她只擦了手臂和看得到的地方。只是擦一点，那味道就叫她难以忍耐，像个骨质疏松的老人一般，这样子怎么可能跟宫城睡在一张床上？他不怕熏着？

"背上也擦了？"宫城问。

"擦……擦了。"顾倾胡乱应着，只希望他赶紧走。

宫城不但没走，还在床边坐下来："让我看看。"

他坐下来时顾倾感觉到床沉了一下，她心里也跟着沉了一下，急忙拽紧被子："不用不用，我没事的，该擦的都擦了。"擦不到的也不需要了。

"我看看。"宫城又说一遍，语气十分的耐心温和。

顾倾蒙着被子都蒙热了，感觉宫城没了动静，但知道他并没走，像座石雕一样坐在床边，她终是忍不了了，慢慢地把被子掀开，一张小脸蒙得通红，是热，也是害羞。

老天，她从来不知道，她竟然也懂得害羞，以前别人最常骂她的话是不知羞耻。

"靠过来。"宫城的手轻轻贴在床上，拍了拍身边的位置。

顾倾中了魔法一样移过去，眼睛却不怎么敢看他。

宫城牵起她的手看了看，也不知道那医生给的是什么药油，抹到的地方就有些淡淡的橙色，没抹到的地方就还是她白皙的肤色，身上哪些地方抹了油，哪些地方没有抹，倒是一目了然。

"背上我帮你抹油。"宫城记得孟云轩那几个手下可是在她背上踢了好几脚的，他看得很清楚，每一脚都像踹在他心口上。

顾倾暗暗倒吸一口气，呵呵笑起来："背上……就不用了，不碍事。"

就算有事也不能说啊，她刚才可是一直趴着睡的，就是因为背上被踢的那个地方还疼着。

宫城却一眼把她望到底似的，静静地看着她，什么都没说，空气中保持着至少一分钟的沉默，那种沉默让顾倾越发的心虚，好像她不给他看她的背，就是她自己的不是了。

许久，宫城深深看着顾倾的眼睛说："你以前能忍疼，是因为没有疼你的人，没有能帮你的人，需要自己照顾自己，但现在你有我，我希望你不要再忍了，疼了就及时喊出来。当然，我最希望的是你不要再受任何疼，今后你能受的，只能是我来疼你。"

顾倾眼睛一眨也不眨地看着宫城的深眸，心又以能被察觉的动静跳动起来，伴随着一种温泉般的温暖响彻整个胸腔，她鼻子突然有点酸。

从来，从来没有人跟她说过这种话。

尽管相处的时间不算很长，但她能感觉到宫城是那种不喜欢用语言表达情感的人,可他说了这么多,只是为了表示他的诚意、他的决心,她能接收到。

那一刻,两人之间好像不存在任何距离,你看着我,我看着你,心和心隔空依偎在一起。

顾倾什么都不再说,背对着宫城,脱下睡衣。

她雪白的背上的几块触目瘀青,顿时让宫城的心狠狠地疼了一下。他的手在她看不到的地方用力攥起来,又慢慢松开,伸手拿过药油,先搓热了手心,再把药油倒在手上,轻轻地贴在背后瘀青的地方,不轻不重地给她仔细揉着。

轻了怕药效不能渗入,重了又担心弄疼她。

揉擦完药油,顾倾觉得背后舒服多了。宫城擦完药油便转过身说:"把衣服穿好吧。"没有多看她的身体一眼,君子得不能再君子。

就算是给她擦药油的整个过程,他也没有二心,眼睛只是盯着她背上瘀青的地方,没有多余的其他想法。顾倾穿好了衣服,想来是自己多心,想着那些乱七八糟的事情了。

想到这儿,她又觉得羞愧,看也不敢看宫城,跟他道谢:"谢谢……"

"你还是想一个人睡吗?"宫城站起来。

顾倾抓着被子有些不敢看他:"那个,药油实在太臭了,这几天我就在这儿睡吧。"

"我不觉得臭。"宫城说。

顾倾抬眸,宫城的眼神让她没有后路:"那好吧。"她掀开被子下床来,他嘴角满意地弯了弯,眼里盛满柔光的星星。

尽管睡在一张床上,但这次顾倾却觉得有什么不一样了,她很难做到心如止水,能做的只是尽量让自己睡在大床的边缘,睡着最少的位置,裹着最少的被子,背对着宫城,一动都不敢动。

宫城如磐石一般躺在那儿,夜深人静,顾倾能感觉到他的平缓规律的呼吸，一种莫名的兴奋充斥着她的脑袋。

"我是不是没什么吸引力？"顾倾开口之后就后悔了，恨不得给自己一个嘴巴。

"嗯？"宫城发出不算含糊的询问声，看来也没睡着。

顾倾的声音小下去："我……衣服都脱了，你跟个医生看病人一样，毫无……算了算了，当我说胡话，睡吧睡吧。"今天或许是被踢到脑子了，她才会说这种话。

宫城却开口了，声音很清醒："你有吸引力，不管是穿着衣服还是脱了衣服。"

他可不想让她知道，两人睡在一张床上，他是活生生的男人，喜欢的女人就睡在身边，他要做到心如止水有多艰难。

顾倾头皮发麻，又裹紧了被子往床沿挪了一点，可她没想到已经没位置挪了，"咚"地滚落到地上。

"唔……"她发出一声闷哼，好在有被子垫着，地上也铺着地毯，没怎么摔着。

宫城打开灯，移过来撑着下巴在床边看她，嘴角勾起笑容，而后伸手把她给捞了上去。

次日宫茶集团的早会上，整个董事会都炸开了锅，股东们在会议室里吵得不可开交。

坐在执行董事位置上的宫城十指交叉搁在桌上，在两边吵得要掀翻屋顶的股东们之间，安静得像一座静静的分水岭，面色平静，目透幽光。

股东A愤愤指责："宫城啊宫城，执行董事把这个职位交给你，不是让你毁了宫茶集团的，你知不知道那片茶园对我们有多重要？你怎么不经过董事会同意就擅自让给宇氏建设？"

股东B憋了许久："我们跟那块地的茶农们整整交涉了五年！五年啊，花出去多大人力物力，他们的官司眼看就要成了，我们若是退出竞标,不就是双手把这块肥肉捧给宇氏建设吗?这下他们可就真的能水中捞月了。"

股东C连声叹气:"这事你真的欠考虑,也不是一个执行董事该做的事,等我们禀明董事长,你就引咎辞职吧,除非你还能把那块地拿回来。"

股东D口沫横飞:"那是不可能的,他都跟宇氏建设的宇韩峥签了退标合同,答应宫茶退出竞标,我们怎么还能拿到地?拿不到地,集团几十亿的融资,那就是小孩儿吹泡泡,儿戏了。"

在场的除了宫城,沈黎也沉默多时,见大家劈头盖脸地数落宫城,这个场景昨夜她已经预见了,她站起来道:"股东们请冷静一下,听听宫总怎么说。"

宫城脸上终于有了表情,抬眸看沈黎一眼,松开交扣的食指,脸色严肃,气势凛然地看着那群骚动的股东,平静地说:"宫茶不会失去那块地。"

股东们被宫城那气势震了震,都看着他,会议室慢慢安静下来。

"都退出竞标了还怎么拿?"

"就是就是。"

"虽然这几年你把宫茶运营得很好,但这事你也脱不了干系。"

宫城冷冷地看着他们:"各位放心,宫茶若是失去这块地,我自会引咎辞职,没什么事,就都散了吧。"他的声音还是一贯的冷,却很有说服力。

股东们摆摆手散去后,沈黎吊在尾巴,走到宫城面前,脸上有担心之色:"怎么拿回来?"

宫城抬头看她,知道她在担心什么,往椅背后一靠,淡淡一笑:"不偷不抢,光明正大地拿回来。"

他说着看看时间,起身整了整衣服说:"我该去接人了,今天还有很重要的事。"

顾倾在别墅收拾大半天，总算把自己给收拾好，化了妆，穿了裙子，却总还是觉得哪哪都不太对劲，口红会不会太艳了点？于是擦掉又换另外一支擦。这条裙子的颜色是不是不够亮？又叮嘱自己一会儿见着奶奶要多笑，要自然，要落落大方。

她着了魔一般挑自己毛病，过去从未觉得自己这么多毛病。

挑到后来，她索性就干等着，管他呢，反正宫城喜欢她，那就说明他眼光不赖。

那句"我确定我喜欢上你了"又在耳边回响起来，让人飘飘然。

宫城让她在家里等着，等他结束会议，会回来接她。

门铃响起来的时候顾倾心里也跟那门铃响声似的欢快，转念又想，若是宫城回来，他必然不会摁门铃，走到门边的脚步就放慢下来，在视频窗口里看到个也算熟悉的面孔。

一身很职业的黑西装，瘦瘦高高，不苟言笑，是从曼彻斯特回来那天，来机场接她和宫城的男人，宫家奶奶的专用司机，姓钟。

顾倾有些疑问，但还是打开了门，面挂礼貌微笑："钟司机，你怎么会过来？"

男人站在门口不进来，双手严谨地交握在身前，也礼貌地说："董事长请我来接顾小姐。"

"奶奶让你来的？"顾倾放下大半疑虑。

男人点点头，做个请的手势。

顾倾走出别墅时说："宫城说要回来接我，我给他打个电话，免得他白跑一趟。"

男人领顾倾走到车边，给她打开后座车门："不必了顾小姐，董事长会亲自跟宫总说的。"

这位钟司机的语气是很平缓的，但顾倾放下大半的疑虑又拾了起来，向来敏感多疑的她什么也不再说，脸上始终保持着礼貌的笑意，乖乖地坐进车子里。

车子开了将近一个小时才到目的地，看着像是西湖区，能看见湖景，但到底是不是西湖顾倾也不清楚，高高的院墙隔开街道那头的日常，白墙灰瓦，她被钟司机领进高大的正门，像走入一个不同时空，一间民国风的餐厅，进门就看到穿着旗袍在唱昆曲的班子，也不知道唱的是什么，绵绵之音不徐不缓，听起来更像是在讲一个古老而有韵味的故事。

顾倾进了一扇仙鹤屏风隔开的包间，宫老太太已经在里面坐着等了，宫老太太对顾倾抿唇仅限礼貌地一笑，招招手让顾倾过去。包间里除了宫老太太，还有宫城的嫂子何颂琳，她的脸色不是很好，连礼貌性的微笑都没有，板着面孔坐在一边，看也不看顾倾一眼。

"奶奶，嫂子。"顾倾打声招呼，左看右看，"宫城还没到吗？"

钟司机退了出去，包房里就只剩下她们三个女人。

何颂琳冷哼一声："我们与你无亲无故，别叫得那么亲热，太过亲热会叫别人误会。"

顾倾顿了一下，淡然地笑笑，不亢不卑："嫂子你误解了，我称呼奶奶和嫂子是人之常情，每个宫城的朋友，大概也都这么称呼你们，无非出于一种对长辈的尊重，我是个有礼貌的人。"

"你倒是伶牙俐齿，我们阿城就是被你花言巧语……"

宫家老太太出声打断："颂琳。"

何颂琳不再出声，端起茶杯优雅地喝茶。

宫老太太转脸对顾倾说："我从来都相信阿城看人的眼光，也相信顾小姐的人品，只是阿城离开我身边十年，我已经是一只脚入土的老人，当然希望他能觅得好姑娘，我好能早日抱到孙子，但我更希望他平安健康，任何能伤害到他的人和事，我是绝不会允许的。"

这一番话，让顾倾先前的疑虑得以证实，这跟宫城说要带她去见奶奶是两回事，这一番话说的，好像是拿住了她的什么把柄，可这之间发生了什么，她不得而知。她只知道，宫家奶奶的态度突然发生转变，定是发生了什么她不知道的事。

难道说，宫老太太暗中调查了她？

照理，不该这么快，按陆景炎的意思，宫城带她回国时给她的新身份，在英国是查不出什么的，若真要查，也要深挖，深挖至少也需要一年半载的时间。

顾倾的聪明是一点即透，她脸上仍保持浅淡的笑容，看着宫老太太说："奶奶的意思是，您觉得我是那个会伤害宫城的人？"

她早就做好了心理准备，也早就准备好迎接这么一天，尽管宫城和陆景炎的意思是要把她七年前在英国发生的那件事深埋，只是她没想到这天会来得这么早。

宫奶奶气质如古玉，声音里透着一种久远的深沉，缓缓道："不是我觉得，是顾小姐你就是个危险的存在，是座活火山。"

"活火山？"顾倾不太明白。

宫奶奶对屏风后面道："阿钟，把那位小姐叫进来。"

好像他们已经在屏风后面等候多时，顾倾一扭头，就看到了钟司机领着一人进来了，看到费娜那张熟悉得不能再熟悉的面孔，顾倾猛地怔住，心脏骤停，只觉得自己从曼城逃跑是昨日发生的事情，那些她抛在身后的画面，又排山倒海而来。

"费娜……"

费娜笑起来，笑得春风明媚："嗨，Gretchen，好久不见。"

那明媚之下，藏着些锋利到只有顾倾能看见的东西。

"你在中国过得很快活嘛。"

道路两边高大的梧桐树遮挡光线，落叶扫不尽似的风吹了又落。马路对面的湖，残叶浮了厚厚一层，像是落叶给湖水织成的花环,用于葬礼那种。街上没什么行人,偶尔几辆车子驶过,卷起的落叶在空中打个转,飘到顾倾脚边。

宫老太太和何颂琳已经离开,顾倾和费娜就这么站在街边,你看着我,我看着你。

费娜冷淡地说:"老爹说只要你回去,他不会追究你逃来中国这个事,那个成语叫什么……不咎的,老爹就是那个意思。"

既往不咎,顾倾在心里帮费娜补充,却没有说出口。

"我不会再回去,你让他别白费心机了。"

"Gretchen,你知道老爹对你一直跟对其他人都不同吧?他放谁走也不会放你走的,就算你逃到外太空他也会找到你,你看,中国这么大,他也只用了一个月的时间。"

"难道他还能把我绑回去?"

"不,老爹说你会心甘情愿地回去的。"费娜弯起双眼,笑里藏着些得意,"他让我转告你,如果你真要寻根,你在中国是寻不到的,你要是想知道你五岁那年发生了什么,想知道你从哪里来、父母是谁,你就回曼彻斯特去见他,他会告诉你一切。"

回曼彻斯特去见他,他会告诉你一切……

这句话像颗巨石落在了顾倾心里,拖着她的心脏一直坠落到地上。

"不可能。"顾倾冲着费娜喊出来,冷冷牵着嘴角掩饰自己的震惊,"老爹从没跟我提过我父母的事,他说他是在路边捡的我,我没有五岁前的记忆,他也根本不知道我从哪里来,这是他想让我回英国编出的话罢了,你也信?"

费娜冷静地看着顾倾,那种冷静透着一种让人寒心的冷,像剥开真相的残酷内核。

费娜说:"虽然我那时也只有五岁,但我记得很清楚,你不是老爹路边捡的。"

"你胡说,你从来就没跟我提过这个事。"

费娜继续说:"那是因为老爹不让我提,我记得很清楚,你是被一个女人送过来的,那个女人……"

"你闭嘴。"顾倾打断她,却像是想要阻止屠夫屠宰牛羊那样无力。

费娜看着她也像屠夫看着到了命运终点站的牛羊:"就算你让我说,我也不可能说更多了,因为我知道得本来就不多,剩下的必须你回到英国,亲耳听老爹说。"

顾倾觉得自己的血已经被放光了,身体冷得麻木,咬着牙齿说话:"我说了,我不会回去,你回去告诉老爹,我不寻什么根了,我就是我自己的根。"

她扭头就走,并且知道自己绝对不会回头再看费娜一眼,她从来就是个狠心的,没有什么不可以放下,血淋淋也要放下,英国她是不会再回去了。

费娜在后面喊:"顾倾,老爹病了,他活不长了。"

灵魂被拖住了一般,顾倾的身体立在原地,片刻不能动弹,这是费娜第一次喊顾倾的中文名,却一点都不亲切。一种莫名的酸楚从头浇灌到脚,那些她刻意回避的回忆被开了阀门纷纷涌入脑袋里,占得整个脑袋满满当当。

她当然知道詹老爹对她的好甚过其他孩子,很小的时候她就知道。

其他人都是三三两两地住在一起,而她很早就有自己独立的房间。她想吃的东西,只要跟味好美餐馆里的厨子说一声,就有人给她做。想要买衣服鞋子,詹老爹都让她自己去挑,回来随便报个账,多的少的他从不跟她计较。

大概六七岁的时候,他还单独带她去了伦敦的主题乐园,那天她玩得真开心,他笑得也真开心,她从没忘记过。

除了学川剧变脸,他也没对她有过什么太过分的要求,他对她不像对其他人,其他人总是被他呼来喝去,被他严厉管束,这也导致费娜总是对她不满。她也记得自己有次低烧不退，他陪在她身边三天没合眼，她每次睁开眼都能看到他关切地问她想不想吃点东西。

从小到大，詹老爹对顾倾的好顾倾都记着，同时她也知道他在禁锢她，不让她离开他身边一步，他甚至在两年前就有把味好美中餐馆交给她经营的想法。他也常跟她说："我老了，你现在开始学着，以后还要你来接手很多事情，我以后还要依靠你。"

顾倾大概就是从那时候开始频繁失眠的吧，她从来都不想被困在中国城，从来都不想被困在那间餐厅里，人生说长不长，说短不短。

"你骗我，我离开的时候，他的身体还很健康硬朗，他今年不过五十六岁。"

顾倾回头去看费娜，站在离费娜几米远的地方，一个能轻易走开且不会被追上的距离。

费娜低头轻笑："那是表面看不到的病，长在他肺部的东西，晚期了，医生说他最多活半年，你若不信，你就回去亲眼看看。"

沉默了一分钟之久，沉默得风都静止了，顾倾说："我不信，这些都是他想让我回去的谎话，你走吧，不要再出现在我面前，我不想再看到你。"

费娜的脸扭曲起来："你真以为你能嫁给宫城，从此像是辛德瑞拉和王子在中国幸福快乐地生活下去？你别做梦了，你的事我全告诉了宫家那位老太太，你以为宫家能容忍一个坐过牢的女人，一个故意刺伤别人的女人？虽然老爹说你是自卫，说你是为了保护自己，但我知道，你这个人有仇必报，你是故意刺伤乔克的，为了给死去的芬芳姐报仇。"

顾倾被钉在原地，像被人夺走声音，一句话都说不出来。

"你说错了，是我要娶她。"

宫城是什么时候走出来的，顾倾没有察觉，但他的声音带着温度，穿透她的身体，让她终于能有些知觉。

她偏头去看他，他眸中的光像黑夜里行车的车头灯。

他伸手过来牵她，把她的手紧紧握在手里，牵起她就走。他握上她手的那一刻，顾倾像是失明的人不知所措地站在十字路口，手中突然多了行路的拐棍。

费娜在后面冲她喊："Gretchen，你一定要这么狠心吗？把你养大成人的老爹就要死了！如果你改变主意，就到四季酒店来找我。"

顾倾背后如中冷箭，浑身发冷，脚步沉重，她用力地抓着宫城的手，直到车子驶离，坐在副驾驶座上的她才后知后觉地看到宫城抓着方向盘的手背上被她抓出的红痕。

"我们去哪儿？"她缓和了些，问他。

"去见一个日本来的人。"宫城说。

他说着，扭头回来，腾出一只手握住顾倾放在膝盖上的手说："关于我母亲的事，我想全部告诉你，你愿意听吗？"

顾倾怔怔地看着他，不知道该说什么，只感觉心里被灌进一股暖流，沉甸甸的。

Chapter 17
还未分离就开始挂念

尽管故事惊心动魄，宫城却叙述得很平静，很多次顾倾都忍不住用力抓紧了自己的手臂，她无法想象宫城经历了那么多，那些沉重的过往压在他身上，他却长成了一个心灵纯粹的人。

她也知道为何宫老太太要说那种话，不让任何人伤害他。

宫城说："在日本那几年，我母亲会在晚上出去工作，我从没睡过一个安稳觉，只要她出去，我会在床上睁着眼睛等她回来，只要清晨听到她的高跟鞋在门口响起，我才会安心。时间长了，我也不知道我到底是睡着还是没睡着，梦游症的病源大概是那时候埋下的。"

"你怎么哭了？我还没有哭你哭什么？"

宫城扭头来看顾倾，发现她不知何时已经泪流满面，他的脸色还是那么平静，看着她，嘴角勾着淡淡的干净笑容，那笑容可以静止时间，让人安宁。

顾倾破涕为笑："我没哭，就是眼睛有点痒。"

"我看看。"宫城伸手捧起她的脸凑近了看。

当他那张好看的脸逼近，顾倾脸颊不由发热，宫城轻轻地勾了勾嘴角，双手用力，把顾倾的脸蛋挤得像个河豚。顾倾呜哝着瞪他，不安分地挣扎要脱开，他抱着她的脑袋往前一倾，在她嘴上啄了一下,她就安分了。

"咚咚"的声音从耳后传来,有人敲车窗,顾倾惊了一下,从宫城的双手中挣扎出来,扭头看到陆景炎贴近车窗的一张大脸,正奋力地想透过黑色单向膜观察车里的情况。

车窗打下来时,陆景炎那张脸看到车里两个人挨得那么近,顿时眯起眼睛,不怀好意地笑道:"你们有那么饥渴吗?见缝插针地搂搂抱抱,考虑一下我……"

"好好说话。"顾倾伸手揪住他的领带往车里拽。

陆景炎顿时呈个大字被卡在车窗上鬼叫求饶:"哎哎,我不说了,不说了。"

宫城则在一旁笑着,他就喜欢顾倾这暴脾气。

"赶紧的,荒木桑在等着呢,宫城,赶紧叫你媳妇把我给放了。"陆景炎朝宫城投去求救眼神,顾倾的力气真不是一般姑娘那样,差点能把他给拽断气了。

"好好说话。"顾倾听到"媳妇"两个字,手里更用了些力,旁边的宫城也没有制止的意思,她知道他们是一丘之貉,在陆景炎断气之前把他领带给松开了。

荒木先生个头不高,体型微胖,穿着一身因为长途飞行而压得有些褶皱的西装,和顾倾想象中的私家侦探不太一样。顾倾想象中的侦探应该像雷蒙德·钱德勒笔下的马洛侦探或者柯南·道尔笔下的福尔摩斯,穿着长风衣,性格或硬汉或古怪避世。

眼前的荒木先生看起来是那种普通得随处可见的中年人,路上随便一个中年男人身上都有他的影子,沉默寡言中略带一点刻板印象,或许这样反而利于他这个职业。

或许普通,才能真正无声无息地藏身人群中;或许普通,才是侦探这个职业最需要的伪装。

他见到宫城便及时起身恭敬地鞠个躬,对随后的陆景炎点了点头致意,看到顾倾,他的脸色变得有些谨慎,直到宫城用日语开口道:"没关系,她是我的人,值得信任。"

几个人在房间的沙发上坐下来,荒木先生从一个也很普通的黑色公文包里取出几份文件递给宫城,双手递上的动作很谨慎,像是在递送发烫的东西。

顾倾并不懂日语,看到宫城脸色严肃地翻阅文件,并不知道上面传达了什么样的信息。

两个人对话的内容听起来也非常深奥,因正好站在宫城身后,能瞥见文件上一些中文字眼,"身份""案件""死因""重新调查"等,不知为何觉得紧张。

"辛苦你亲自来中国一趟。"宫城冷静地收起文件。

荒木脸色严肃地说:"宫城先生,我这次来中国,被人跟踪了,我在日本的时候他们就已经盯上我,对方是中国人,我想他们的目标应该是你,你需要谨慎一些。如果重新调查取证,案件曝光后会对你不利,你确定要这么做吗?"

陆景炎精通日语,宫城沉思着还没说话,他整个人几乎要跳起来用日语问:"被跟踪了?什么时候开始的事?"

"他们也是很专业的人,我发现自己被盯上是两个月前的事,但我估计他们更早之前就盯上我了,至少已经有半年。"

陆景炎用英文骂了句脏话,宫城看了他一眼,起身对荒木说:"我知道了,多谢提醒。"

三人送走了荒木,陆景炎余气未消,在房子里不耐烦地走来走去:"这事不用说,我也知道是谁干的,竟然派人到日本去调查跟踪,他们到底想做什么?"

顾倾听不懂日语,所以荒木走之前说了什么她完全是一头雾水,只是那荒木临走前还很有礼貌地跟顾倾躬身致意,此刻看到眼前暴跳如雷的陆景炎,听他说着什么"调查跟踪",她心下还是有些着急,恨不得之前有人同声传译。

宫城淡淡地说道:"大约是之前我找人调查那起车祸的事

被宇韩峥知道了,他想要用同样的手段对付我,他若想查就让他查去吧,我的事并没有什么好担心的。"

"什么车祸?"顾倾更是被围困迷雾。

陆景炎拿起桌上的茶壶给自己的茶杯斟满,连续灌下两杯茶才说话:"宇韩峥竟然派人到日本调查宫城母亲的事情,他们想干吗?"

顾倾这才注意到荒木和宫城面前的茶杯里的茶一点都没动,她抬头看着宫城,宫城一言不发地也盯着面前的茶杯,茶早凉了,他似乎在深思着什么,眼神游离在那茶水的色泽中。

"我要去一趟日本,尽快把我母亲的事情处理好。"宫城修长的手指捏起茶杯,浅浅地抿一口冷茶又放下,语气过于冷静,对宇韩峥调查他母亲的事并不放在心上。

陆景炎惊讶地挑起眉毛,他那张俊脸总会出人意料地扭出很多丰富表情:"你疯了?你明明知道回去重新开启调查,不仅对你,对整个宫茶集团……"

他说到这儿,看了一眼旁边的顾倾,及时地刹住话。

宫城把冷茶倒了,手法娴熟地重新滤了热茶。他泡茶的手法十分优雅,像是在电视上看过的日本人泡茶的手法,不疾不徐。他把滤好的茶放到茶碟上递一杯给顾倾,说道:"顾倾已经知道了,我都告诉了她。"

"哈?都知道了?"陆景炎看向顾倾,那眼神还想要深挖什么,恨不得把自己长在顾倾身上,对于顾倾和宫城之间的所有事情他都好奇。

顾倾接着热茶抿了口,点点头。

宫城伸手把陆景炎正要噘嘴喝的茶杯从他手中夺下:"你先出去,我有话单独跟顾倾说。"

"咱们三人之间还有什么话是不能一起说的?"陆景炎一点都没有要先走的意思,厚脸皮地凑身上去,一只手撑在桌上,不正经地冲着宫城和顾倾笑。

宫城没笑，表情纹丝不动，却散发隐隐的冷气。

"得得得，我走，我走。"陆景炎败下阵来，摆摆手，不甚乐意地离开了。

顾倾忍不住摇头笑起来："他真的好八卦。"

宫城伸手把顾倾手上的茶杯拿下来放到桌上，双手握住她的手，把她拉到身边坐下来，认真地看着她："我去日本处理些事情，至少需要一周时间，你乖乖等我，哪里都不许去，手机保持开机状态，我会随时联系你。"

顾倾张了张口，正要说话，又被他打断了："詹老爹的事，等我回来我们一起处理。"

他仿佛能看透人心，顾倾还能说什么呢，也就乖乖地点了点头。

宫城母亲当年的案件，如今有了新的人证和物证，当年放火一事，宫城从来不信他母亲会做出这样的事情，这也是多年来他让荒木调查的原因，如今事情有了转机，他定然要亲自过去替母亲翻案。

走出宫茶集团，宫城正和沈黎交代公司事情，陆景炎把顾倾拉到旁边，一本正经地问："顾倾，你老实告诉我，我这个人怎么样？"说话时目光不时往远处的沈黎瞥去。

"嗯？"顾倾意外地看着他，自信到以为自己就是宇宙中心的陆景炎会问出这种问题，真是"活久见"了。

"你嗯什么？说呀，我到底怎么样？"陆景炎是个急性子，提了问，一秒都等不得答案。

顾倾偏头看着正在和宫城说事的沈黎，故意折磨着陆景炎的急性子，用一种树懒般的慢动作吞吞吐吐地说话："这个嘛……嗯，怎么说呢？你吧……要说好还是不好，很难用一两个词概括，我得想想……"

　　陆景炎果然更着急了："你赶紧说啊，我有什么优点，除了人帅钱多，这些我本来就有的你就别说了，就说些你的心里话。"

　　"……"顾倾在心里翻个白眼，这货果然还是以宇宙为自我中心般自恋。

　　她确实想出那么一两个词，准备脱口而出，眼角瞥到一个熟悉的身影从门外人流中走过，让她整个身躯为之一振，整个人都定在了原地，脸部表情瞬间凝固。

　　"怎么了……"陆景炎刚发现顾倾不对劲，她已经冲到马路上，不顾往来车辆的危险，"喂，顾倾！你去哪儿？"

　　宫城和沈黎听到动静都转头过来，看见顾倾正以逐鹿的速度跑出宫茶大厦，追着什么而去，宫城脸色一沉，也大步地追了出去。

　　"出什么事了？"沈黎走到陆景炎身边。

　　陆景炎边走边说："不清楚，说着话她突然就跑出去了，好像是看到了什么人。"

　　"人？"

　　沈黎跟着往外走，下班高峰时间，有人从旁边窜出来险些撞上她，她被陆景炎往后一揽，及时地避开了危险，整个人都靠在了陆景炎胸前。她仰起头去看他，他深深的目光看得她心头突然一热，但她很快就又平静下来，离开他的胸膛，理了理身上的香奈儿套装，故作镇定。

　　陆景炎若无其事地淡淡挑了下眉，实则观察着沈黎的反应，心里有些窃喜。

　　大厦外面，追着顾倾去的宫城早已没影。

　　人流如织，夕阳最后一抹余晖落入高楼大厦之后，天空像倒扣的青灰色蛋壳。

只是一眼，只是一眼而已，但顾倾不会认错，那个人是戴维。

费娜已经来了中国，那么戴维和她一起来不是没有可能，可他为什么不跟费娜在一起，为什么要在暗处观察？为什么不直接来找她？他是被詹老爹派来的，还是自己过来的？

绿灯通行，十字路口的人流像流水线上密集的产品流动，顾倾看着那道背影扎入了人流中，一瞬间就像滴水入河，她则是被流水打得团团转的浮萍，找不到方向。红灯亮起来后，她看到那道背影正挤在对面街道的人流中匆匆穿行，她提步追过去，左侧传来刺耳的汽车喇叭鸣叫，胳膊被人从后一拽，被拉了回去，车子惊险地从她身前擦过，只差毫厘就撞上她。

回头，看到宫城严肃的脸，她才清醒过来。

街道对面，那道身影早已消失不见，刚才的一切都像是一场幻觉。

难道是自己看错了？顾倾又开始怀疑自己。

"怎么了？"宫城把她拉到路边的安全地带，克制着关切。

顾倾不甘心地环顾四周，直到宫城有力的大手稳住她不安的肩膀，让她正面看着他。

"我看到了一个熟人，我不知道他为什么出现在这里又不来见我。"顾倾说。

"是戴维吗？"

顾倾真的佩服他，他怎么能做到那么平静？

"你怎么知道是他？"

宫城淡淡地笑了笑："你在这里的熟人，除了我和陆景炎、沈黎几个，还有谁呢？"

他真聪明，顾倾看着他冷静的面孔，不安的心也慢慢平静下来。

从费娜出现，跟她说老爹身患重病将不久于人世之后，她就心神不宁，那句"把你养大成人的老爹就要死了"一直回荡她的在耳边。

"你什么时候的飞机去日本?"顾倾已经开始舍不得他了。

真奇怪,她从未对一个人这样,还未分离就开始挂念。

"今晚。"宫城拉她靠近一些,"我已经交代了沈黎和陆景炎,你有什么事都可以找他们两个,有什么需要,你就给我的秘书Ben打电话,他会帮你处理。"

顾倾心中又涌过一阵不安的躁动,从前在曼彻斯特漂泊无依,在遇到宫城之后她有了安定的感觉,现在她开始害怕失去那种感觉。

我是不是太贪婪了?她在心里问自己,然后伸手穿过宫城的手臂下用力抱住他,把脸埋在他的胸膛里:"我舍不得你,一分一秒都舍不得。"

宫城怔了怔,感到前所未有的高兴,也用力把她揽在怀里。

路边行人往来,侧目观看他们,他们却全然不在乎,这一刻没有什么能把他们分开。

陆景炎和沈黎找出来,终于在路口看到了在马路边抱在一起的两人。

沈黎驻足看了一会儿,转身就走,陆景炎追了上来:"一起去吃饭?我肚子饿了。"

"你自己去吃,我不饿。"沈黎径自往前走。

陆景炎甩不掉,嬉皮笑脸地靠上去:"不管饿不饿,到点就该吃饭,一个人吃饭多没意思,我五年来都是一个人吃饭,我受够了。"

沈黎轻轻哼一声,停下来瞥他一眼:"五年来一个人吃饭?我看不见得吧,你在英国夜夜笙歌,我也听闻不少,你陆景炎是什么人我还不了解吗?你从来不会让自己无聊。"

陆景炎没有生气,越发高兴:"你打听我?原来你有关注我在英国的动静,你还是关心我的是不是?"他越说越高兴。

沈黎没理会他，但是也没有不让陆景炎跟着，见他屁颠屁颠地跟在身后，像小时候总是黏着她，她莫名就有些好笑，同时也有些感慨。

感慨一个人怎么会有那么多的热情，持续投入在另一个人的身上，这么多年来陆景炎对她兴趣不减，五年的分别也不能浇熄他的热度，她就觉得自己对他太苛刻了些，顿时心软下来。

"想吃什么？"

陆景炎以为自己听错了："啊？"

"不说那就算了。"沈黎步子更快一些，嘴角却勾着一些戏弄的笑意。

果然，陆景炎惊喜又慌张地跟上来："说，我说，我想吃沈伯伯做的红烧鱼，我已经很多年没吃了，我想起来就流口水……"

沈黎停下脚步，瞪他一眼："不要得寸进尺。"她就知道这家伙心思多着。

陆景炎狡猾地笑起来，还故作委屈："那是你自己问我想吃什么，这就是我最想吃的……"

沈黎叹了一口气，逆着路灯的光亮看他，发现他真的长得高大又英俊，五官褪去了几年前那种少年感，变得棱角分明，那双桃花眼少了过去的纯净，却多了一丝深沉，他真的不是昔日那个她眼中单纯的小跟屁虫了。

看他那张脸久了，她竟也会心头一热。

陆景炎看着沈黎，知道自己的要求得逞，忍不住在心里打个响指。

"吃过饭就给我滚回你家去，不许在我家逗留。"沈黎无可奈何，拿出电话拨给父亲，"爸，今晚景炎跟我回去吃饭，他想吃你做的红烧鱼。"

陆景炎像得到心爱礼物的小孩，两眼冒光，兴奋得快蹦起来了。

沈黎看着陆景炎那双桃花眼里一点都不懂克制的欲望,这种欲望他只在看着她时才会有,忍着想揍他的心情把他领上车。

晚上顾倾送宫城去机场,回来的路上,Ben开车送她回别墅,等绿灯时Ben递过来一份文件:"宫总给你安排了一个职位,你看看,有兴趣可以试试。"

顾倾怔了怔,接过文件翻看,是宫茶集团对外企划部的翻译工作,待遇走的是公司流程,她心里又暖了一下,不由觉得好笑,他是怕他离开的这段时间她无聊,给她找事情做呢。

Ben边开车边说:"宫总对顾小姐真好。"

顾倾看他说话没说完,知道他是等着她的进一步询问,就顺了他的意思:"怎么说?"

Ben是被宫城教育过的,不要打扰顾倾,她问他才可以答,不问他不能乱说话,可是看到自家老板对女友实在太好,但顾倾看起来又一直那么冷漠,担心她不懂得自家老板的好。

"宫总早就计划给你一份工作,他从英国回来之前就让我着手这个事情,翻译部当时有个人员正打算离职,但是手续没办妥,所以没有马上安排上。"

顾倾怔怔地听着,原来,在他带她回国前,就已经打定主意要照看她。

她何德何能遇到他,可以把她的一生都安排好,又给她自由选择的权力。

电话响起来,看到宇韩峥的名字,顾倾接通,他在那头用他一如既往的温柔声音说话:"可否见个面,有些话想说。"

电话里不能说清楚?这句话到了喉咙又让顾倾吞了下去,因为宇韩峥报出的见面地址是医院,挂掉电话后,顾倾让Ben掉头,Ben没有问任何问题,照她说的去做。

到了医院,宇韩峥已经在等着,他见着顾倾,露出的温和笑容已经让顾倾觉得有些不一样，或许是那晚在火车站，他和孟云轩一起出现，那种想要毁灭什么的气息让顾倾有些不适，不适一直持续到现在见到他，温暖的笑容也不能冲淡他和宫城是两个对立的商业阵营这个事实。

谁让宫城是顾倾的男人，她这人护短，她会无条件地站在她喜欢的人这边。

"顾小姐，需要我等你吗？"Ben问，眼神有些不安地看着不远处的宇韩峥。

"好的。"顾倾回头对他笑笑，那笑容有安抚的作用，有一瞬间Ben突然明白自家老板为何会喜欢上顾倾这个女人。

Ben把车子开去停车场，在驾驶座上休息等待，大概过了半个小时，车窗传来敲动的声音，他睁开眼，看到顾倾在车窗外面朝他招手微笑，他急忙清醒过来，给她开门："顾小姐，你和宇……你这么快就谈完了吗？"

顾倾浅浅地笑，那笑容里又没有什么多余的情感，让人猜不透，她点点头："没什么好谈的，三言两语也就讲完了，现在你送我回别墅吧，我有些累了。"

夜色有些深了，越往别墅区开越是寂寥无声，车子里很安静，顾倾闭眼一路，却没有睡着，只想着宇韩峥带她去见了躺在床上的植物人宇心蓝时和她说的那些话。

宇心蓝拖着苍白得不成人形的身躯，可以看到青色血管的近乎透明的皮肤，长长的黑发，安静地躺在那儿，戴着呼吸机，像个睡美人，这种状况持续了五年，如今因为宇心蓝身体机能的原因，医生已经建议宇家停掉宇心蓝的呼吸机，她几乎没有可能会醒来，但宇韩峥还在苦苦坚持。

"为什么要带我来看她？你想说什么？"顾倾对躺在床上的宇心蓝毫无感情，她想起陆景炎跟她说的，宫城调查过宇心蓝车祸的事情。

"之前是我唐突,带你来这儿,希望你能理解之前我的语言行为。"

"我没有放在心上。"

说的是真心话,她的梦早醒了,她从对宇韩峥那个虚无缥缈的梦中清醒过来,他虚无缥缈的温柔,一直在曼彻斯特那栋公寓里,她却一直抓不到。

清醒后,她就不必去抓了,此刻她更是确定。

"宫城让我知道了什么是爱情,过去的不过是少女的悸动。"顾倾向来很坦诚。

宇韩峥扭头看她,苦涩地笑笑:"宫城确实很在乎你,我认识他很多年了,从来不知道他可以这么在乎一个人。为了你,他连下跪都愿意,他很怕失去你。"

心里"咚"的一声巨响,顾倾猛地扭过头来,眼中透出一股犀利的剐人的光:"等等,宫城下跪?"

她没办法想象那个画面,以为自己听错了。

宇韩峥的表情淡然而略显错愕:"怎么,你不知道?"

"为什么?"她瞪着宇韩峥,那样子好像不得到一个确切的答案就不会罢休。

宇韩峥垂了垂眼帘又抬起来:"因为是我让他下跪的。"

远远地,已能看到别墅,车子慢了下来,Ben 的声音把顾倾飘远的思绪拉回:"顾小姐。"见顾倾一时没应,他又喊一声,"顾小姐,别墅门口有个男人,你认识吗?"

车子开近一些,顾倾往前看去,路灯下人影的轮廓渐渐清晰起来,她的思绪又凝固住了。

戴维……

她没有认错,在宫茶集团大厦外观察她的人就是他。

"我认识。"

几分钟后，Ben把车子开走，车道上再无车子经过，入了冬，天灰灰的，树木萧条，冷风吹进了骨子里，湿冷湿冷的。顾倾看着戴维，戴维也站在那儿看着她，他的表情复杂，目光哀愁，昔日那种阳光灿烂的气质也随着气候一般变得阴翳。

那种阴翳让顾倾想起在曼彻斯特的日子，她一生都想要远远逃离的地方。

"顾倾姐……"

他只是开口喊顾倾的名字，那股哀愁就从他的唇缝中流淌出来："老爹真的不行了……"

东京羽田机场，航班起飞回国前，沈黎给宫城发来了好消息，茶园那块地如他们所想，焕星投资中了标，沈黎在视频里说："宇氏建设的人在现场全都呆住了，你没在场看看他们的嘴脸真是可惜。"

宫城对这个消息并无太大反应，因他早就成竹在胸，他从不做没把握的事，汇报到最后，他问："她怎么样，工作可还顺利？"

沈黎在视频那头笑："就知道你要问她，她那么聪明的女孩子，在哪里都不会吃亏，这点你倒是放一百个心，翻译的工作她做得也很用心，八面玲珑的心思跟人相处自有一套。她都没跟你说吗？"

"说了。"宫城语气淡淡的。

沈黎听出他有些不对劲，在视频那头沉默一会儿，问他："有什么不对劲的吗？"

她不指望宫城会说出什么，毕竟他从小就是个心思不外露的人，什么都不会轻易跟别人说，他们最开始认识的那几个月，他一句话也没说过，沈黎还以为他是哑巴呢。

果然，宫城不再多吐露一个字，点了点头示意，挂断了视频。

他去日本十天，除了几天通讯不方便，剩下的时间每天会和顾倾视频通话,就是她看起来一切都太正常,反而让他觉得不太对劲。

四个小时的飞行,飞机落地杭州,手机刚能接收信息,陆景炎的电话就打了进来,接通后,陆景炎心急火燎地说:"宫城,我到机场了,你赶紧出来,奶奶辞退了顾倾在宫茶的工作,让人把顾倾带回茶庄关着了,非要她跟你划清界限,老人家根本不听我的劝,现在都不让我进茶庄。"

宫城淡淡地敛起眉头,语气是一贯的冷,脚步却迈得很大:"马上出来。"

奶奶把顾倾辞退,关在茶庄?为什么这么突然?

刚走出机场,陆景炎的车子就滑过来,猛地在他脚边停下。秘书Ben来接机,慌慌张张地追过来却被宫城打发回去,他一脸严肃地坐上陆景炎的跑车,车子轰鸣而动。

"到底怎么回事?"此前宫城拨打顾倾的电话,已无法拨通,茶庄那边也无人应答。

陆景炎拧着眉头专注地开车,把他多年来玩赛车的劲都给使出来,奈何有些路段堵车,车子久久没有挪动,他恨不得自己开的是宇宙飞船或穿梭机器。他瞥了一眼旁边的宫城,宫城看着倒是挺淡定,他想到一句古话,皇帝不急太监急,但是想想又不对,呸,什么太监,不吉利。

"我怎么知道,奶奶早上大阵仗去了宫茶,亲自把顾倾给辞退后就带走了,沈黎毫无办法,你这边联系不上,她打电话让我去劝劝老人家,可奶奶让我吃了闭门羹。"

"这不像奶奶的行事作风。"宫城冷冷地说。

车子上了高速,陆景炎的脸色终于好了一些:"不会是奶奶查到了什么吧?七年前顾倾在英国伤人坐牢……"

"之前她已经查到了,但也没有动静,况且,她不是坐牢,她是未成年自卫伤人,被送进管教所管教两年,跟故意伤的人性质不一样。"

陆景炎沉默了一会儿，有些犹豫地开口："你，确定她不是故意伤人？"

关于顾倾当年刺伤乔克一事的缘由，回国之前他已经给宫城查清楚了，据说是为了一个叫叶芬芳的已经自杀的女人，跟顾倾同是詹老爹收养的孩子，叶芬芳比顾倾大几岁，曾跟乔克交往几年，自杀后的尸检报告显示她肚子里还有个胎儿。

两人在曼彻斯特，也是见识过顾倾的狠，那姑娘狠起来无人能及。

宫城也突然沉默下去，脸色刷上一层浆一般，接下来的路程，两人都没再说一句话。

车子拐进茶园，冬季的茶园没有活力，宫家庄园远远看去沉寂在山野之中像头随时会醒来驱赶来客的巨兽。这里是宫城从小长大的地方，除去在日本的那几年，他一直生活在这里，对这里太过熟悉，这一次却觉得有些陌生。

甫一靠近，房子里便传来一道刺耳的尖叫声。

宫城和陆景炎快步走进别墅，一眼就看到了躺在楼梯下呻吟的宫家老太太，急忙赶过去，视线拾级而上，楼梯上面，是一脸惊恐地捂住嘴巴的何颂琳，还有冷漠地傲视一切的顾倾。

顾倾的脸，冷漠中带着刺一般的尖锐，那么陌生，刺痛了宫城。

刚才那一声尖叫，是何颂琳发出的，此刻她颤颤巍巍，既惊恐又愤怒地朝顾倾走过去，大声质问："你疯了吗？你竟然推奶奶下楼？你这个恶毒的女人！"

然后，她扬起手，一巴掌重重地甩到顾倾脸上。

顾倾定定地站在那里，好像早已做好准备要接受这一巴掌，她冷冷地勾着唇角，冷翳的眸子俯视躺在楼梯下的老人，冷冷地用一种近乎沙哑的声音一字一句地说:"谁也不能禁锢我,我要去哪儿是我的自由,你们宫家,我从来不稀罕。"

她说这些话时,看也不看宫城一眼,但所有人都能感受到她眸子里的冷,像锋利的兵刃。

场面太过突然,宫城和陆景炎愣住了,一时都失去了判断,直到推着轮椅过来的宫圳开口:"快查看一下奶奶的伤势,阿城,景炎,你们两个愣着做什么,打电话叫救护直升机,直升机来之前,去把谢医生找过来。"

宫城这才回过神来,第一时间走去奶奶身边,把奶奶从地上抱起,一行人跟在他身后,把宫家老太太送回起居室安顿好。

陆景炎看了眼楼梯上的顾倾,一时不知道说什么好,也不知道先要做什么,只是用力地叹了一口气,紧紧跟在后面,往宫家奶奶的起居室去。

何颂琳气急了眼,她无法相信顾倾会对一个老人做出这种事情,一巴掌还不够解恨,用力一推,顾倾没来得及反应,整个人就从十几层台阶上滚了下去。

天旋地转之间,她想着,要是这么结束就好了。

Chapter 18
要她亲口对我说

没有结束。

天旋地转之后,疼痛才刚刚开始。

顾倾从地上爬起来,哪里传来的痛感她已经不想去查看也没法具体查看。何颂琳站在高高的楼梯上,意识到自己冲动推顾倾下楼而有些恐慌,前一刻还恐慌地盯着顾倾倒在楼梯下,后一刻看到顾倾从地上没事人一样爬起来,她脸上的恐慌散去,松了一口气,同时觉得还不够解气。

陆景炎正要出来找顾倾问清楚宫老太太的事,他不相信顾倾会做出推老人下楼的事情,宫城现在的心思都在宫老太太身上,他要亲自来问。

他刚走到大厅,就看到顾倾从楼梯上滚下来的一幕,一时震惊,回过神冲过去时,顾倾已经从地上站起来,对他伸出去的手也没有碰,自己扶住了楼梯站稳,冷冷地说:"我没事。"

她脸色苍白,苍白且泛着一种近乎死灰的冷,肌肤也是苍白无血,扶着楼梯站在那儿休息半分钟,扬起下巴往外走去。

"顾倾,你去哪里?"

陆景炎一面想要搞清楚事情的前因后果,一面又担心她的身体情况,在后面跟上她,但她走得飞快,步子又快又坚定,似

267

乎能一直走到天际，永不回头。

庄园这边偏僻，根本没有任何公共交通。顾倾走出庄园，整个人就置身在漫山遍野的茶园之中。茶园的主路一眼望不到尽头，但顾倾不管了，她只想远离，她有信心，就算靠双脚，就算要走一天一夜，她也会走下去。

身后的脚步声快速跟上来，顾倾的胳膊被人一拽，又传来刺骨的疼痛。她的脸色倾轻微变了一下，停下来，看着拽着自己胳膊的陆景炎喘着粗气说："你要去哪里？你不能就这么走了。"

顾倾抽回自己的胳膊，退开两步拉开距离："我要去哪里是我的自由。"

她的动作，在陆景炎看来，又回到了在曼彻斯特的情况，表面与你周旋，内心冷酷，然而现在她连表面的周旋都不屑了，呈现的只有冷。

陆景炎平缓了一下气息，有些心疼地看着她，也有些着急："当然，每个人去哪里都是每个人的自由，但你不能就这么一走了之，你告诉我到底发生了什么事，不管什么事，我相信都可以解决。宫城从小跟我一起长大，我知道他是什么人，他也不会就这么让你走的，他对你怎么样，难道你不清楚吗？"

顾倾抱着胳膊看向陆景炎，语气里充满轻蔑："那又怎样？我把宫老太太推下楼，就这么简单，我有前科，我不是个好人，跟你们不是一个世界的人，远离我对你们都好。"

她说完扭头又往前走，陆景炎追上两步跟在后面："你要走也等我把车开过来好不好？你想去哪儿我送你，跟你相处这些日子，你是什么人我心里有底，总之你不能这么敷衍我。"

这些敷衍他都听出来了，若是宫城也肯定能听出来，顾倾身上一定发生了什么事。

顾倾走了几步，想了想停下来，表情仍是冷冷的："好，你送我去机场，我要回英国。"

"回英国？"陆景炎一震，他觉得更不对劲了，"等等，到底发生什么事了？"

如果他没记错，顾倾当初是拼了命地想来中国，如今又拼了命地想回英国，一定是发生了什么事，他再想追问，身后突然传来动静。

黑色车子从庄园那边驶过来，很快在顾倾和陆景炎身边停下，驾驶座上是宫家的司机老钟，宫城则坐在副驾驶座上，他冷着脸打开车门下来，看也不看陆景炎，眼睛只看着顾倾："我们谈一谈。"

顾倾看着他时，心里会传来钻心的疼痛，那疼痛一直从她的胸口穿到整个后背。他太高了，可以感觉他的目光把她从头罩到脚底，她眼睛只盯着他肩膀上面的方向，目光空洞，用终结者般的语气说："不想谈。"

空气从空中慢慢沉落到地面，风云光色，花草落叶，一切都变得沉重起来。

陆景炎很自觉地要往车上去，留给宫城和顾倾空间，他的手刚触碰到车子门把手，顾倾的声音在身后响起："一切都是假象，不信你可以问陆景炎，早在曼彻斯特时他就与我达成协议，他有意把我安排在你身边，我也有意靠近你，我不过是对中国太好奇，想来中国看看，但来了之后，发现不是我想象的那样，这个世界的城市大同小异。"

宫城只是听着，什么都没说，他扫了一眼旁边的陆景炎，那眼神看得陆景炎浑身发凉。

打败冷漠的，是更冷漠，宫城的眼神一点点剥掉顾倾身上的冷，她开始变得有些不耐烦，越过陆景炎，拉开车门对驾驶座上一脸平静的司机说："老钟，麻烦你送我回去。"

她准备上车时被宫城扣住了手腕，语气是平静温和的，却几乎是一字一句地重复："我们谈谈。"他手的力度不算大，但顾倾知道她挣脱不开。

陆景炎二话不说直接坐进车子里，仿佛车子外面是另外一个世界，不见硝烟的战争世界。

车外，顾倾和宫城僵持着，宫城没有松开手，顾倾也无动于衷，嘴唇抿着，那意思已经很明显，她不愿再开口，从此对着宫城她要做一个哑巴。

过了许久，宫城先松了手，顾倾手腕有微微发麻的感觉，远处，太阳正一点点往山谷外落去，傍晚的茶园仅有一些不知名飞鸟的鸣叫，很快又沉寂下来。

宫城敲了敲驾驶座的车窗，老钟把车窗打下，宫城对他说："你送顾小姐到她想去的地方，陆景炎，你下来。"

他的语气出奇的平静，直到顾倾坐上车，直到车子驶远消失在茶园远方的道路上，他才从将晚欲晚的天色中收回目光，往回走。

陆景炎有点摸不着头脑，不知道他们两个到底要怎么解决这件事情，他跟在浑身都散发着恐怖冷漠的宫城身后解释——

"你真信了顾倾说的那些话？我承认，当初是我刻意把她安排到你身边，她回国之后我让她无论如何都要留在你身边，但我绝无恶意，我跟你这么多年，我害过你吗？我就是觉得她这冰锥一样的性子能凿开你这个冰块，才让她去接近你，但你们两个相处得怎么样，这我能干涉吗？你们要是各自都对对方没感觉，还能纠缠不清这么久吗？宫城，你好好想想吧。

"你不觉得哪里奇怪吗？顾倾虽然演技毫无破绽，但奶奶的演技未免有点差。拿钱走人，这种坏女人的戏码不是太明显了吗？你又不是第一天认识顾倾，你难道不知道她是什么样的女人？"

陆景炎说了很多，宫城淡淡地插了一句，没什么表情，语气里也听不出任何情感，比新闻播报员还冷，像在陈述一个事件：

"你别忘了,在游艇上第一次见她,她就是个骗子。"

"宫城你……"陆景炎顿了两步,又跟上去,越急越说不好,"反正我不相信她是那种人,那对她有什么好处?"

宫城继续冷淡陈述:"她一开始接近我们,就是有目的的,她说得没错。"

"总之我不相信,我相信我对顾倾的直觉,沈黎跟我说她喜欢顾倾,她觉得顾倾身上有种很通透纯粹的东西,那是隐藏在她冷漠外表下面的本质,若不是这样,她不会那样拼命去帮沈黎留住儿子……"

宫城终于停下脚步,他眼神淡漠地扫过来:"你觉得,我会比你了解她更少吗?现在是她先放弃,我不想强求她留下,在我身边,她可以来去自由。"

"她亲口跟我说她喜欢上你了,她绝不是轻易放弃的人,为什么会放弃,你也好好想想吧。"陆景炎气得要跳脚,过去他觉得宫城聪明绝顶,但任何人在爱情里总是容易失去理智,就算是爱因斯坦也不例外。

爱情是不能用科学来丈量的东西,这世上若真的存在什么魔法,那只能是爱。

"你说什么?"宫城拧眉认真地看着陆景炎。

"我说她不是轻易放弃的人。"

"不是,前面那一句。"

陆景炎想了想,恍然大悟,便把那次和顾倾在车上的谈话说了,顾倾亲口对他说过,她说她喜欢上了宫城。她的感情从来不会外露,如果她说喜欢宫城,那就是非常喜欢。

太阳已经完全落到茶园山头那面,天像蒙了一层抓不到也看不清的近乎透明的靛青色纱布,那纱布渐渐加重色彩,直至整个山谷都落入浓郁的黑色染料中。

夜,从未这么暗。

车子驶在回宫城别墅的路上,顾倾怔怔地扭头看着窗外很久很久,久得驾驶座上开车的老钟好几次从后视镜里看她,她都保持着那个姿势,眼睛一眨也不眨。

"顾小姐,到了。"

车子停了片刻,顾倾还是没有动,老钟忍不住提醒她。

顾倾回过神来,茫然的面孔上的两只眸子失去了光亮,她茫然地打开车门下车,茫然地跟老钟说了声谢谢,车门"砰"地关上时,老钟的声音也被关在了车子里,他说的是:"顾小姐,你还好吗?"

但顾倾听不到,她转身往别墅走,茫然地输入密码进屋。

其实她不必回来,自从宫城将护照给她后,她就一直带在身上,她可以就这么回曼彻斯特,就像当初不顾一切地来中国一样。

打开屋子里所有的灯,她环顾屋子里的一切,两分钟后,她捂着脸蹲下来放声痛哭。

哭声回荡在整个屋子里。

哭了两分钟,她缓过来了,擦干眼泪站起来,像没事发生一样,眼睛又亮了起来。

从小到大,至少是五岁之后,她给自己的身体进化出一套排忧解难的系统方法,上一次哭是在曼彻斯特机场以为自己错过和宫城一起回中国的机会,再上一次是芬芳姐自杀,而上上一次,她忘了。

顾倾啊顾倾,不许再哭了。

她告诉自己,就像宫家奶奶说的那样:"爱他,就放手吧。"

这个世界有时就是以一种诡异的巧合作为开端,以平淡无奇作为结束。

门外,因为不放心顾倾而走到门口的老钟,听到了那长达两分钟的哭声,并不是撕心裂肺的,而像是从遥远的地方传过来的一曲悲伤的大提琴乐声,没有什么此起彼伏的哭声,听着却让人心碎。

老钟在门外深深地叹了一口气,何必呢,跟老太太演这一出戏,她的演技未免太好了。现在她就像是戏份结束后的演员,还沉浸在自己的角色中无法自拔。

茶园,宫家庄园,屋子里透出明亮温和的光,太安静了,明亮温和的光也显得有些冷。

宫城推开宫老太太主卧的房门,两个照顾的用人就默默地退了出去,宫家的家庭医生已经检查完毕,这会儿正在收拾血压仪,见着宫城进来,医生一边收拾一边说:"现在已经没事了,直升机那边已经叫他们取消,好在老太太身子骨还算硬朗,除了一点擦伤没有大碍,不用担心,老太太什么风浪没经历过。"

"谢医生,你先出去,我有话跟奶奶说。"

谢医生看了看在睡觉的宫老太太,他知道老太太没睡,宫城自然也能察觉,也没说什么,收拾好东西就出去,并把门给带上了。

偌大的主卧里,只剩下祖孙两人,宫老太太躺在床上一动不动,身上半盖着毯子,侧着身,呼吸轻匀,看起来是睡着了。

宫城走过去床边立了好一会儿,看着奶奶银白色的后脑发丝,她的头发永远是一丝不苟的,就算是从楼梯上"滚下来",头发也是一丝不乱,他淡淡地开口:"好了奶奶,我知道你没睡,别装睡了。"

床上的人没有动,宫城就耐心地等着,一分钟一分钟地过去,宫城的耐心极好,好得他可以把自己融入空气中不存在似的,让躺在床上的宫老太太产生了错觉,以为他已经离开。

于是老太太把头稍稍地扭过来,看到宫城还站在那里,像做了坏事被人逮住,突然扶着腰先唉声叹气地喊疼,好像她动了是因为疼:"哎哟疼……"

宫城依旧耐心地站在那儿，唇边露出一丝看破一切的淡笑："奶奶，别演了，你真的不适合演戏，连陆景炎都看得出来你在演戏。"

顾倾是个戏精，她确实骗过了他，这让他很恼，但时间并不长，他向来擅于察言观色，从细微处找破绽，奶奶的头发就是破绽，被推下楼的人，头发一丝不乱，说不过去。偏偏这场戏的时间上演得太过巧妙，什么时候不发生，偏偏在他回到家的那一刻发生。

破绽太多了。

"哎哟疼啊，谢医生呢，快叫他进来……"宫老太太哀声更重，看起来反而是在掩饰自己的心虚，她真的不擅长演戏。

宫城就耐心地立在那儿看她继续演，知道自己演不下去了，她重重叹了一口气，转过身来看着宫城，语重心长地说："奶奶是为你好，奶奶做这一切，都是为你好。"

房间里一瞬又变得安静下来，整栋屋子也很配合似的全部安静下来，像浸入了水中。

过了好一会儿，宫城的声音慢慢浮出水面，清澈且有力："我爱顾倾，我跟她在一起，觉得很安心，前所未有的安心，我能感觉到，她在我身边，她也很安心。奶奶，你没见过她睡着的样子，当她沉睡时，她的睡颜是我这辈子见过的最美好的东西。"

他想要一辈子都能看到顾倾安睡的脸。

他的声音让整栋房子和整个房间都浮出水面，窗外不时有夜莺的鸣叫，一瞬又安静下来，宫老太太看着宫城，心口有些堵："阿城，你不能和她在一起。"

"为什么？你不喜欢顾倾吗？"

"不，不是的，奶奶喜欢顾倾，第一次见就莫名地喜欢她，她身上有种东西很真诚很难得。"

宫城想笑，如果奶奶知道顾倾在曼彻斯特的所作所为……

宫老太太是发自内心地喜欢顾倾,当她提出要顾倾离开宫城时,顾倾很平静地说:"如果我就这样离开,宫城或许不肯轻易放手,我知道一个办法,需要奶奶一起配合,或许能让他对我死心。"

她想得很周全,她的办法,就是宫城回到庄园时见到的那一幕,何颂琳也被瞒过了,所以才有后来何颂琳歇斯底里地质问她并推她下楼的那一幕。

顾倾的演技很好,是宫老太太演技太糟了。

"你喜欢她,为什么又说我们不能在一起?"宫城问。

宫老太太再次深叹了一口气:"她的家族有遗传性精神病,她的母亲……"

宫城深眸一滞,眉心中间淡淡地拧出一条细线,不自觉地拢了下手指,前因后果都得到了很好的解释。

他转身便匆匆走出宫老太太的卧室,老太太忙撑起问他:"阿城,你要去哪儿?阿城。"

宫城走得极快,身影很快消失在门外,似一阵决绝的风。

"来人,来人,给我拦住他!"宫老太太的声音从后面传来。

夜更深了,宫城走到大厅时,宫圳推着轮椅慢慢滑过来,似乎专门在等着他。

"大哥。"宫城放慢了脚步。

宫圳把轮椅滑到一个说话舒适的距离停下来,却不急于开口,他只是看着宫城,淡淡地笑着,他的笑容是宫城觉得很暖心的事物之一。从小到大,宫圳这个大哥在宫城心中都有很重要的位置,表面上他们兄弟不多说话,那是因为心知肚明的默契,无须多说。

"阿城,这些年辛苦你担着宫家的这副重担,我……"宫圳低头看了一眼自己无法挪动的双腿,深深地叹了一口气,无力地在膝盖上握住拳头。

宫城走过去,把滑落了一些的薄毯拉上来仔细给宫圳盖住双腿:"我是宫家的人,我只是做我该做的事,大哥和奶奶安好,我也安好。"

宫圳叹口气:"这么些年,你一门心思放在宫茶集团,好不容易遇到……唉,奶奶是担心你,担心你再遇到你母亲那样的人……"

"我知道,我也理解。"宫城淡然一笑,冷静地接话,声音是一如既往给人安定的平稳,"但恰恰是我母亲那样的人孕育了我,我相信她。"

几个用人匆匆过来,想要阻拦宫城,却一时犹豫着不敢上前。

宫圳脸色一沉,扭头对着他们几个,声音一瞬变得威严:"下去!"

用人们面面相觑,讪讪地点点头下去了。

宫圳扭头回来,脸上又恢复了和煦,对宫城道:"去吧,我已经让人把你的车开过来了,顾小姐是个好姑娘。"

宫城走出屋子,老钟正开着车子滑入庄园,慢慢在他脚边停下,老钟下车来,恭敬地打了声招呼。

"安全送她回去了吗?"宫城问。

老钟点点头。

宫城拉开自己车子的驾驶座车门正要上去,老钟又开口:"少爷,有件事……"

"你说。"

"我送顾小姐回去时,因为担心她的状况停留了一阵,听到她哭了,那哭声是我听到过最让人心碎的哭声……"

宫城停顿了片刻:"她还在别墅?"

"我回来之前,她还在,现在不知道……"

老钟话没说完,宫城已经坐上驾驶座,驾车离去。

车子驶出茶园的长路,远远看着,车灯如流星划过。

国际航班信息在屏幕上显示，距离登机还有几分钟时间。

候机厅这儿戴维给费娜和顾倾买了咖啡过来，费娜不情不愿地接过，厌恶地看了戴维一眼，那种厌恶并不是发自内心的，只是一种刻意的埋怨，她一边喝着咖啡一边不满地说："老爹也真是，派我打前阵，知道我会输，又派了你在后面跟来，真不知道他为什么要搞得那么麻烦。"

她一边抱怨着，一边也深知，以她一个人的力量，是说不动顾倾回英国的，顾倾是个狠人，从小到大她就知道，顾倾狠起来无人能及。

可是她也好奇，戴维到底跟顾倾说了些什么，能让顾倾这么快做出决定。

算了，费娜喝着自己手中的咖啡，看着一旁眼神茫然的顾倾，不知为何有点替她担心，从来机场到现在，两个小时了，她一句话也没说，只是怔怔地盯着某个地方。

真不像那个无所顾忌的顾倾。

戴维递给顾倾咖啡，她摇摇头，继续盯着某一个地方看，他注意到她盯着的是显示屏上的时间，时间一分一秒地跳过去，登机时间就快到了。

偶尔，她的目光会移到外面的停机坪上。

"顾倾姐，登机时间到了。"戴维提醒她，喊了两声，顾倾才回过神来。

她拎起随身的一个小挎包，斜挎到身上，头也不回地朝登机口走去。

"她没事吧？怎么来一趟中国像变了个人。"费娜望着顾倾的背影说。

戴维摇摇头，在心里叹了一口气。

当一个人被爱情穿身而过，就是这样的。

当一个人热爱一片土地却不得不离开，也是这样的。

费娜紧跟在戴维身边，压低声音问："喂，你到底跟她说什么了，为什么她会这么快做决定？我知道你在我后面也去找了宫家老太太，你又跟宫老太太说什么了？"

戴维没有说话。

来中国之前，詹老爹把他叫到跟前说："我接下来跟你说的事，不到万不得已，不要告诉顾倾，不要告诉任何人，去吧，去中国把她带回来。"

机场国际航站楼大厅，宫城和陆景炎正在咨询航班情况，陆景炎拍了拍宫城的肩膀："你看那个男人，快看，是不是有些眼熟？"

咨询台的服务员对待两个大帅哥十分耐心，也不敢正眼瞧他们，瞧一眼脸就通红了，她把自己查到的航班信息都告诉了他们。宫城被陆景炎的声音打断，朝他指的方向看去，只看一眼，便抬腿疾步走过去，近似于飞奔的姿态，快速地走到那人面前，一把揪住了他。

戴维被人猛地从后面揪住，他回过头看到宫城严肃而有些怒意的脸，怔了一下，反倒是旁边的费娜先反应过来，夸张地跳起来跟宫城叫嚣："喂，你想干吗啊，快松手。"

"顾倾去了哪里？"宫城直截了当地问，那语气和神态，容不得人不回答。

费娜转着眼珠子，戴维给她使了个眼色，那眼色也被宫城看到了，她推开宫城，把戴维拉到一边，气呼呼地冲宫城说："你干吗呢，顾倾她回曼城了，你要是想找她，就去曼城找吧，冲我们发什么火呀？"

陆景炎也追上来了："我们查过飞曼城的航班，今天只有一班，中午的航班，早飞走了，中午顾倾还在杭州，她不可能在那架飞机上。"

之后，宫城冷漠地开口接着说："半个小时前倒是有一架航班飞往约旦首都安曼，不过是中转航班，顾倾的名字在那架航班上。安曼可以中转许多城市，她不一定会回英国，如果她回英国，你们为什么不跟她一起回去？我只需要你们告诉我，之后顾倾会从安曼飞去哪里？"

他已经松开了戴维，戴维面色迟疑且不安的神色完全被他收入眼底，现在他不用担心，也更加确定顾倾不会飞回曼城，找不到她，让他焚心。

费娜脸上有些被拆穿的泄气，但她不服气且故作镇定地说："你怎么知道她不会从安曼中转去曼城？正是因为今天飞曼城的航班已经没有了，所以她才会飞安曼中转，要是她到了安曼临时起意飞其他地方，那是她的事，我们哪能知道那么多？至于我们，我们好不容易来中国一趟，中国这么大，当然要到处去玩玩啦。"

"你说。"宫城没有再看费娜一眼，目光直直地看向戴维，这个从始至终没有说过一句话的大男孩，相比第一次在曼城见他，宫城觉得他在短短的日子里成长了不少。

"下雪了。"

旁边有人轻呼一声，很多人扭头去看，大厅大面大面的玻璃墙外，在机场明亮如昼的灯光下，星星点点的雪花飘落，远看像雨，轻飘飘的雨。

杭州城今年的第一场雪。

戴维也扭头看过去，他微微垂下头，又抬起头来直视宫城冷漠的目光，在那样的目光中，他没法说谎："她确实是飞去了安曼，但之后会中转去哪里，不管你信不信，我不知道。"

那是詹老爹给顾倾的安排，除了詹老爹和顾倾，没人知道。

宫城心里猛地紧缩，他在戴维的眼神中看到一种刺人的失落，戴维没有说谎。

"你怎么可能不知道?你……"

陆景炎还想上去问个清楚,被宫城拦下,他语气沉沉似飞雁坠落:"我们回去吧。"

费娜望着那两个天兵神将一般的男子并肩走出机场,在后面有些不解地问戴维:"他们不会真信了你的话吧?你说不知道顾倾要从安曼中转去哪里,是骗他们的吧?"

戴维目光落寞地看向费娜:"我是真的不知道。"

"不会吧?那老爹到底要带顾倾去哪里?老爹也活不了太长时间了,医生说他最多活两年,他不会是要带着顾倾隐居直到死……"

"别说了。"戴维打断她。

费娜却没有要停下来的意思:"从小到大,我就觉得老爹对顾倾的态度不同于我们,他对顾倾是真的好,我常常怀疑老爹是不是喜……"

"别说了!"

戴维突然朝费娜大吼起来,他声音惊到了旁边的路人,路人纷纷看过来,费娜也被吓得脸色苍白。意识到自己失态,戴维平复了心情,收了些口气,恼怒地看着费娜说:"你什么都不知道,就在这儿乱说,他们的关系才不是你以为的那样。"

他说着,一脸气闷地快步走出机场大厅,费娜被吼得怔怔发愣,过了一会儿回过神,又追着戴维过去,一边追一边喊:"我不乱说不就行了嘛,你等等我呀。"

"你放弃了?"

出了机场,陆景炎带着几分遗憾试探性地问。

宫城没有回应他,对着开车过来接他们的助理Ben说话:"想办法查安曼机场今晚到明天所有的航班,查出顾倾在哪一趟航班上。"

Ben 有些茫然："安曼？国内有叫安曼的机场？"

陆景炎皱着眉头叹了口气，觉得这个任务艰巨，但还是好心地给 Ben 解释清楚："约旦首都安曼，那个安曼阿利亚皇后机场。"连他都知道，安曼阿利亚皇后机场号称全球中转枢纽，每天起降无数航班，要在那些航班中找到顾倾真正的目的地，犹如大海捞针。

Ben 倒吸一口凉气，脸色僵硬："这……"

陆景炎的手搭在他肩膀上，不轻不重地拍了拍，以示安慰。

雪渐渐大了起来，飘落的雪粒子变成了指甲盖大小的雪花，落到地上的瞬间就融化了，白雪融入黑夜里，已经起飞的飞机也融入了黑夜里。

宫城一夜未眠，他站在别墅的落地窗前，望着院子外高高的灰色围墙，第一次觉得这个房子那么空洞，又那么压抑，他甚至不想走进房间，房间里顾倾若有若无的气息正在一点点消散，他担心一开门，她所有的气息就会消失，再也感受不到。

很快，那种空洞和压抑从脚涌到头顶，又从头顶倾泻下来，全部堵在胸口。

很快，胸口传来刺痛般的感受，那种刺痛从前胸一直穿透到背后，让他几乎不能呼吸，他抓起桌上的水杯，想喝口水，一股黏腻浓稠的压抑从胸口涌上来，透明的清水瞬间染上鲜红，像一朵鲜红刺眼的玫瑰盛开在水中。

门口传来门锁解锁的声音，宫城心脏一提，太着急扭身回去确认，整个人撞在了桌子上，发出了噼里啪啦的声响，他为求平衡，手掌压在了杯子上，整个人几乎跪倒在地上。

正走进来的陆景炎，正好看到这一幕，他整个人呆住几秒，急忙冲过去。

宫城靠着陆景炎，沙哑低沉的声音仿佛从地心钻出来，不断重复着:"我以为是她,我以为是她回来了,我以为是她……"

陆景炎从没见过宫城这么狼狈又失态的样子。

隔天在医院,陆景炎陪宫城做完全身检查,再三跟医生确认他没有任何健康问题,才松口气。

沈黎问他:"你真见他吐血了?"

陆景炎很肯定地说:"千真万确,好端端的人怎么会吐血,你说要不要换家医院检查?"

向来沉稳冷静的沈黎也露出了犹豫的神情,她印象中的宫城,铜墙铁壁一样坚不可摧,甚至对自己的身体管理十分严格,听陆景炎形容昨晚他倒下的样子,她完全想象不出来。

金戈铁马摧毁不了的男人,几乎要被一个女人摧毁了。

沈黎深深地叹了一口气,她觉得自己算是个绝情的人,可是跟顾倾相比……顾倾现在身在何处呢?她真的一点都不惦记宫城吗?

"你在想什么?"陆景炎靠过来问。

沈黎收回思绪,脸色又像风云散去一般冷静。

宫城从医生办公室出来,他高大的身影穿着灰色的长风衣外套,像一片巨大的阴云移动过来,脸上没有什么表情,和往常一样不苟言笑,修长的手指一边整理外套一边走过来,询问沈黎公司事务,像是什么都没有发生,除了手上包着绷带,是昨晚手掌压碎杯子导致的割伤,他却像感觉不到疼痛,照例用受伤的手去整理衣服。

"茶园那边今天有结果了吧?几点公布?"

沈黎没有及时反应过来,跟陆景炎对视一眼,两人都有些不安,随即小步跟上去,汇报茶园的收购情况:"还有一个小时公布结果,一切顺利。"

宫城走得很快,意识到沈黎慢了半拍,他停下步子扭头看她:"有什么事吗?"

陆景炎摸着脑袋快步走上来，难以开口但还是开口了："阿城……你，你确定你昨晚没有撞到脑袋？有没有失忆什么的，要不要换家医院再检查一下？"

"失忆？"宫城冷淡地扫他一眼，像看个智障，"我看需要检查的人是你。"

"可你昨晚吐血了……啊……"

陆景炎被沈黎踩了一脚，示意他闭嘴别再问了。

她当然知道陆景炎想问什么，作为最亲密的朋友，陆景炎着急，焦虑，他想问宫城是不是就此放弃了顾倾，想知道宫城是否被消失的顾倾伤得很深，想问宫城到底好不好。

她也是宫城的好友，她何尝不想知道？

因为宫城的好与不好，从来不会流于表面，从来。

一个小时后，三人回到宫茶大厦，数天之前对宫城冷眼相待恨不得把宫城撵出董事会的股东们在看到宫城后，脸上都带着敬畏和显而易见的奉承。

他们纷纷迎上来拍马屁——

"宫总果然厉害，茶园那块地到底是被我们拿下了，您要早说有这么一招，我们哪里还会跟您急得眼红脖子粗的？这下宇氏建设那边可要气急败坏了。"

"他们怎么也不会想到，宫总让陆家那边出手，又从陆家手上拿了回来。"

"就是就是，宫总大人大量，千万不要计较那天会议上我们说的那些混账话，宫茶这几年在您的带领下，收益显著，今后我们将继续追随您的决定。"

"宫总脸色不太好，发生什么事了吗？"

宫城脸色冷漠地穿过他们，走进办公室，沈黎随后跟上。

办公室门关上后，宫城坐在办公桌前处理文件，头也不抬地说:"我明天飞曼城,宫茶这边的一切事务都交给你代理,茶园的地我们虽然拿到了,但宇氏建设和孟云轩吃不到一点甜头,不是那么容易罢休的,你跟他们打交道多注意些。"

"我知道,你安心去吧。"沈黎一身职业正装,脸色冷静地立在那儿,过了一会儿,她开口,"陆景炎跟你一块去吗?"

宫城抬起头来:"怎么,你希望他跟我一块去?"

沈黎的眼神有些不自然的飘移:"有他跟着你,我放心些。"

宫城淡淡地轻笑一声,笑容很快隐匿:"其实你很了解他,他这个人表面看着不正经,但做起事来很用心。这次茶园那块地也多亏了他的帮忙,但你知道陆家那边和宇氏建设交好,他们也不愿得罪宇氏建设,如果不是景炎回去求陆伯伯,答应去负责陆家在南美的项目……这也是这次他不能跟我去曼城的原因。"

沈黎明亮的眼神一瞬间凝固住:"他……他要去南美负责项目?"

"嗯,短则一年,长则三年,过几天他就出发了。"

"他……他没跟我说……"

沈黎的目光垂到地板上,眉心微微地拧起来。

"他只是没找到机会跟你说吧,也不知道怎么跟你开口,问你愿不愿意带着子游跟他去南美待一阵,他知道他问了可能也是白问。"

沈黎落到地板上的目光又拾起来:"他想让我跟他去南美?"

桌上的文件签好了,宫城收起钢笔,把文件整理到一边,修长的手指交叉搁在桌上:"你这些年一直在工作,几乎没有休过假,如果你现在想休假,我会批一个很长的假期给你,你什么时候愿意回来了再说,至于你想去哪里,是你的自由。我去英国之后让你代理宫茶的事,你也不需要担心,你不在,我自然可以有别的安排。"

"不,我不会离开的,我也不想休假,你放心地去英国吧。"

沈黎眼神坚定，又恢复了她一贯的冷漠。

宫城什么也不再说。

这时助理 Ben 走进来，面带难色："宫总，安曼机场的航班我没能查到……"

"知道了，这本来就不是谁都能查到的。"宫城淡淡地应一声。

沈黎点了点头，似乎在跟宫城确认一次她不会离开宫茶，转身退出去。

晚些时候，宫城给陆景炎打电话："我帮你问了，沈黎拒绝。"

陆景炎在那头长长地叹气："我就知道。"

不习惯安慰别人的宫城安慰他："但我觉得沈黎并不是没有心动，她只是不擅长表达。"

陆景炎哀天悲地了一阵，又振作起来："这么多年我都过来了，还怕撑不过这两三年吗？宫城啊宫城，我有时候觉得我比你苦多了，至少顾倾亲口跟我说她喜欢你。"

"不算。"

"什么不算？"

"我要她亲口对我说。"

Chapter 19
回到逃离的地方

曼彻斯特中国城的夜,夜空比杭州更深,中国字的招牌是这里的特色,有一点民国时期大上海滩的影子,漂洋过海又变了色,夜深时分看,似梦似雾,缥缈易碎,人深陷其中,要时刻保持清醒。

宫城一身黑,双手插在风衣衣兜里,驻足在味好美中餐馆对面的街道边,如雕塑一般动也不动地立了许久。四天了,味好美中餐馆仍旧是整片街区唯一黑灯暗影的建筑。

一辆黑色的雪佛兰轿车缓缓在宫城身边停下,驾驶座的车门打开,穿灰西装的男子配着夸张花色的领带,领带上大团大团的艳俗花朵,戴一副黑框眼镜,恭恭敬敬地从车上下来,是上次宫城来曼城时接待他的张代理。

"打听清楚了?"宫城冷淡地问。

"您让打听的我全都打听了。"

"说吧。"

张代理看了一眼街道对面的味好美中餐馆:"餐厅是上个月中旬关的。我托人查过医院的记录,詹朗年确实得了癌症,但确诊后他没有留在医院治疗,人不知道去了哪里,英国有名的肿瘤科室就那几个,都没有詹朗年的名单。但可以肯定的是,他没有离开英国,这是原来在味好美餐馆厨房工作的一个员工透

露的,他说詹朗年怕坐飞机也怕坐船,有出行恐惧症,八九岁来到英国后他就再也没离开过。"

"顾倾呢?"

"那公寓我派人盯了好几天,照你来之前吩咐的一直盯着,但从未见顾小姐出入,倒是詹朗年收养的另外几个已经长大的孩子,一个叫戴维,一个叫费娜,我见他们出入过几次。"

"除了公寓,这几天你盯着戴维和费娜两人,记录他们每天的行踪。"

"是,我照宫总吩咐的去做。"

"还有,我在这边的所有事情,不许透露一个字回国内。"

张代理诚恳又郑重地点头,天冷,他往双手哈气,搓了搓手心,嬉皮笑脸道:"这个宫总放心,我这人嘴巴牢实。宫总现在回爱德华酒店吗?要不要我送您一程?"

他的嬉皮笑脸让宫城有些生厌,那是精于生意场上的人常有的嘴脸,心思敞开一半遮蔽一半与人周旋,宫城并不是完全地信任他。

"不用,我想一个人走走。"

"夜深了,街上有些危险,您小心些。"

宫城不再说话,又深深地看了一眼对面门户紧闭窗内漆黑的味好美中餐馆,深眸眨也不眨地盯着看了两分钟之久,随后双手继续插在兜里走入更深的街道暗影中,黑色的身影很快与暗影融为一体。

张代理望着那背影,又回头望了一眼餐馆的方向,摇了摇头自言自语:"为个不知什么来路的女人,值得吗?"

雪佛兰随后也滑出街道,街道上车辆行人寥寥,中国字的霓虹招牌逐一灭去,建筑里的灯光也相继灭了些,只剩高高的路灯下斜斜的长影和昏黄路灯营造的昏黄光线。

距离味好美中餐馆不过百来米距离,中国城街道深处另一栋五层建筑,外观似老旧的普通居民住宅,印度人和中东人出入频繁,楼上顶层一扇窗口垂着白色窗帘,透出昏黄的灯光。

雪佛兰滑出街道后,那扇窗户的灯光调亮了些,接着白色窗帘被拉开,一道苗条纤细的身影印在窗户上,伸手把窗户打开一道缝隙。

"外面的天真冷,这样吹风不好。"

顾倾一边把窗户推开一边说,身后的床上,詹老爹身上半盖一条厚厚的羊绒毯子,身边立着各种医疗器械,血压心率监视仪、输氧机器、输液器械等。

詹老爹轻咳一声,笑声低哑:"屋子整日整日闭着,像个棺材盒子,偶尔也开开窗让人透透气罢。"

"屋里有换气系统,十年前你让人装修时装上去的,你得的是癌症又不是健忘症,你忘记了?再说,这窗子我也从没见你打开过。"他讨厌窗口,喜欢封闭的环境,这些顾倾都知道。

詹老爹又轻咳一声,还是笑:"我不是怕把病气传给你嘛,这屋里暖气开得太足了,透透气也好,也好。"

顾倾走过去扶起詹老爹,在他背后多加一个枕头让他舒服地靠着说话,声音不冷不淡:"如果癌症能传染,地球早就末日了。"

"哎,我说不过你,你这嘴巴从小就不饶人。"詹老爹笑。

他笑着笑着,又起了干呕的反应,胸膛起伏着,手用力一挥,条件反射地想要拍胸口,却不受控制地打翻了桌上的陶瓷花瓶。顾倾急忙过去,像受过训练,手脚麻利地扶着他的背,帮他拍背顺胸口,从抽屉里抽了新的吸管放在水杯中,递过水让他吸了几口,最后把吸氧管给他套到鼻子上,扶他躺好。

詹老爹重新靠在床头,总算缓了过来,可他似耗尽了大半的力气般虚脱地靠在那里,那早已剃光了头发的头颅上戴一顶贝雷帽,顾倾伸手帮他把帽子调整好不至于遮挡住他的视线,他靠在那里,目如死灰,胸膛高高低低地起伏着呼吸,保持着那种状态许久许久。

　　许久，詹老爹开口，声音比适才更加虚弱："他又来了是吗？第四天了吧，我看他明天还会来，找不到你，他不会罢休的吧？"

　　顾倾蹲在地上自顾地收拾，收拾刚才詹老爹手忙脚乱中碰翻的陶瓷花瓶，这间屋子里的陶瓷都是价值不菲的真货，陶瓷是詹老爹最喜欢收藏的古董，其次是和田玉。

　　花瓶是唐三彩的，很小的时候顾倾就见过，白色瓶身，上面绘着侍女骑马图，侍女侧坐在马上吹笛，闭着眼似乎十分陶醉。詹老爹总是把这花瓶摆在能看得见的位置，此前是他那狭小封闭的办公室桌上，现在是床边的床头柜上，花瓶不插花，就那么摆着。

　　如今花瓶碎成三部分，侍女的脸从中间裂开，看上去很凄惨。

　　"可惜了。"

　　顾倾苍白纤细的手指捏着一瓣瓷片，手指肤色几乎和白瓷一样白，她怔怔地盯着吹笛侍女一半的脸，不轻不缓地叹息着，虽是叹息，那叹息里却没什么感情，像自嘲时的低笑。

　　"顾倾，别收拾了，没什么可惜的，小心割伤手。"

　　詹老爹虚弱地喊了她两声，她才反应过来，把碎成三瓣的唐三彩花瓶放到桌上，好像放到桌上，它们就能自己组合恢复完好。

　　"你打开书桌下面的抽屉，里面有一份黄皮文件，你拿过来……"

　　顾倾拉开红木桌子的抽屉，一眼就看到了放在最上层的黄皮文件，说是黄皮的封皮，其实已透出年代久远的深棕色，边角有被岁月磨出的些许纸绒，有些厚度，被压得平平整整，看得出来保存得很好。

　　当手指抚摸上封皮，从指尖传来一阵细微的电流，电流直达心脏，顾倾怔了怔。

　　詹老爹哑声道："这么多年了，我保存了这么多年，一直舍不得处理掉，如果你想看，你就打开看吧。里面是你多年来追寻的一切，你的父母、你从何处来、你五岁那年发生了什么、你的记忆……"

纸张撕开的声音，顾倾边抽出厚厚的一叠文件边在旁边的古董沙发上坐下，文件平放在膝盖上。她一句话也没说，目光漠然地盯着纸张有些泛黄的文件，放在文件上的双手指尖有些发麻，她也没看詹老爹一眼，不动声色地深呼吸一口气，从第一张文件开始看。

屋内安静得只剩下纸页翻动的声音，轻轻地，慢慢地，像翻动羽毛。

窗外，开始飘落细雪，雪花渐大，很快落满窗框。

顾倾沉默地翻看着那沓英文文件，有警方记录、调查公文、医院记录等，待她翻到一张报纸报道的复印件，英文标题翻译过来是"五岁女童致父亲意外死亡"，同时还有几张照片，那么陌生。她再也无法淡定，抓着文件的手颤抖着，接着浑身止不住地颤抖。

屋子里很暖，暖气开得很足，胸口却像被什么穿透了，有风和寒冷从身体这头穿透到那头，浑身被浇了冷水一样冰凉。

一些画面突然闯入她的脑袋里，一帧一帧地塞进来，塞得脑袋发胀。

小女孩、剪刀、倒在血泊里的男人、惊恐凌乱的女人和尖叫声……

那些画面像镜子碎片一样塞进顾倾的脑袋里。

她的眼圈很快就红了，烧干的铁圈一样，那双红红的眼睛抬起，看向床上的詹老爹，许久，她才从喉咙里发出失控而变调的声音："为什么，为什么……为什么是这么残忍的真相，为什么我要经历这些，为什么偏偏是我……"

她站起来，文件从膝盖滑落到地毯上，撒得到处都是，她几乎站不稳地往屋外奔去。

"顾倾……"

詹老爹沙哑的声音从后面传来,她屏蔽掉了,整个人被笼罩在一种又冷又麻木的氛围里,她几乎感觉不到自己的存在,没有心跳,没有血液流动,没有感觉,却异常地清醒,前所未有地清醒。

屋外积雪已经有鞋底厚,踩上去无声无息,顾倾沿着霜雪在街头奔走,她不知道要去哪里,她只是想让身体有一点感受,这曼彻斯特冬天刺骨的冷,也不能跟她心里的冷相提并论。

她记起来了,五岁那年发生的一切,她痛苦的根源,她漫长的失眠的根源。

很多细节她记不清,但文件里的警方公文和调查报告时刻提醒她,是她那双小手导致了父亲的死亡——"夫妻争吵动手,受害人不小心绊倒后压到五岁的女儿身上,女儿手中的剪刀恰好刺中受害人的心脏,受害人当场死亡。"

调查报告里还有很多细节,比如为何一个五岁的女童会拿着剪刀走向正在争吵的父母,但由于案发后女童突然丧失了记忆,女童母亲也在半年后精神失常,调查便不了了之了。

"女方家族有精神病史,女方被确诊为精神分裂。"

雪夜的街道上空无一人,顾倾站在雪地里,高高的路灯把她的影子拉得长长的,她穿得单薄却不觉得冷,闭上眼仰起脸,任凭雪花落在脸上,感受冰冷的雪花落在脸上的一刹那。

不知怎么走到了公寓,顾倾抬头看三楼的小窗户方向,窗户漆黑一片,她在那间公寓里住了十几年,此刻像看平行世界里的自己,有种不真实的感受,天旋地转之间她重重跌坐在雪地上,大雪纷飞,她身上很快落满雪花。

机车马达在旁边停下的声音,伴随着地面低沉的震动感,有人从机车上大步跨下来,扶起雪地里衣着单薄的顾倾。

如果不是一再确认背影,骑着摩托机车经过的戴维很可能会把瘫倒在雪地里的顾倾误认为一个雪人,一个双目空洞无神、没有灵魂的雪人。

"顾倾姐……"

顾倾抬头起来，朦胧中看到高大黑暗的影子，她伸手去揪戴维的外套，手指紧紧地抓着他，哑着声音说："不要等了，回去吧，不要等我了，我不值得你的等待……"

戴维怔了怔，雪花扑面而来，他心里也冷得很，脱下身上的厚羽绒服给顾倾披上，正准备给费娜打电话让她过来帮忙，一辆黑色的车子滑过来，后座车门朝他们打开。

顾倾醒来后，头痛的感觉散去了一些，熟悉的环境，詹老爹的屋子，熟悉的沙发，这些天住在这儿她已经开始习惯，感觉像做了一场梦。

如果不是睁开眼看到戴维和费娜的脸，顾倾真的以为自己在做梦。

从中国回来之后，她又失眠了，整夜整夜无法入睡。

"醒了？"

戴维和费娜凑过来查看顾倾，像医生和护士在查看病人。

顾倾稍稍直起身子，宽敞的屋子里散发着淡淡的檀香味，詹老爹躺在床上，虽不能下床但还是扭头过来看她，确认她情况安好。从她奔出这间屋子起，他就让司机在后面跟着。

"喝点姜茶，你冻得像块冰一样。"费娜把姜茶放到顾倾手上，她一边环顾四周一边对病床上的詹老爹说，"老爹，你什么时候弄的这屋子，这些都是值钱的吧？"一边说一边摸着架子上的瓷和玉雕。

这栋楼外观看来就是中国城最老旧的几栋建筑物之一，詹老爹的办公室设在隔壁，以前他们来见詹老爹，只见过那狭小的四四方方的办公室，并不知道那办公室的后面是这番天地，确实是詹老爹的守财风格，越危险的地方越安全。

"你们怎么都在这儿？"

顾倾喝了一口姜茶,茶从喉咙一直暖到心口,她缓过来了,也清醒了,那道身影不是宫城。

詹老爹开口:"我让他们过来的,正好,我有事要交代给你们仨。"

在此之前,戴维和费娜并不知道还有这么个地方,他们以为詹老爹已经把顾倾带去了哪个不知名的小岛上与世隔绝,不承想詹老爹和顾倾就在中国城的一栋旧楼里,而且是他们每天经过都能看见的楼里。

几份厚厚的文件在桌上摆开,很快詹老爹的私人律师也过来了,气氛突然变得严肃,像提前参加葬礼,所有人围站在床边,等着詹老爹开口说话。

詹老爹费劲地调整自己的姿势,喘息艰难地说话,说得极慢:"我时日不多了,这些是我经年营生的资产,别人表面看我风风光光,但这几年经济不景气,也赔了不少,这屋里的东西,真真假假都有,之前我打碎的那个花瓶是假的,费娜你摸的那块玉雕是真的,这些仝是要拍卖的,我打算全捐给慈善机构,剩下经营状况良好的味好美中餐馆,留给你们三人,希望你们能好好经营,齐心协力……"

顾倾淡淡地拧着眉头,餐馆的事她没有注意,她思考的是那个唐三彩花瓶,假的?如果是假的,为什么詹老爹这些年这么珍爱,总是摆在近身的地方?

费娜惋惜地看着刚才摸过的玉雕:"都要捐呀?能不能留……"见着顾倾看她的眼神,她声音又小了下去。

顾倾虽爱财,但不是她的东西,她从不会觊觎。

味好美中餐馆养大了他们这些孩子,还有很多孩子等着救助,对于詹老爹这些年的作为,不管外人怎么传言,顾倾都心怀感激。

离开卧室到了外厅,费娜纠结了好久还是问顾倾:"医生怎么说，老爹还能活多久？"

戴维瞪了费娜一眼，费娜无所谓地翻了个白眼回去。

顾倾送走律师，回头淡淡地说："看他自己的治疗意愿，如果他配合治疗，可以活三五年，如果他不配合治疗，一年半载甚至明天见上帝都有可能。"像个冷漠医生的口吻。

"可老爹不肯入院治疗，他从来不喜欢医院。"戴维皱着眉头说。

詹老爹就算生病也不去医院，他有自己的私人医生。

"那中餐馆真的给我们三人了吗？"费娜有些小激动，但意识到不适宜，她收敛了些。

戴维在旁边无声地叹气。

顾倾却笑了，她真的羡慕费娜的没心没肺，这样的人比较容易快乐。

送走戴维前，他在专属电梯口欲言又止，顾倾没有按下按键，等着他开口。

这个在顾倾心中一直阳光灿烂无忧无虑一心只想换一辆哈雷摩托车的大男孩，她在他脸上发现了一些忧愁的阴影，从他身体里长出来，突破下巴和侧脸的肌肤生长起来，遮挡了一些阳光。

他犹犹豫豫，终是开口道："宫城，他出事了。"

这个世界每天都在发生大事，国内一家企业的丑闻不可能会报道到英国来，戴维能知道消息，自然是有人透露给他，并希望他能传达给顾倾。

戴维说："中国那边曝出相关报道，指明宫城不是官家的血脉，说他母亲患有精神病，他父亲是个日本人，他母亲作为第三者，在日本杀死了对方一家四口，之后畏罪自杀。"

顾倾眼神滞涩了几秒钟，抬眼对上戴维犹豫为难的眼神，轻描淡写地说："哦？那又怎么样？"仿佛只是听与她不相关的人的事。

戴维很了解她,她对于不相关的人和事,从来都是非常冷漠的。

她真的放下宫城了?这么快?

"消息是宫城最好的朋友陆景炎透露的,这样你相信了吗?我知道他现在还在英国,他还在找你,他每天都会去公寓那边,我看到他几次……"

"你收了他们的好处?"顾倾的眼神越发冷漠。

戴维震惊地看着她,眼神中透着不可置信的失望和伤心:"顾倾姐你……觉得我是收了他们的好处才告诉你这些?我……我是看你……"

戴维着急地还想说什么,顾倾摁下电梯按键,电梯门关上,把戴维的声音也关上了。

空气又恢复了死水一般的沉寂,顾倾发现自己的手指有点抖,詹老爹的声音从里屋传来,她握紧双手,快步走进去。

"扶我起来换衣服。"詹老爹在床上朝顾倾招招手。

顾倾走上前扶他:"你想去哪儿?"

这些日子他本来就清瘦的身子掉了很多肉,摸上去几乎都是骨头,僵硬的骨头。据说人越老骨头越硬,可詹老爹只有五十二岁,他的骨头摸起来像将死之人,顾倾感到一阵心寒。

"出门。"

"你这样还怎么出门?"顾倾用力扶住他,担心他随时会倾倒下去。

詹老爹枯瘦的手紧紧抓住她,凹陷的双眼透着坚定的光:"我要去,因为是去见你母亲。"

他说出的那两个字让顾倾没有拒绝的余地,仿佛他枯木一样的身体可以即刻复苏。

"我母亲……还活着?"顾倾的声音禁不住轻轻颤抖。

"我已经让司机在楼下等着了，我们走吧。"

顾倾不是没想过她的父母长什么样子，她幻想过父母在她很小的时候因为生活困苦抛弃她，那不怪他们；想过他们为了更好的人生抛弃她，那她也不怪他们；更想过他们不小心弄丢了她，找她但是没找到她，重逢的时候像某些寻亲节目里那样拥抱洒泪。

她想过种种，却唯独没想过父亲的死和她有关，她看了那些文件，案件调查的时候她已失忆了，医生说她是由于受了巨大的刺激，引起的选择性失忆，那是年幼的她的一种自我保护机制。

她想忘掉和父母有关的所有事情，一方面因为自责"杀死"父亲，另一方面因为不知怎么面对深爱父亲的母亲，所以选择忘记与他们相关的所有记忆。

车子驶在去往未知地的路上，詹老爹靠在车子柔软又结实的椅背上，声音比先前都有精神但很缓慢地说："那年，你母亲送你来我这里，你躲在房间两天不见人不吃不喝，之后发了一场高烧，然后你就不记得之前的一切了。"

顾倾闭上沉重的眼皮，她已经回忆起来了，所有的一切，她在昨晚都回忆起来了。她甚至记得父亲倒地时穿的拖鞋，母亲牵着她去詹老爹那儿时穿的裙子，阳光照在母亲洁白的手臂上，染上淡淡的金色，以及当时走在路上脚下踩着的叶子纹路……唯独记不起他们的脸。

五岁的她，个子小小的，只到大人的腰际，记忆里好像和成人的世界划分成上下两部分，像漫画一样头顶有条横线隔开，她永远看不到他们的脸。

包括詹老爹年轻时的脸。

好像一开始，詹老爹就已经到了这个岁数，已经病骨将枯。

细细回想，詹老爹走过的前路、过往的岁月，顾倾竟没有太多两人相处的具体印象，她甚至不曾给过他一个笑脸，她惊讶于自己过去竟然是个如此冷漠的人。

而心里暖的时候，是她想起宫城了。

暖，而且痛。

她也惊讶地发现，宫城那么一个看似冷漠的人，却能带给她这么多的温暖。

几天之内，她尽量不靠近詹老爹屋内的那扇窗口，好几次她不得已走近，透过白色的薄薄窗帘，就看到对面街道下面那道高高的身影，他立在那儿久久未动，像座雕像。

想到这儿，她心口又暖得好像被灼伤了一样。

车子慢慢远离热闹的城区，往偏远的城郊驶去，道路那么熟悉，一条条的街道往后移去，顾倾都记不清她搭乘出租车经过这些路多少次，半山坡的草坪和树林，掩映在茂密园林中的独栋别墅，远处湛蓝的海湾和码头，海面上仿佛被风推送着轻轻移动的帆船和游艇……

这条路是去安妮公墓的路，车子缓缓在离公墓不远的花店门口停下，在顾倾以前无数次让出租车司机停下的位置。

她的脑袋像被人拿着刷子刷墙一样慢慢地被刷白。

什么意思？为什么是这里？

司机下车去买了一束紫蓝色的郁金香，轻轻放到詹老爹的怀中，他枯瘦的手轻轻地握着，像机器人的手指一样关节僵硬，车子里散发着郁金香的幽香。

顾倾的脑袋被更多的空白占据。

司机给詹老爹递上拐杖，想要上去扶他，他伸手制止了，那一刻他消瘦的背影在顾倾看来是那么硬朗，只是个有些瘦的健康人，看不出一点病痛。

她麻木地跟在詹老爹身后，麻木地跟着他绕过芬芳姐的墓碑，然后在距离芬芳姐的墓碑只有几十米的空地上停下。那块空地前面立着几排墓碑，其中一块不显眼的墓碑上刻着英文：

ChongYing Su, 1969—2001。

　　冬末的雪还没有完全消融, 留些冰雪覆盖着枯黄草地, 风阴冷地吹着, 在墓碑和树丛中钻来钻去, 发出如幽魂哀鸣一般的声音。

　　詹老爹拄着拐杖立在那儿, 消瘦的身影在风的吹拂下纹丝不动, 声音也比先前有力, 对顾倾缓缓说道: "顾倾, 这是你母亲, 苏重婴。你看的那些文件都是英文, 你母亲的中文名我告诉你怎么写。苏州河的苏, 重新生活的重, 新生婴儿的婴。这是当年我们初见时我问她名字怎么写时, 她对我说的话, 她在苏州出生。当时她笑得是那样灿烂, 我永远记得。"

　　顾倾远远站着, 离詹老爹还有几米的距离, 她看着冷冰冰的墓碑上面冷冰冰的英文字体, 整个人处于空白状态很长时间, 很久之后, 她才慢慢地抬头凝视詹老爹, 问他: "你给我看的文件, 不是这样的, 上面说她去了精神病院治疗, 一直住在精神病院里……"

　　詹老爹面色悲痛地沉下眼皮: "她在得知自己病情反复发作且加重之后, 把你送到我这儿, 之后就进了精神病院, 但……"

　　他说到这儿停顿了很久, 风声呼啸, 几乎挡住他的声音: "但她于两年后去世, 除了精神问题, 她的身体本来就不好, 她跟我一起在味好美中餐馆工作时, 身体就不好了, 只是她没在意。"

　　"这不是真的。"

　　"顾倾……"

　　"不是真的, 她还活着, 我能感觉到。"

　　顾倾的话说出口, 眼泪顷刻就淌了下来, 冷风吹在脸上, 连她自己都毫无察觉。

　　詹老爹颤颤巍巍地朝她走了两步, 想伸手去够顾倾, 顾倾却往后退了两步, 她扭过满是泪痕的脸, 颤抖着声音说话: "我……我记不起他们的样子, 我应该记得的, 为什么他们的面孔看起来那么陌生，那些文件上的照片，不是他们……"

"顾倾，你那时才五岁，太多年了，不记得也没关系，她确实是你母亲，她在此长眠了，过去的已经过去，你不要自责，这不是你的错，不是你的错。"

风声重重地刮过耳边，顾倾几乎听不清詹老爹沙哑的声音，她掩面蹲下来，跌坐在地上，眼泪从指缝淌过，哭声太小，全被风声盖过去了。

那些记忆她拾回来了，裹挟着过去的痛苦，一并席卷过来。

詹老爹摇摇晃晃地拄着拐杖走过来，急切地想要解释，奈何那些话都堵在心肺，最后变成热流从口中涌出，"噗"地喷出一口血来。

血滴喷溅到顾倾身上，似细雨扑来，顾倾松开掩面的手，看到詹老爹抓着拐杖跪倒下来。

她慌忙上前扶起他，顾不得在墓地不得喧哗，冲不远处的司机大声呼喊。

詹老爹颤抖的手紧紧揪住她的衣袖，一字一句地艰难叮嘱——

"回家，不去医院……"话落，人已不省人事。

高大话少的白人司机匆匆跑过来，抱起詹老爹就往车子的方向走。

上车后，顾倾看着昏迷的詹老爹，伸手摸了摸他的脉搏，对启动车子的司机说："去医院。"

司机扭过头来，中文说得很好："老板说回家，他不喜欢医院。"

顾倾摸着詹老爹冰冷干燥的肌肤，严肃地瞪着他，声音又冷又硬："你想看他现在就死去吗？如果你想他现在死去，那就回家吧。"

司机没再说什么，扭头过去踩下油门，把车子往前开去，去往最近的医院。

"如果他要怪，那就怪我吧。"

他养育她这么多年，疼爱她这么多年，她已经忘记了他年轻时的模样，希望上帝能再给他多一点时间，让她好好记住他的样子，报答他的养育之恩。

她对病床上插满管子枯瘦昏迷的老人说："如果你能活下去，我就不回中国了，我会忘掉中国的一切，好好留在这里陪你，好好经营味好美中餐馆。"

詹老爹昏迷了好几天，顾倾也在医院守了几天，醒来那天曼城又降大雪，从病房窗户看出去，大雪像倾盆大雨，哗啦哗啦地往下倒，很快整个城市积雪茫茫。

这样大的雪，詹老爹坚持要出院，对于顾倾违背他的意思把他送来医院这个事，他很不高兴，醒来之后有很长一段时间没跟顾倾说话，让戴维过来照顾他。

每个人都讨厌医院，但詹老爹特别讨厌。顾倾大概知道其中缘由，以前她在中国城跟那位川剧老先生学变脸时，老先生告诉她，说当年年幼的詹老爹随父母从中国乘船到英国，遭遇风暴船翻，整条船的人死了大半，包括詹老爹的父母。

船上几百号人，死的活的都被打捞上来送去最近的医院，年幼的詹老爹就在其中，昏迷的他躺在死人堆里，被死人压着只露出个小脑袋，醒过来时看见了鬼哭狼嚎的地狱。

顾倾突然想到一句话："幸运的人一生都被童年治愈，不幸的人一生都在治愈童年。"

詹老爹出院的时候，戴维和费娜也陪着，戴维推轮椅，费娜撑伞挡雪，司机跟在一旁仔细照看，一行人往停车场走。

顾倾不远不近地走在后面，风雪扑面而来，一道阴影靠近，风雪在头顶停住，高大修长的身影立在旁边。顾倾一个激灵，顿住了脚步，她一抬头就看到了那张日思夜想的面孔——冷漠的面庞、深邃的眸眼,风雪全被他挡在前面。

停车场这边,詹老爹沉着脸语气虚弱地问推轮椅的戴维:"顾倾怎么没跟上来?"

戴维回过头去,风雪挡住了他的视线,只在耳边呼呼地刮。

"去看看怎么回事。"詹老爹说。

戴维低笑一声,詹老爹到底是关心顾倾,也不是真的生顾倾的气。

他把轮椅交给费娜,往回走几十米,看到了顾倾面前的男人,他就止住了步伐,好像那是世界的另一面,中间隔着裂缝深渊,无法再前进一步,他走回到车子这边对詹老爹说:"顾倾姐她有点事,我们先回去吧。"

风停了,雪小了,一颗颗轻飘飘地落下来又在地面上融化。

顾倾的视线投到宫城肩膀上,雪落在他黑色的外套上,外套是防水材质,雪滑落下来,他身上干干净净的,一如他给人的印象,干净冷冽。

宫城脸上没有一点生气的预兆,没有生气,没有怨恨,没有愤怒,没有哀伤,只有平静,太平静了,像一张大网,顾倾在他冷静的目光中无处可逃。

"没有什么是解决不了的。"宫城说。

他左手撑着把大黑伞,右手插在大衣口袋里,顾倾并没有看到他口袋里的右手拢着的五指,她离开的这些天,分分秒秒于他而言都是牢笼,见到她的这一刻,天阴冷冷的,大雪纷飞,他却如重见光明。

没有什么是解决不了的……

顾倾仰头看着他,什么都说不出来。

宫城把手从口袋里抽出来,取下脖子上的长围巾,伸手过去把围巾一圈一圈围到顾倾脖子上,带着他温度的围巾把他的体温传递过来,裹着她的脖子,暖意融融,从脖子一直灌到心里。

宫城再次把手插入口袋，接着掏出来在顾倾面前摊开手掌。

手掌心里，像变魔术般多了颗小小的东西，一枚很独特的戒指，那铂金色的戒环上镶嵌着一个金属樱花扣子，顾倾见过的，那是他一直随身携带的宝贝名片皮夹上的樱花扣，刚开始认识时，他曾因为弄丢过那个皮夹而紧张。

后来顾倾才知道，他紧张的不是皮夹，而是那枚樱花扣。

眼前戒指上镶嵌的樱花扣已经被重新打磨过，金属光泽更加优雅精致，美得独一无二。

宫城把戒指递到顾倾面前："这是我母亲留给我的遗物，她最喜欢的一件和服上的装饰扣子，我一直带在身边，去日本处理我母亲案件的那几天，我找工匠把它打造成了一枚戒指，想用它跟你求婚。"

世界顷刻间安静得只剩下彼此的心跳声。

顾倾有片刻忘记了呼吸，怔怔地盯着宫城手心的那枚樱花戒指，盯得眼睛发胀。

在宫城准备开口说出那句话时，她像受了惊的动物一样后退了两步，在他还没开口问出来时，便摇头给了他决绝的答案："不，我不愿意。"

她扯下脖子上的围巾，丢到地上。

Chapter 20
心有所归有所属

雪停后的城市,积雪慢慢融化,比落雪时更冷,更脏。

顾倾不知道自己是怎么走回中国城的,待拐入无人的巷子,她突然有些脚软,靠着红砖墙面停下来,面对着墙壁,脑袋抵在冰冷的石头墙上,好让自己快要炸裂的脑袋冷静一点。

回曼城后,失眠也席卷而来,此前的疲倦像是累积到了一定的重量,这会儿全部倾泻下来,压得她整个人摇摇欲坠,快要丧失所有力气。

"我找工匠把它打造成了一枚戒指,想用它跟你求婚。"

宫城的声音一遍遍涌入顾倾的脑袋里,顾倾好想走回去,好想让时间倒流,她想收回那句"不,我不愿意",那句话像颗原子弹一样,在两人之间炸开了蘑菇云,两人都被炸得体无完肤。

所以,现在的顾倾觉得自己像一缕孤魂般,轻飘飘的。

身后有脚步移过来,一步一步靠近。

是你吗宫城?

顾倾心里有个期待,心跟着跳动起来。

扭头回去,却对上一张凶神恶煞的面孔,那张脸顾倾一辈子都忘不了,她心里猛地一颤,对方已龇牙瞪目地靠上来,一双大手迅速地扼住她的喉咙,让她没有呼喊求救的余地。

乔克用力掐住顾倾的脖子，面目狰狞地用英文骂道："臭女人，你毁了我的生活，我要让你下地狱，去死吧！"

顾倾挣扎着，呼吸困难，几乎没有反抗的力气，双手在空气中胡乱地抓了一会儿，慢慢地瘫软下来，一种巨大的恐惧和痛苦从头覆盖到脚，意识渐渐被黑暗占领。

一道影子迅速地移过来，或许是人在死亡边缘，肉眼可见的事件变得魔幻，顾倾看见乔克以一种二次元漫画的姿势被人一拳揍飞，直接飞出了她的视线范围，在狭窄的视线范围里，她只看到宫城愤怒的面孔。

顾倾背靠着建筑墙面瘫软地滑坐下来时，被宫城及时地揽到怀里。

她深深地吸一口气，空气堵在喉咙里，不由得用力咳了几声，喉咙被打通似的终于喘过气来，整个人却是虚脱了。她软软地靠在宫城怀中，只有双手还有点力气，抓住宫城的衣袖，用好像被车子碾轧过的沙哑声音，艰难地说出那两个她害怕此刻不说，就没机会再说的字："等我……"

哪怕她心里有一万个声音问她，凭什么让他等，但她还是要说出口，她从来都是自私的。

被乔克掐着脖子几乎断气的那一刻，不断出现在顾倾脑袋里的，只是宫城的脸。

上苍眷顾，让他再次出现。

"别说话。"宫城用力扶住她，看到她脖子上的掐痕，磨了一下牙齿。

顾倾慢慢缓过来，恢复了些力气，她抓着宫城的手臂说："我母亲有遗传性精神病，我被遗传的概率很大，奶奶说你母亲也是那样的人……"

"别说了，这些都不重要。"宫城的目光坚定又温柔。

顾倾摇头，眼泪不争气地落下来："不，我要说，我不是个好女孩,七年前我是故意刺伤乔克的,为了给芬芳姐报仇……我有罪,我受到了惩罚,上帝抹去了我父母在我记忆中的面孔,我看着他们的照片,他们那么陌生,我根本不认识他们……"

宫城一把拉过顾倾,把她的脑袋摁在自己怀里,抑制着自己钻心的心疼:"不,这应该是上帝的礼物,是你母亲对你的救赎,她不希望你记得她和你父亲的面孔。我调查过了,你父亲是个十足的浑蛋,你母亲并不后悔生下你,并一直保护着你,但她认为她和你父亲不配为人父母,你值得拥有这个世界,但那些伤害你的人,不值得在你的记忆里拥有他们的面孔。"

那些话随风轻轻送入顾倾耳朵里,一字一句,有力且有节奏地按压她的心脏,像给她一次次的心脏复苏,她的心慢慢地活了过来,能感觉到心脏在胸膛中有力地跳动。

过了许久,宫城的声音在她的头顶响起:"跟我回国,好吗?"

顾倾从他怀里抬起头,视线范围里,乔克上一秒还在地上蠕动,下一秒,他手上突然多了一根从墙角捡起的木料。

"小心!"

顾倾喊出来时,那棍子也重重地砸到了宫城的后脑勺上。

宫城猛地闭了一下眼,身子往前倾过来,他大手护住顾倾的脑袋把她整个人护在怀里,顾倾能感觉到他身上又挨了几下,心也跟着揪了几下。

宫城一只手护着顾倾,一只手抓住乔克再次挥过来的棍子,抓着棍子把乔克往旁边一拽,一脚重重地踹过去,乔克当场被踹倒在地,打了几个滚。

"嘿!"

寻过来的张代理快速跑上来,又给了乔克一脚,扑上去把企图逃脱的乔克摁在地上,扭头看了宫城和顾倾一眼,盯着宫城的后背大惊失色:"宫……宫总……你流血了……"

宫城伸手摸了摸后脑勺,手上染了一片鲜红,他对顾倾淡淡一笑，想让她不要担心不要害怕，可是他扶着顾倾的手一松，整个人不受控制地跌落下去。

顾倾看着宫城在眼前倒下，她呆住了，目光落在地上那根带血的木棍上，起先是指尖，接着是手臂，然后是全身，她再次感受到那种麻木和冰冷，好像整个世界都在她眼前坍塌。

"她保持那姿势多久了？"

"几个小时了吧，饭一口都没吃，昨天也一样，从医院回来后就这样。"

戴维和费娜站在屋子里，看着抱膝坐在阳台一张椅子上的顾倾，同时叹了一口气。

费娜想上前去叫顾倾，被戴维阻止了："让她一个人待着吧，她担心宫城的伤势，又没法去医院看他，肯定很难受，你就别打扰她了。"

费娜挣开戴维抓着她的手，看着在阳台上晒太阳的顾倾："我是想叫她吃饭，不管怎么样总要吃饭吧，还是她嫌我做的饭菜不好吃？这天天盯着窗外，难不成能把人盯过来？"

宫城出事后，宫家的人很快赶了过来，宫老太太把顾倾从医院赶出去，不让她靠近宫城一步。已经好几天了，顾倾没有一点医院那边的消息，她每天只是坐在阳台上看着医院的方向发呆，一坐就是半天。

"她想吃的时候自然会吃。"戴维扭头走。

费娜跟在后面小声问："那宫城，真的醒不过来了吗？不会成那什么植物人了吧？"

戴维没有回答。

顾倾保持一个姿势坐在阳台上，时间久了，她手脚发麻，以至于看到对面街道一辆车子滑过来，熟悉的人影从车上下来时，她回过神手脚却不听使唤，整个人从椅子上翻下去。

动静引得戴维和费娜又跑回来，顾倾却顾不上他们的问候，从地上爬起来往外跑。

冬季快要过去了，天还是阴阴的，几日几日都不见一次太阳，风很大，吹得人脸生疼。

"他怎么样？醒了吗？"

顾倾见着陆景炎就问，恨不得能钻入陆景炎的脑袋去看看。

宫城出事的第二天，陆景炎在南美洲得知消息，直接从布宜诺斯艾利斯飞了过来，顾倾在医院被宫家为难，被赶走时，他也在场。

陆景炎愁云满面地摇摇头，欲言又止。

"出什么事了吗？"顾倾知道陆景炎定是有话要说。

陆景炎犹豫了片刻，终是开口："宫奶奶要把宫城带回杭州治疗，这两天正在办手续。"

顾倾的心凉了半截："可他还没有清醒……"

陆景炎叹口气："宫奶奶决定的事，谁也阻拦不了，医生说转移得当的话不会有什么影响，宫家有私人飞机，这不是什么问题。我来就是告诉你一声不要担心，阿城有任何情况，我都会告诉你，这也是他希望的吧。"

能够不顾一切地来英国找顾倾，甚至是国内曝出那些关于他母亲和他身世的新闻他也可以完全不理会，就算宫家人不认同顾倾，他也要找到她。

顾倾垂下眼，死死地盯着地面："我只希望他能醒来，只要他能醒来……"

只要他能醒来，她余生可以不再睡觉，失眠到死的那天都可以。

夜晚，顾倾睁着眼睛盯着房间的天花板，如今她已经不像最开始失眠的那一年，总是辗转反侧，如今就算她夜里睡不着，她也只会保持一个平躺的姿势，睁眼到天亮。

城市的另一边，正在发生顾倾不知道的事情。

医院病房里，正在检查体征数据的护士，发现宫城突然从床上坐了起来。

初次在此值班的护士吓了一跳，但还是冷静地找了主治医师过来，大家赶过来时，宫城已经从病床上走下来了，由于护士没关门，他走到了走廊里。

宫老太太和陆景炎都在医院附近，听到宫城醒来的消息及时赶过来，主治医生拦住他们道："他没有清醒，他在梦游，不要打扰他，看看他想做什么。"

宫老太太和陆景炎相视一眼，知道宫城是梦游症犯了，也不打扰，有些担忧地和医护人员一起跟在宫城身后，看着宫城离开走廊，走进了电梯。

"景炎，阿城这是要去哪儿，他鞋子都没穿，身上就那病服，外面那么冷……"

宫老太太担忧地跟在后面，眼看着宫城已经走出了医院大厅。

陆景炎灵光一闪，在医生提出担心宫城安危，要阻拦宫城继续往外走时，他拉住医生道："别动他，让他走，我会保障他的安全。"

"景炎，你做什么？"

宫老太太抓住陆景炎，问他为什么不让宫城回来。

陆景炎认真地看着宫老太太说："奶奶，您并不知道吧，在顾倾回国的那段时间，宫城的梦游症已经好了，他已经很长时间没梦游了。这是他潜意识里的行为，是他内心最深处展现出来的行为，过去犯了梦游症他把自己锁在房子里，今天哪怕一次，就这一次，我想把他放出去，看看他到底要往哪儿去。您认真看看吧，看看他内心在追寻的东西到底是什么。"

宫老太太沉默，表情不太愉快，因为陆景炎从未这么严肃地跟她说过话。

深夜的街道清冷，几乎没有什么行人车辆，风也像个看客般停在外围，陆景炎和几个他叫过来的助手紧紧地跟着宫城，替他清理路面障碍，医生护士还有宫家老太太一行人远远跟在后面，跟着宫城走过了四条街道、两个街区。

屋子里暖气开得很足，顾倾觉得有些闷热，不知为何今夜比往时更闷热，她起床去把暖气调低一些，路过书房时看到书房的门开着一道缝隙，有光从里面透出来，还有窸窸窣窣的声音。

她推开门，看到詹老爹拄着拐杖艰难地打开书桌抽屉，枯瘦的手颤颤巍巍地从里面取出什么，听到身后的动静，看到是顾倾，他伸手招呼她："你来得正好，这个你拿去。"

詹老爹递过来一张有些旧的文件，上面有医院印章和绿色的纹样。

"这是你的出生证，我一直替你收着，上面有你具体的出生日期，你看看。"

顾倾怔了怔，伸手接过来，活了这么多年，第一次确定了自己的生日，不是平安夜不是圣诞节，不是任何一个节日，只是一个普通得不能再普通的日子。

"为什么突然给我这个？"

这么多年过去了，顾倾对自己的出生年份和生日这个事已经没有什么执念了。

詹老爹在椅子上坐下，他动作缓慢，一个坐下来的动作都费了不少力气，他有气无力地对顾倾说："你走吧，去过你想过的生活，走吧。"

顾倾静静地立在那儿。

詹老爹往后仰靠在椅背上："我爱你母亲，只是她永远都不会知道了。我总是在你身上看到你母亲的影子，以为把你留在身边，就是能留住……我错了，你不是她，你只是她那么一丁点的影子,影子总会散的。她已经不在了,就是永远都不在了,我只恨,当年的那个穷小子没有勇气,没有去追求她的勇气,只是以好朋友的身份支持她,哪怕她日后病情发作,我也不该有一丝一毫的退缩,我这辈子,只爱你母亲一人,这辈子……"

詹老爹一口气说到这儿,用力地喘了起来,顾倾想上前去帮忙,他伸手阻止了顾倾,把头转向书房那扇小小的窗户,窗户外只有一片漆黑的天空,他眼底也是黑的:"戴维和费娜会照顾我,你去吧,不要再回来了,这里不属于你,中国才属于你。"

"老爹……"顾倾鼻子发酸。

"走。"

"老爹……"

"走吧。"

顾倾想起被他领养至今,他对她无微不至的照顾。

她知道他疼她,从小到大从没苛责过她一句,哪怕那年为了芬芳姐闹出乔克那件事,他都是尽心尽力地给她找最好的律师,从没说她一句。

别人都还叫她 Gretchen 的时候,他已经能字正腔圆地喊她顾倾,顾倾。

他还说这名字取得好:"北方有佳人,一顾倾人城,你就是个佳人,配得上这名字。"

就是因为他对她太好,随着她年纪渐长,懂得一些男女之事之后,在他眼里总是看到一种让她不安的东西,渐渐地,她会躲避他的眼神,刻意疏离。

如今她终于知道,他把她当成了她母亲,他死去的爱人,他从未得到的爱人。

"顾倾姐,你快过来看看。"

戴维突然出现在书房门外,费娜听到动静也从自己的房中出来,他们两个在詹老爹出院后都搬来了这房子里和顾倾一起照顾詹老爹。

顾倾还有些怔怔的,往阳台的方向走。

当她走到阳台,看到街道路灯下的人影时,整个人都石化了。

宫城?他醒过来了?

顾倾从石化中清醒过来,瞬间热泪盈眶,她顾不得其他,奔出屋子,几秒钟的电梯也等不及,推开楼道的门从旋转楼梯跑下去,跑得太急了,下到一楼时还差点绊倒。

她一直跑到街上,走近宫城时,看到了他身后的一行人,陆景炎、宫家奶奶,还有医生护士,这些人跟在宫城身后,而宫城挺直了身子站在那儿,穿着医院的病号服,光着脚,双目无光,只是望着味好美中餐馆的方向。

他脸上漠然麻木的表情,顾倾见过,那是他梦游的时候才有的表情。

宫城正在梦游中。

那一刻,复杂的情绪如潮水般涌过来,淹没了顾倾,她的坚强不堪一击,眼泪止不住地淌落下来,因为眼前的这个男人啊,在梦里也在寻找她。

她想拥抱他,想扑向他,但她不能,她不能打扰梦游的人。

距离宫城只有几米的距离,顾倾却没有再往前一步,她转身过去背对着他,眼泪成河。

"顾倾。"

像是梦境里发出的声音,从背后传来,沉着有力,像一个定身咒贴到后背上,正要离去的顾倾在听到那声音后动弹不得。

她转身回去,宫城直直地望着她,他的双眸在她转过去的那一刻清明起来,有了色彩,然后他大步走过来,一直走到顾倾面前,猛地把她搂入怀中,怕她消失似的紧紧搂住她,向来冷静的声音里也有了颤意——

"这不是做梦,顾倾,你是我的梦醒时分。"

天，慢慢地亮了。

半年后，宫城和顾倾坐在杭州市某区民政局的登记处，双手接过工作人员递过来的红本子，顾倾打开看着本子上穿着白衬衣的两人依偎在一起的照片，笑得嘴角收不起来，宝贝地把红本本贴在胸口。

走出民政局时，宫城一直看着顾倾，只觉得好笑："有那么开心吗？"

顾倾仰头看他，用力地点点头。

事实上更开心的人是宫城，他伸手把她揽到怀里，俯身把下巴贴着顾倾的脑袋："你现在是中国人了，你有了靠山，有了归宿，你不会再害怕，不会再失眠，你还有我。"

顾倾稍稍仰头看他，双眸明亮如星："不，宫城，你才是我的靠山、我的归宿。"

她不再害怕，不再失眠，是因为他，因为心有所归，心有所属。

他也亦然，于是把她搂得更紧了。

至此，再没有什么能分开他们。